月明珠还

孔明珠

上海书店出版社
SHANGHAI BOOKSTORE PUBLISHING HOUSE

2015年上海文化发展基金会资助项目

目录

一、先辈文人

人文社会

一笔尘封旧账

——父亲孔另境与陆澹安

　　沪上篆刻家陆康先生的名字在圈子里如雷贯耳，前些年雷霆滚滚贯到我耳中的时候，我一直讲，小时候我常去他爷爷陆澹安家，在花园里见过陆康的背影。因我一向称陆澹安先生为陆伯伯，陆康虽长我几岁，但按辈分算，我是他……一桌人顿时脸色大变，唯恐失敬。

　　玩笑归玩笑，真见到陆康，亲切握手的时候，我哪里还敢轻浮，陆康他爷爷陆澹安清癯的脸庞上那架圆形金丝边眼镜，略微嘶哑的嗓门，仿佛仙人一般的步履倏然闪现在眼前。溧阳路 1219 号那座美丽花园洋房的会

　　爹爹孔另境结婚晚，儿女又生得多，我在家排行老七，与他相差50岁。这组照片有两张，前一张我嘀嘀咕咕在玩手，被爹爹发现，抓牢小手重拍了一张。

陆澹安先生

客厅里，听见陆伯伯下楼的脚步声，父亲放下搀着我的手，急切迎上去，两位老人相见密谈……那些早已逝去四十多年的场景，一下子推到了我面前，泪水几乎夺眶而出。

陆澹安先生曾经有恩于我父亲孔另境，这个印象从我十来岁起就牢牢地焊在记忆中，两位老一辈知识分子间惺惺相惜的情谊，在那个仁义道德被粗暴摧毁的年代，严重影响了我的三观：世界观、价值观、审美观。

事情说来话长，而我，少年时模糊的记忆太不准确，一直不能完整记录。得知陆康近年来致力于爷爷著作"陆澹安文存"的汇编出版，已有七八部问世，其中包括《澹安藏札》，心有所动，很想看。如愿收到陆康签名赠送的书后，翻到孔另境词条，果然有一封父亲写给陆澹安的信，信封上没有地址，竖排写着"专呈　外酒两瓶　陆淡老　哂纳　孔缄"，信纸内容抄录如下：

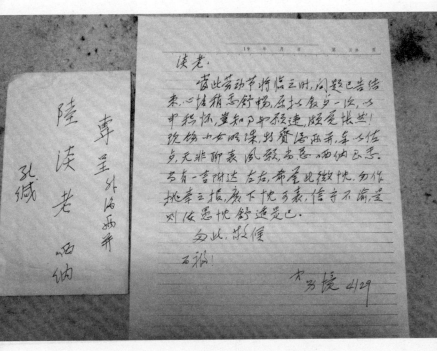

孔另境 4.29 信

淡老：

　　当此劳动节将临之时，问题已告结束，心情稍感舒畅，原拟叙餐一次，以申积怀，岂知事与愿违，颇觉怅然！现饬小女明珠，特赍酒两瓶，奉以佐餐，无非聊表夙愿，尚恳哂纳至感。尚有一言附达左右，希鉴此微忱，勿作桃李之报，庶下忱可表，信守不渝，是则使愚忱舒适是已。

　　匆此，敬候

　　百福！

　　　　　　　　　　　　　　　　　弟　另境

　　　　　　　　　　　　　　　　　4.29

　　因为信封与信笺上都没有留年份，推算下来，应该是1970年或1971年，那时我十六七岁。尚记得信中提到我拎在手里上门送去的两瓶酒，似乎是绍兴加饭酒之类，并不是名贵酒。因为当时我父亲所指的"问题已告结束""岂知事与愿违"是指他人生最后一次牢狱之灾已有结论，但身份仍然是"保外就医"，宣布释放是在之后

8

1972年4月11日，所以当时还只拿着每月50元生活费，医药费不能报销，恢复退休工资没有眉目，父亲手头依然拮据。他心心念念与陆伯伯"叙餐"，也就是去饭馆里吃一顿，谈谈讲讲的愿望不能实现，只得差我上门送点薄礼。

合拢《澹安藏札》我有些怅然，此信内容与我的记忆对不起来，因为我记得"文革"开始大约1968年上半年之前，父亲曾经向陆澹安先生借过一笔不小的款子，所谓"调头寸"是父亲对少不更事的我的解释。几年以后，钱是我拿着去溧阳路1219号陆家还的，父亲还嘱咐我去茶叶店买了一罐茶叶，菜场里买了一只活鸡一并送去。我很清楚地记得，当时我问他："爸爸还钱么好了，为什么还要买东西去？"父亲答："这是利息。"父女对话我记得那么清楚，一是"文革"中我家真是穷惨了，最小的女儿把钱看紧已成习惯；二是我不懂"利息"这个概念，不知道除了银行存钱有利息可拿，还人家钱还可以以物的形式付利息。

对这件事情来龙去脉存着疑惑之际，听作家小朋友沈琦华说，陆康家中有一大箱子文人间的书信待整理，《澹安藏札》收入的只是冰山一角，除了需要搭上很大的精力鉴别繁复的信息与字迹之外，还因那些通信中有很多牵涉到著名文人的隐私，譬如一些朋友向陆澹安先生借钱之类文字往来，陆康觉得发表出来不够人道。我瞬间领会了陆康的仁慈之心，我意识到，父亲孔另境与陆澹安伯伯之间有关借钱还钱的文字往来一定还在。我决意要上门拜访陆康，把那件事情搞清楚。

俗话有一句"近乡情怯"，意思是害怕印象中美好的形象有变化，而我回忆"文革"中父亲的惨烈遭遇一直有一种不敢走近的恐惧，同样是害怕真相，怕再次挖到我内心深处最痛的创伤，我怕回忆，我一直想放过自己，忘记过去，做一个平庸的、幸福的女人。

期间我已见过陆康几次，他为我篆刻的姓名印章早已在赠与朋友的拙著上钤过几十次，我极爱这枚字体纤巧、文雅的章，书展上不敢带去怕弄丢。陆康为我的书《烟火气》所撰的对联"有红尘味佳肴，无烟火气文字"文墨，我小心收在盒子里。乌镇西栅孔另境纪念馆成立

左起：万苇、陆康、孔明珠

开馆，大姐海珠请陆康撰写了书法楹联，镌刻在门框上。我观察到，陆康平素交游甚广，饭局酒宴上他并不多谈文学与文化，只是一脸福相笑吟吟地端坐正中，和大家嬉笑。他一直很自谦，然他篆刻与书法成就斐然，文学知识包括古文功底的深厚，他洒脱宽厚的处世风范都在那里，令人尊敬。

2013 年元旦节刚过，与好友画家万苼女士一起到陆康府上拜访。茶过一巡，我就迫不及待说到我曾经到陆府还钱的事情。陆康见我大大咧咧不避讳这个敏感话题，起身说，来吧，我请你看你父亲的手迹，确实还有另外的信。

跟入陆康书房，他很快从柜子里找出一个信封，白色公家"出版文献资料编辑所"（父亲最后的工作单位）信封，邮局付邮寄至"本市溧阳路1219号 陆淡安先生"，信封反面底端署了日期：1969，7，11。显然，这封不是收入《澹安藏札》4 月 9 日那封信。

一见到熟悉的父亲手迹，我紧张起来，手哆嗦，眼泪涌上来。抽出里面薄薄一张纸，信纸是专用笺 500 字的"孔另境誊稿"，父亲写满了一页，现抄录如下：

淡老赐鉴：七七手书奉悉一切。

所嘱一节，诚惶诚恐。回忆当日向兄挪借，确系调换性质，不意事态发展，诚不能令人臆测。自弟入囹圄以后，原单位即截止发给生活费，家中突遭变故，一时无措，只能设法将存单取出化用，时当在去年八、九月间也。弟归家后得悉此情，虽觉事有未妥，但一以单位补发有望，一以我老情况未必差戋戋此数，弟之境况如此，谅能获得老友之谅解也。迄今五月，而事态之发展又非可逆料者：案则迟迟未决，单位除发少数生活费外，连劳保亦加取消，使生活上造成极大困难，每月战战兢兢，东补西凑，勉力维持。故时至今日，真可谓"家无隔宿之粮"也！挪兄之款，数虽不多，但欲我凑出此款，实亦非易。此种情况，实望我老能善体而见谅。此次吾老将尊府事权交与世兄等管理，诚甚英明，倘能将弟实况困境诉诸世兄，未识亦能见谅否？弟个性戆直，与兄相交二十年，彼此相见以诚，此次

不情之请，不得已也。忐忑一日夜，心急如焚，以此布达，未识已否将实况传达一二也。匆匆顺祝

百福！

弟另境69，7，11.

摊开信纸后，可能陆康瞥见我紧张的神情，已不能识别字迹，他拿过去，用手指划拉着读给我听。那天同在房间的还有万芾老师、蒋鸣玉先生两位，听罢我父亲信中所述经济窘迫之状，他们除了“唉唉”叹气，均无可搭腔。陆康一直低垂眼帘不忍看我，我镇静了一会说，康哥，陆伯伯的“七七手书”总不会在你手中，我爸那里不知有没有，因为我家是由大姐保管整理父亲遗留书信的……陆康答，那是。不过，他转而道：“慢慢慢，我爷爷除了记日记之外，写信都会在笔记本上打草稿，让我去找找看。”

不一会，陆康捧出来一个铅皮盒子，内有几本牛皮纸封面装订的旧手稿，封面上写着年份，找到1969年那本。很顺利翻到七月七日这页。因为是打草稿，陆澹安老先生的字迹显得比较潦草，康哥已经很熟悉爷爷的字，

低头用指尖点着读给我们听，陆伯伯一代老派文人，满腹经纶，遣词造句文言颇多，陆康一边略作解释。

致孔另境

另境兄鉴晤：令嫒来舍藉悉　清躬渐臻健疆不胜欣慰仍希加意调摄，必能在短期间完全康复也。

寒暄几句之后，陆老先生叹自己去年患了肾病之后，"自觉年迈体衰，不耐繁琐"，欲在6月24日生日那天起，将"家务完全交给儿辈处理，弟不再操心。所有以前出入款项亦一概料理清楚，告一段落。"接着他提起去年（1968年）3月中，"贤郎大喜时曾因购买家具，在弟处挪去两百元，此款亦需交与儿辈接收以清手续"，陆老又说，区区小数原本不该催要，直言相向是因为"彼此相知以心一切当荷"……

弟澹安谨上

七月七日

此时，我才稍微理清时间顺序。1966年"文革"开始后，父亲因"漏网大右派"之诬，我家被抄家五次，存款首饰一扫而空，值点钱的沙发、大衣甚至被褥都被造反派掳走，父亲的退休工资也不保，从一百几十元降至仅五十元生活费，家中陷入前所未有的困境。但日子还要过下去，七个孩子每天在长大，1968年3月中父亲为了他长子，也就是我建英大哥结婚购买家具之事，向陆伯伯借了两百元人民币，以调转资金用（因仅存一张定期存折未到期，提前支取损失利息）。岂知四个月后，当年7月4日父亲就因莫须有的罪名被抓进公安虹口分局拘留，一关就是七个月。期间，父亲原单位停发生活费（吃牢饭的人已有生活保障），到八九月间，家人迫于无奈，只得动用本该到期还给陆伯伯的两百元存单以作家用（当时我两位哥哥姐姐下乡，两位在外地，我和小哥哥中学尚未毕业，还要给父亲牢中送香烟、糖尿病药、营养品等）。1969年2月12日，我父亲因拘留所停止他的药物治疗，糖尿病得不到控制，原先腿疾伤口爆发，整条小腿溃烂，脓水成河，牢房里的犯人都嫌弃他，不给他睡觉，让他整日坐在墙边。父亲被折磨得几乎疯掉，才蓬头垢面、不像人样地获得"保外就医"，被推出虹口分局。

父亲回家之后，瘦成七十多斤，精神崩溃，躺在床上整天咆哮，骂我们这不对那不成。而我们没钱送他去医院治疗，他的身份也不可能在医院得到救治。此时，全靠以前常来我家，与父亲一道搓麻将消遣的朋友唐医生，那个我爸常讽刺他"庸医"的老实人，偷偷从学校医务室拿来消炎药片、纱布、绷带和黄药水，天天上门看他，在父亲的咒骂声中为他打针换药，才保住了性命。

而我妈和我哥哥姐姐们，包括我，都被躺在那里极瘦而极亢奋的父亲折磨得精疲力竭。我们翻医药书，断定他患了"躁狂性精神病"，都只想绕过他的病床走。我在家里最小，找不到借口，被迫每天帮他洗脚，倒痰盂和夜壶，清洗他病腿换下来的沾满血与脓的绷带，晾晒，用熨斗烫平消毒。

写到此时，当年的一幕幕非常清晰地回忆起来，那些悲惨的细节，一直是我不肯去回想，每每想到泪水长流的。其中有悲伤也有后悔与愧疚，情绪激动，无法写字。

父亲一生经历过那么多磨难，他是坚强的，且是个极要面子的知识分子。躺在病床上收到 7 月 7 日陆伯伯催要欠款的信，非万不得已，他绝对不会隔了两天，在 7 月 11 日的信中说出那样的事实："迄今五月，而事态之发展又非可逆料者：案则迟迟未决，单位除发少数生活费外，连劳保亦加取消，使生活上造成极大困难，每月战战兢兢，东补西凑，勉力维持。故时至今日，真可谓'家无隔宿之粮'也！"

"文革"开始以后，父亲的老朋友大多被冲击，受到不公正待遇，自身都难保，故门庭冷落车马稀。而父亲也自知"不洁"，不主动与人来往，除了陆澹安先生。我记得很清楚，父亲说，陆伯伯是个开明绅士，他不涉政治，没有单位，只有他没有被抄过家，他受到上面的保护，还因为他有个女儿在美国联合国工作，我们国家要顾及外交形象。父亲很有些羡慕陆伯伯，说陆家藏书很多，怕露富，不放在外面陈列，装入木箱摆放在自己卧室。陆伯伯虽然自己不抽烟，但他有好烟，中华牌还是熊猫牌那样的大牌，是专供中央首长抽的，很少尼古丁。

十五六岁的我长得很瘦小，贪吃贪玩不太懂事，父亲常常逼我搀扶他一起由四川北路虬江路走去溧阳路陆伯伯家拜访，那段路挺长。我心里很烦年长我五十岁白发苍苍的老爸爸，因为沿路南货店、水果店面熟的伙计常常会对我说你"爷爷"怎么怎么的。我搀着爸爸手的时候，一见对面走来我班上的同学，尤其是男同学，我就想挣脱他的手，而爸爸每次看得出我的意思，每次死死握住不放，让我低头红脸恨不能钻地洞。我恨恨地心想，爸你走那么多路，不就是去抽人家几根好烟吗？你和陆伯伯每次迫不及待把我关在客厅门外，不就是老说些反动话，怕我听见嘛。

凄风苦雨的年月里，陆澹安伯伯相对安全，可是如果他明哲保身的话，按理也可以拒绝与父亲来往，不要说二十年的老友，即使翻个跟头，四十年老友，一辈子夫妻，"文革"中互泼脏水翻脸的不知有多少。记得我与父亲单独相处，在书房中陪伴他读书的时候，父亲说到陆伯伯一直用很尊崇的口气，说他是学问家，也是绅士，朋友义气重如山。

陆澹安伯伯少年即参加"南社"，在上海读民立中学时，与周瘦鹃同为班上作文杰出者。后专研法学，毕业于江南学院法学科。历任同济大学、上海商学院、上海医学院等校国学教授。主编过《上海》、《侦探世界》等刊。他多才多艺，写专栏、搞翻译，电影戏剧评弹样样精通，与人一起创办过中华电影学校和中华电影公司、新华影片公司……他编撰著名的《小说词语汇释》、《戏曲词语汇释》内容浩瀚精到，惠泽了几代学人。

思绪拉开了，再回到借钱还钱的本事上来。

陆澹安伯伯隔天收到我父亲急迫、尴尬的回信（7月11日），顿时大惊。很显然，陆澹安先生"七七手书"催要父亲一年多前"挪去"那两百元欠款时，并不很了解父亲经济上的窘况。于是两天后，也就是7月14日，他慎重地在草稿本上拟回信给父亲：

复另境兄

另境兄鉴：接诵，惠复。谨承一是，弟对我兄近况深切了解，亦深切同情。我兄耿介成性，诚信素孚，此款迟早必蒙掷还，弟固深信不疑，实缘自己风烛残年，急欲脱卸仔肩，又认为此款乃贤郎结缡时所挪，只要我兄去函通知，戋戋之数，贤郎定必立即汇还。是以不加考虑，率直函陈。不意我兄厚爱贤郎，必欲自任其责。则弟又胡敢更赘一辞，兄贵体尚未复原，自难措手。业已遵嘱向儿辈说明原委，将此款交代之期展缓数月。俾贤桥梓得从容擘划。目下务请安心养疴，勿以细故撄心，以致影响健康。幸甚！幸甚！

因频年毫无收入，不能不倚赖儿辈收拾残局，侪友有心，点金无术，内心苦闷，不亚于兄，所幸我兄知我甚深，必能确信而曲谅之也。

此颂

痊祺

弟澹手泐

七月十四日

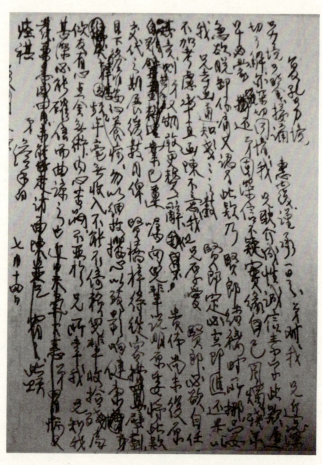

69.7.14 陆澹安复信（草稿）

22

相隔四十四年，在陆澹安孙子陆康案头，听他读当年这封澹安伯伯急切切写下的回信，字字句句犹如洪钟，又似涓涓细流，在我心头激起层层感动。陆伯伯的宽慰、解释、求谅情真意切，"兄知我甚深"，是的，爸爸，你什么也不用说了，"诚惶诚恐""心急如焚"全放下吧，宽宽心，这个灰暗世界的缝隙里面，还是有阳光，你的挚友在那里。

现在已无从考据我父亲收到陆伯伯这封回信后的反应，我想用大白话"心里一块石头落地"不为过。如是日子又过了半年，到1970年（或1971年）4月29日，我父亲修书一封（即文中开首提到，已收入《澹安藏札》第13页我父亲孔另境的信），嘱我买了两瓶酒送去溧阳路陆宅。我判断当时那两百元欠款仍然筹措不到，父亲觉得实在是不好意思，只得以礼搪塞，再作些解释，求得再次宽限。在我父亲，他是没脸见人，谅家里大孩子一定也不愿意去，只有差我这尚不太懂事的小姑娘上门了。

我们家祖上在浙江桐乡乌镇经商，建有闻名方圆几百里的"孔家花园"，算得上富庶人家。可我父亲受姐夫茅盾先生的影响，不甘株守家园，向往革命新世界。他少年时在嘉兴读书，后考入当时革命学府——上海大学中文系读书。1925年加入共产党，北伐、抗日，跟随共产党颠沛流离，他利用自己特长搞进步文化事业，办学办报与写作。父亲一辈子坐过四次牢，吃过很多苦，但坚持做一个大写的人。了解我父亲，读懂我父亲的过程，是我人生成长的过程。

检索父亲一生的苦难，我发现致使我父亲身心陷入最痛苦深渊的，就是最后一次坐牢，因为他坐进了当年领路人的牢房。可以说，他一生最穷的日子，就是年届六十，非但没有获得安度晚年的幸福，却因生活困难向陆澹安伯伯借了两百元钱而无论如何也筹措不到，不能守他一辈子最看重的"信用"两字，还不了给朋友的时期。爸爸啊爸爸，每每想到这里，我的心刀绞似的疼。那些和你在冰冷的书房，每天默默无言的厮守，为了想要吃点什么而绞尽脑汁的一幕幕，终生难忘……

我跟随父亲去过溧阳路澹安伯伯的家很多次，被他们两老关在客厅外面的时候，我手里拿着糖果，在草木成茵的花园里经常遇见陆康和他的弟弟，这两个稍长我一些的男孩原本在嬉戏打闹，总是一见小姑娘我就"刺溜"一下不见了，留我一人惆怅寡欢。如今回忆起来，与陆康兄弟竟是一句话都没有说过，连正脸都没仔细看清过。

后来父亲身体不好，走不动了，他写条子让我去陆家借书。书单是爸爸脑子里存着的，他要读的是史书，线装书善本，为我们小孩子借的是世界名著，外国小说。至今我还记得去陆伯伯家借书还书的那些时光，按响溧阳路 1219 号花园大门后，个子瘦小，后脑扎一个髻的老佣人顾妈来开门，她领我进门后，朝着楼上大喊一声"先生，孔家小姐来啦"。于是把我让到布置得中式的后厅，那里中间是八仙桌，大房间四周是一圈古董红木太师椅。顾妈口口声声喊我小姐，这个称呼我很不习惯，讷讷地不敢答应。顾妈把我手上的条子递去楼上给老爷，端茶送水请吃糖果，有时亲切地捏着我的手，好像知道我是个苦命的孩子。

我去陆伯伯家借书，他一般不下楼，我在客厅里要等上一段时间，爸爸说，那是陆伯伯在楼上翻箱倒柜找我们需要的书，时间长便是估计不那么好找。他们家是典型的花园洋房，宽阔的楼梯，被擦得铮亮的扶梯把手很结实，闪耀着诱人的光泽。其实我心里很想跑到二楼，跨腿骑上去，像滑滑梯一样"哗"地滑下来，那样的游戏我在同学家常做，非常有趣。但在陆伯伯家我不敢，一是没有小伙伴一起疯，二是顾妈当我贵族小姐一样尊敬，她是绝对不会允许我有危险动作的。

我巴巴地抬头望着二楼楼梯口，直到陆澹安伯伯捧着一叠书露出脸来。我赶紧叫陆伯伯好，"好好好，你爸爸好吗？"陆伯伯略嘶哑的声音从上面传来，我狠狠地点头，嗯，我答。其实爸爸不好，可我知道，这些告诉任何人都是没用的，我们要坚强。拎起装了很多书的口袋，挥挥手告别陆伯伯，顾妈把我送到大门口，我能看见她眼神里面的怜惜，我不哭，回家有那么多书可以看了，爸爸他也会开心的。

最后要说到那两百元钱究竟是哪一年哪一天由我去还给陆澹安伯伯的，现在暂时无法考证，我的记忆里只有当时很傻地很小家子气地问爸爸，为什么还钱还要送茶叶和鸡去。具体的日子只能作如下推算。

我是 70 届初中毕业生，当时"红军中学"有关老师不顾我家已有五个孩子在外地与郊区务农，只有大姐海珠留上海工作，母亲在五七干校劳动，父亲病卧床上生活不能自理的事实，硬是把我分配到崇明农场务农。我听闻消息如雷轰顶，宣布名单的时候，在班上当即站起来不服分配。父亲亦不让我离开他，对上门动员的老师晓之以理，甚至作出最大让步，求他们让小女儿去做最低贱的工作——倒马桶。那个姓潘的老师，我永远不会忘记她那张脸，丝毫不为所动，还跑到奉贤我母亲所在出版干校施压，一定要把我逼到农村去。那是 1971 年。

父母这样的老知识分子毕竟还是软弱，想当年，大哥 1958 年支内，二姐 1964 年支疆，他们没有反对，到两子一女下乡务农他们仍然是默默支持，没想到最小的女儿明明符合留在上海的政策，却还要受父亲政治问题连累。挣扎了几个月，同年 12 月 26 日下乡通知书按时到达。父亲病重根本离不开人，我姐姐带我去农场局请求暂缓三个月，并换到我哥哥姐姐同在的奉贤星火农场。

1972年3月16日我行囊空空离家（没钱置办），那天早晨，病榻上的父亲才摸出仅有的五元钱给我，父女黯然离别。之后我仅回家探亲一次，父亲就去世了。

所以，还钱给陆澹安伯伯的事必定发生在我下乡之前。两百元现在看来是区区小数不足为道，但从当年看，这笔巨款一借就是三年，唯陆伯伯这样诚挚仗义的绅士才能宽容。

父亲孔另境一生为人正直，结交的朋友中，达官贵人也不在少数。1931年在他生命危难的时候，鲁迅先生曾伸出援手，救他出监牢；在他生活困难的时候，亲姐夫茅盾先生也曾无数次寄钱资助，父亲都感佩在心，尊崇他们。对于陆澹安伯伯，父亲仰慕他的才学，更多的还有朋友间性情上的相契相投，"文革"中，他们关起门来诉说对当局的不满，对世道人心的不安。我能感受到，每次从陆伯伯家归来，父亲眉心的积郁减轻很多，有时甚至露出久违的笑颜，在路上与招徕客人的三轮车夫打趣，讨价还价，花很少的钱父女俩坐三轮车胜利回来。

父亲经历太多，晚年看破红尘，整日不说话。他不让我出门，关在家读鲁迅与《水浒》，他说他和陆伯伯都欣赏梁山好汉。为此陆伯伯索性让闲在家里的两个十多岁孙子学八卦拳，习武以强身，以补正气，并让他们学篆刻、书法等实际的技能，致使长孙陆康练就童子功，假以时日，终成篆刻大家，老先生真的是远见卓绝。

陆澹安伯伯在我父亲身故后很多年，1980年在家里楼梯跌倒，不幸去世。听到那个消息的时候，我刚因父亲落实政策上调到上海文艺出版社工作，没有及时前去拜望陆伯伯，感到非常惋惜。三十多年过去了，如果父亲与澹安伯伯地下有知，他们的后代致力于整理出版父辈的著作，已小有成就，更重要的是，我们以他们为荣。

故人已去，风骨犹存，血脉相承，后继有人。

他们，尊敬的陆澹安伯伯，我亲爱的父亲孔另境，请安息吧！

2013 年清明

长相思

——采访施蛰存伯伯

在我不到二十年的记者生涯中，采访过很多人，施蛰存伯伯是我当记者最初"练手"的对象，为什么选他？施伯伯名头很大属于国宝级人物，且我服务的杂志是青年杂志《交际与口才》，怎么回事儿呢？

那是 1995 年 6 月 23 日初夏季节，正值我们杂志开办第二年，有个栏目"名人访谈"缺稿。主编方克强教授听说我大姐常常去看望父亲的老朋友施伯伯，便鼓动我去"搭车"采访这位九旬老人。方老师是华师大中文系研究现当代文艺理论的教授，他很狡猾，让我在采访提纲中夹带一个他纳闷了半辈子的问题，即"当年鲁迅先生骂你洋场恶少是怎么一回事（大意）？"其他便是围绕"交际"、"口才"请老人家谈谈过来人的体会了。

大姐海珠一口答应帮我，我们买了一点水果来到愚园路施伯伯的家。施伯伯住在愚园路邮局楼上，二楼有个阳台沿街，窗外有大树浓阴，还算清静。我没想到施伯伯家根本不设防，门大开着，清秀小巧的施伯母闻声出来招呼我们，隔了一会儿施伯伯从隔壁卫生间走出来，一见我俩，听到问候他最近好吗，他大声回答："要死啦，快死啦，年纪介大了，九十多岁还活着！"声音之爽朗，精神之抖擞，思维之敏捷，恰好与他的话语形成反比，我和大姐都乐了，争着拍他马屁。

无奈被抄袭

施伯伯耳朵有些重听，脑子却刷刷清。大姐把我介绍给他，说妹妹办杂志了，来采访你。施伯伯说，不接受采访！没啥好采访的！如果我是一般记者，当时一定窘迫坏了，可我们姐妹又笑了。施伯伯二十年代和我爸爸是上海大学的同学，还有戴望舒，他们三个人每天玩在一起，后来都从事文学和出版事业，是一生的挚友。我爸爸只活到六十八岁就去世了，我们都缺父爱，看见施伯伯九十一岁高龄撒娇的样子，实在是喜欢。

果然施伯伯坐下来，很开心地和姐姐聊起来。东拉西扯一会儿后，施伯伯拿出一本安徽文艺社出版的书让我们看，书名是《唐诗新论》，作者邱某某。啊呀，姐姐翻了几下就说，那不是和你的《唐诗百话》很相似吗？就是！施伯伯苦笑说："二十五万字的一本书，有二十万字是偷我的。"邱某某是山东某大学的一位副教授，被人检举后，特地跑来上海上门道歉，对施伯伯说，用了你很多观点，没有署你的名字，很抱歉！这人还带了很多礼物，雀巢咖啡什么的。施伯伯对他说，咖啡我不吃的，你带回去。但是，那个人不肯离开，苦苦哀求原谅他。还托人过去帮着说，这人都快要退休了，凭这本书才评到的副教授，身体也很不好，求施伯伯千万不要告上法庭。

我和大姐问他，那怎么办呢？总不见得就这样放过他。施伯伯说他写信给安徽文艺社了，可是回音过来说，那本书只是给对方书号出版，他们不管的。施伯伯指着版权页给我们看："明明写着出版发行都是你出版社，怎么可以不管呢？"施伯伯重重叹了一口气："我没有精力和他们打交道，真是要命，现在一塌糊涂！"后来这事通知上海古籍出版社了，因为施伯伯的《唐诗百话》是古籍出的。

转而施伯伯又调皮地笑了，他说："前两天有人从广州寄来张剪报，讲诗词的，一千字的小文章从头到底是我写的，署名却是别人。滑稽哦？人还活着呢。谁有工夫去打这种官司，让伊去歇，让伊去歇！"

采访遭拒绝

说了些不高兴的事，施伯伯拂拂手，仿佛要拂去些晦气，请我们喝马蹄汁，他指着罐子上的英文字笑说，不要相信不要相信，全是假的，国产的。连外国买回来的香烟也是中国制造的！

等施伯伯慢慢放松下来后，我拿出那张蓄谋已久的采访提纲，为了老人着想，我把字体放到很大。施伯伯戴上眼镜只扫了一眼，就把纸头还给我，脸色有点不悦，说："不回答！"这下我真的窘起来了，暗暗怪罪方老师那个"洋场恶少"的问题，一定是得罪施伯伯了。我还怕姐姐骂我没有轻重。

　　没想到施伯伯瞄了我一眼，问我今年几岁？四十岁啊，是另境最小的女儿？爱人做啥工作？去过日本，那么日文懂不懂？我喏喏回答。接着施伯伯给我上起课来。他说，当记者采访要诚实，那个陆某某写了很多我的访问记，没一篇是好的。采访要有中心点。比如讲，这人刚有新闻，像昨天柯灵得奖（第四届上海市文学艺术杰出贡献奖），采访他，请他谈谈感想叫新闻采访，这被采访的人在新闻中心中。还有一种叫发掘老古董，有些人很久不见报，或者大家不知道，记者去帮着吹吹风，报道报道老古董近来的情况，如参加学术会议，文艺辩论等，访问是让人进一步发挥观点的。

　　他看着我讲："记者做访问记不要乱七八糟，你不要一歇歇叫我谈这，一歇歇谈那，这篇访问记就写不好，乱哄哄的，要集中专题。陆的毛病就是事先无准备，到我这里瞎谈一泡，回去写就全不对头，有许多话不是我讲的，是他想的，有啥办法！"

施伯伯见我态度很好，又伸手问我要回那张采访提纲再看一遍，一边问海珠姐，你爱人身体好吗？但是再次看完那张倒霉的采访提纲，施伯伯进一步断言：没法子可以回答！我心再次一沉，听他又说，你以后随便什么时候过来聊聊，两三次来过，把聊天记录下来就好了，要不知不觉访问，不要摆好姿势访问，摆姿势这叫做文章。

我小心翼翼问："那——施伯伯你什么时候有空啊？""我啊？空也是坐在这里，忙也是坐在这里，我一直在这里。"他指指临马路的这间兼具书房、会客室和卧室的房间，指着写字台说："我的事没人能代替，我现在很多事情没有做完，怎么办？！"此时，施伯伯脸上露出非常无奈的表情，眼神黯淡下来。海珠大姐经常去看望施伯伯，和他聊天、求教，有时应施伯伯委托，去图书馆帮着查点资料，施伯伯也带着几位研究生，可正如他所讲，很多事情都在他头脑中，别人无法插手。

伺机录下音

施伯伯在《怀孔令俊》一文中写道："一九二三年秋，我和戴望舒同入上海大学中文系肄业。孔令俊是我们第一个认识的同级同学。我和望舒在校外里弄人家租了一间厢房住宿，课余时间，令俊经常来我们住所闲谈休息。"通过我父亲，施伯伯和戴望舒认识了父亲的姐夫茅盾先生，"几乎每星期都上沈先生家去"，那时我父亲住在姐姐家的亭子间，茅盾先生让施伯伯这些文学青年随便翻看书架上的外国文学书，一起谈谈家常和文艺琐事。施伯伯又通过我父亲结识张闻天的弟弟健尔，从而认识了张闻天。二十年代末期，当我父亲失业时，施伯伯曾经把家里所有的报刊资料找出来帮助他编《五卅运动史》。1935年父亲编的《现代作家书简》中也有施伯伯慷慨提供的文友信札。解放后，春明出版社资方去了台湾，请我父亲去担任经理之职，是施伯伯劝他答应下来的。后来，父亲拉施伯伯担任了总编辑，"从此，我和令俊每天见面，正如在上海大学读书时"。之后，出版机构大改组，几次政治运动大动荡，父亲和施伯伯每年不过见面两三次，直到1971年开始，刚刚续上亲密关系不久，父亲在1972年9月便去世了。

施伯伯和我父亲的友谊是那么长久和牢固，他待我们这些"侄女"亲切便很自然。果然，被施伯伯"冷酷"拒绝片刻，他就心软了，朝我说："做人么，不拍马屁不骄傲就是了，一个人只有两条路，要么自己骄傲，要么拍马屁，既不骄傲又不拍马屁，做人就差不多了。"我一听，这不是我适才采访提纲上想问他的"做人"问题吗？连忙讨好地说："你的意思是做人要有本事？"施伯伯敏捷回道："没有本事也不应该拍马屁、骄傲的，这不对，照你这讲法，人没本事就应该拍马屁，这不对，两桩事情！平常一般人不拍马屁不骄傲就是好人。"

我见走入采访通道，暗暗发笑，乘施伯伯不注意，按下带去的小录音机按键，一五一十和他搭起话来。说了大概一刻钟左右，突然，老人家发现我在录音了，怪叫起来："你录音啦？要死嘞，给她偷去了！"他对大笑的姐姐说："明珠比你活泼，（长得）不像你爸爸，也不像你姑妈，一点也不像。"施伯伯放过我的小动作，和姐姐谈到香港作家，说1997年香港回归"我还见得到"，而澳门回归"我的身体是讲不定了"，他称赞邓小平"不容易"。

姐姐向施伯伯介绍了虹口发展文化旅游，保护文化名人的故居。对这点，施伯伯不赞成，他认为每个人都要死的，保留故居，死人占了活人的房子很没意思，这种事情不能过火。我们还聊到1993年施伯伯获得"上海市文学艺术杰出贡献奖"的时候，排场很大，施伯伯一番即兴得奖感言被广为传诵，记得施伯伯讲："奖励，奖励，'奖'的目的就是'励'，我已是年近九十的老人，不需要鼓励了，所以，我认为，这个奖应该授予年轻人。"他的发言爆得台下经久不息的掌声。施伯伯解释道，这是他的真想法，杰出贡献不能在老头子里面找，要找新人，但同时他也说，文化人才出新人确实很难，不是三五年能出来的，要比出高低来更难。

高兴送礼物

采访看似很随意，可我不敢按被拒绝的提纲一一续问。我问施伯伯，你的长寿靠的是什么？是性格还是养生？施伯伯毫不犹豫说，还是靠我自己身体！如果一个人到四十岁，心肺肠胃无毛病，就有资格可以活到七十岁，所以趁五六十岁之前身体要弄好，有病拖着不治疗是不对的，内腔无毛病了，保持生命就容易。五六十岁以后，身体就只会坏下去，不会好起来的。

施先生年轻时英俊洒脱、风流倜傥，到了晚年仍腰板挺直，眉疏目朗，指间架一枝雪茄烟于谈笑风生间是他几十年一贯的风采，可是那天我们居然没有见到雪茄烟。他得意地告诉我们，今天是戒烟的第三天！啊，姐姐不相信，你的雪茄烟呢？施伯伯摊开手说，没了啊！海珠姐不信，动手抄施伯伯的抽屉和烟盒。施伯伯顽皮地一一打开给她看，真的没有啦，你看看，雪茄烟盒里面装图章啦。但是他又说，刚刚戒烟，确实蛮难熬的，气管不好，怕出毛病，只好熬一熬了。

关上抽屉后，施伯伯从背后书架上拿下一件东西，对我说，明珠第一次来，我送样礼物给你。哇，我一看是件黄铜老货，激动不已。施伯伯示范给我看，那是一只类似订书机的文具，用打洞和穿孔的方法把纸张订起来，施伯伯利索地用几张纸叠在一起插在机器里，用手掌往下一压，成了。他解释说，过去没有订书机，也没有回形针。这个小文具是1920年日本第一代订书机。当时施伯伯住在青云路上海大学，是到吴淞路日本人开的文具店买的。

这么幸运地拿到一个名人的文物，我乐得合不拢嘴巴，海珠姐在旁边说，施伯伯一向很慷慨豁达的，去看望他，他常说，海珠这书你要用你拿去好了，他将财物看得很轻，讲究物尽其用。施伯伯沉默了一会，手摩挲着写字台上面摆放着的一只玉石烟缸，幽幽地说："这是另境（我父亲）香港回来送给我的，是山东淄博出产的。"我一下惊呆了，父亲六十多年前送施伯伯的一只烟

施先生赠订书机

缸，他一直摆在书桌上，摆在眼前，手摸得到的地方，那是什么样的故人情啊！施伯伯仿佛洞穿我的想法，他问我："三十年代文人要好哦？"他说："文人也有圈子的，一小圈一小圈，冯雪峰与周扬是两圈，冯雪峰与胡风也是两圈的，我在《现代》上刊登胡风一篇文章，冯雪峰叫我不要登。后来胡风走进了鲁迅的大门，冯雪峰只好同他讲和。"按施伯伯淡然的性格，是不喜欢圈子斗争的，故他有点不以为然，又道："解放前文坛一些闹哄哄的花头，实际上就是圈子与圈子的斗争啊。"

不知怎么，又说到海派和京派的问题。施伯伯解释道："海派是沈从文叫我的，他的意思是骂我，看不起我，骂我是保守派，海派在当时是贬称。可是他不知道，我们也看不起他们京派的。"我问施伯伯做过生意吗？他回答说没做过。"我自己办两个杂志都短命，办不下去。《文艺风景》出两期停了，《文饭小品》出六期停了。三十年代在上海办杂志不容易，因为你自己没法发行，交给书店代卖，卖脱的钱不给你。卖100元，只付40元，欠60元。下个月再批给他100元，他再付40

元，钱越滚越大，他越欠越多，赚头都给书店老板拿去。内地书店老板很坏，他们联手，每个省有头头，搞批发，是霸头，非常难弄。知道《现代》为啥能搞那么久吗？因为现代书店自己有分店，广州、北京、上海。"

我听了很感慨，当时我参与创办的《交际与口才》恰巧也是遇上发行上还款困难问题，忍不住诉苦给施伯伯，施伯伯说，我办刊是四十年代，这么多年了，上海仍然老样子，唉，好在哪里啦？！他的神情好像发惯牢骚的小青年，把我们都逗笑了。

采访施伯伯，实在是太愉快，我们不舍得离开。施先生满口上海松江话，谈吐风趣思想新潮。"先生不出门，能知天下事"的秘密在于他坚持看报看电视新闻，从每个到他家落座的客人嘴里掏"小道新闻"。所以谈话中，施先生永远不会是落伍的"老古董"。由于施先生听觉不好，他手里握个助听器，我们一说话，他就将那只助听器伸过来对准谁的嘴巴，那神情，仿佛是一个电视台资深老记者在现场采访。我拍马屁说："施伯伯你现在是宝，是国宝，大熊猫！"施伯伯接口道："我这种宝是没有用的，这种宝只好坐在房间里，我倒是有许多事情没有做完，来不及做，怎么办法？研究生也不来。"此时，施伯伯再次提到许多事情没做完，焦急加上无奈的情绪让我不忍看下去，我不知道说什么才能安慰他，只能怪自己能力太差，嘴太笨。

诤言告后辈

施伯伯一生有那么多成就，他晚年曾说自己一生开了四扇窗：文学创作、古典文学研究、外国文学翻译研究和金石碑版之学。而今我们看到，推开他的每扇窗，都有不凡的成就留给后人仰慕。他去世之后，很多文人学者深情纪念他，感叹他的一生有超过三分之一的岁月是在默默无闻、饱受折辱中度过的。可无论当年被打成右派贬至图书馆抄抄书目，还是改革开放后被人捧为国宝，施伯伯始终如一的低调、淡泊，按自己的趣味写作和生活，有能力帮助别人时，他仗义得很。

我采访施伯伯那年恰好四十岁，现在看当时还算年轻，可在当时，觉得自己当记者，起步真是太晚太晚。

施伯伯好像有通灵感，他瞄了我一眼，告诫我说："写作要放得开，不要照公式化，不要故意拼命拉长，平时作文，一千字到一千两百字很够了。写访问记，这样两面（他拿着我带去的《交际与口才》示意），写报刊文章要算好字数，配照片也要计划好，每期的内容要摆平，各方面有两篇，杂志杂志，就是要杂。"他仔细在看杂志，喃喃自语："交际口才？口才怎么写，读者看口才怎么看？"突然他道："出一个题目给你做，到旧小说上拣一段对话做分析解释，比如《红楼梦》，贾、林有一次对话，什么地方老实，什么地方幽默了。比如《儒林外史》……"

我忙告诉施伯伯，《交际与口才》上已经开辟了"今古奇谈"的栏目，施伯伯有点满意，说是的，《三国》《水浒》《红楼梦》《儒林外史》都可以写，外国小说的对话翻译往往不好，比较难发现特殊的，需要选择。他还说："外国人小说对话没有中国旧小说考究，他们用对话表示故事发展，而中国是反映思想情绪斗争，挖里挖刻来一句，弹依一句，钱钟书小说全是俏皮话，对话不是故事，我们松江人叫‘扛嘴皮’，北京人叫耍贫嘴，像《围城》那样的对话，外国小说不大有。”

我问，当代小说出了个王朔，北京人耍嘴皮的，人称“痞子文学”，施伯伯看过吗？施伯伯竟点头说看过一两篇。我忙问他感想。施伯伯犹豫道：“这个有点尴尬，容易轻浮，滑到这条路收不回来那就是轻浮，就像清朝末年写上海堂子里事的九尾龟，写到后来变成轻薄。现在年轻人写小说在于态度，有些人严肃，有些人不是。”

我不以为然说，玩玩小说不是蛮好嘛。却没料到施伯伯正色道：“毛病就出在‘白相相’，你写写白相相，交关尴尬。看看东西不坏，态度极不严肃，到底算不算中国文学一部分呢？你不放在中国文学里，那你算啥呢？要白相去白相其他东西，写小说不要白相！”这个话题似乎引起了施伯伯的思考，他转而又说：“现在也很难，是个突变的时期，时代不同了。从前只有两派，鸳鸯蝴蝶派（老派）、礼拜六派（新派），旧文体以张恨水为代表，从旧到新；另一派以新文学开头，却转到旧文学去，张资平是代表，专写三角恋爱，越写越像鸳鸯蝴蝶派。现在写小说，茅盾老舍的风格都没有了，文风都变了，语言、文字都变化了。"想当年，施伯伯创导现代派小说，是中国第一个尝试运用弗洛伊德心理分析方法写小说的人。80年代后，施伯伯被"解冻"，走了运，被海内外学术界誉为"中国现代派鼻祖"。施伯伯却谦虚地说："我们三十年代写的时候是簇簇新，现在看就旧了，没办法的。"大姐告诉他，明珠也在写小说，施伯伯马上说："不要写传统小说，要写现代派，懂哦，现代派！"

大师真性情

录音机不知不觉转动快一个小时，带子一面录完，"咔嗒"一声需要翻面了，施伯伯阻挡我，大声说："好了好了，够了，侬好写了！"脑子刹刹清的施伯伯啊，我实在是太佩服他了。那好，我们拍照吧，大姐拿出相机，让我站在施伯伯身后，留下我和施伯伯第一张也是仅有一张珍贵的合影。照片上，施伯伯身着一件青蓝色

采访施蛰存先生，左为作者孔明珠

施蛰存先生拿《交际与口才》创刊号

立绒长晨衣，里面是蓝白条纹衬衫，真正上海滩老克勒。

看到我们即将放过他，施伯伯心情大好，我乘机把一本《交际与口才》放到他肚皮上，施伯伯敏锐道："啊，想叫我做广告啊，好好好，快点来一张。"在我们姐妹的笑声中，施伯伯像顽童一样，又把杂志举到头顶，贴在额头上说，这样这样……

施伯伯身上散发的魅力让人陶醉，我望着他，想起自己的父亲，我很冲动，很想扑到他怀中，深深地呼吸他身上的雪茄香，像抱我年迈的父亲一样抱紧他。方老师想要知道鲁迅先生冠之他"洋场恶少"的名称究竟为何，施伯伯淡然解释说是一场误会，他不愿多讲下去。我却遐想连篇，施伯伯他当年家境优裕，作风时尚，与戴望舒、穆时英、刘呐鸥一帮才子帅哥写写字，跳跳舞，喝喝酒，抽抽雪茄烟，遭有些人白眼也是必然。

虽然姐姐已带我去认过施伯伯家的门，但我平时还是不敢去打扰老人。一天，我拿着刊登有我写的文章《"一不拍马屁，二不骄傲"——施蛰存先生访谈录》（1995年第 11 期）杂志上门去送，施伯伯果然仍坐在面街的房间写字台前，台子上摊着很多纸片和书籍。我带去一罐日本茶，告诉他，去超市找他喜欢吃的菜包乳腐，没有找到。我问他还想吃什么？施伯伯摇头说，什么也不要，吃得很少很少。施先生是个地道的老上海，对于当年繁华的"十里洋场"颇有怀旧之感。如今他已经长久没出门了，所以颇为好奇地打听，现在外面"公司菜"多少钱一份，我知道他指的是类似红房子西餐馆那样的地方，中午的商务套餐，就告诉他。那么，芒果外面有买吗？匹萨饼多少钱一个？我一一告诉他后，说要买了送去给他吃，他连忙摇手道："我想吃我会叫儿孙买。我有钱，钱对于我已经是没有用了，我老了，吃也吃不下，穿也不要穿，钱是没有意义的！"

离开施伯伯房间时，我有点依依不舍，施伯伯目送我，忽然他叫住我，让我把头上戴的凉帽转动一下，将一朵花放到耳朵处。他说，过去的女人也戴帽的，花放在脑后不对，放侧面才好看！那一瞬间，我耳热心跳眼眶也红了，望着亲爱的父辈施伯伯俏皮的表情，嗫嚅着说不出一句话来。那样亲切美好的一个场景，就这样永远地留在了我对他老人家的记忆之中了。

距离这次采访八年之后，2003 年 11 月 19 日，施蛰存伯伯离开人世，终年九十九岁。

而采访施伯伯距今已过去十四年，《交际与口才》目前已经闭幕。当年我为杂志写完采访记后，将录音抄录在一张纸上，却一直没整理成文。那五张采访记录躺在我办公室抽屉中，四边卷起，颜色已经变黄。上个月我退休了，搬离办公室的时候，发现了这份东西，不禁泪湿。我回家找出施伯伯当年送给我的黄铜订书机，还有一枚不知是谁刻在木头上送给他的图章，上面是"长相思"三个字，施伯伯滑稽的语气就在我耳边，他嗔笑说："长相思，哼，谁和他长相思，图章也送给你。"

施蛰存伯伯，我们和你——长相思。

2009 年 10 月

父亲受恩于鲁迅二三事

　　父亲孔另境（1904—1972）毕生从事文学创作、编辑出版、教学等工作，解放初期在上海加入中国民主促进会，为出版界最早的会员之一。

　　父亲的一生相当坎坷，他1925年毕业于上海大学，受革命知识分子特别是自己的姐夫沈雁冰（茅盾）的感召，追求进步，同年加入共产党。次年赴广州参加国民革命军北伐。在武汉前敌总指挥部任宣传科长。在杭州任县委宣传部秘书时，因组织暴动失败，遂中断组织关系。1929年春赴天津南开中学任教，不久转入河北省立女子师范学院。

1932 年我父亲二十八岁，在河北女子师范学校任出版部主任兼《好报》编辑。这时虽然与共产党没有组织关系，但他的公开地址作为党与国外联络通讯处，许多苏联寄来的宣传品都由父亲的名字收取，邮件屡屡被没收，1932 年夏天，父亲便因"共党"嫌疑被天津警备司令部捕去。

因鲁迅出手营救，父亲被关押一百天后获释

父亲被捕后，他的同事李霁野先生四处奔走托人营救，但所托之人不仅没帮忙，却作了反证，于是父亲的案件升级，被押送到总司令部北平行营军法处羁押。父亲见事情搞大，赶紧写信向在上海的姐姐孔德沚求救。

我父亲是浙江桐乡乌镇人，姐弟三人。母亲早逝，长姐为母。长他七岁，嫁给文学家茅盾先生的姐姐得知弟弟被捕的消息，心急如焚，立即向曾经在北京教育部做事的鲁迅先生求助。鲁迅先生是见过我父亲的。当时

鲁迅和茅盾都住在上海虹口景云里，我父亲因在上海大学读书，寄住在姐姐家的亭子间，鲁迅的家就在对门。我父亲曾为茅盾姐夫和鲁迅先生做信差，见过几次，所以当鲁迅先生了解情况后，当即出手相助。

北平行营主任是张学良，营救父亲的事情怎样去请托到张少帅的手里呢？首先，鲁迅先生写信给在南京就职的许寿裳，他称我父亲孔另境为自己的"旧学生"以示亲近，信中说："此人无党无系，又不激烈，而遂久缧绁（注：囚禁的意思），殊莫名其妙，但因青年，或语言文字有失检处，因而得祸，亦未可知。"鲁迅先生请许寿裳转托汤尔和办，因为他知道，在北京，只有他和张学良说得上话。而鲁迅、许寿裳和汤尔和是同期留学日本，回国后又在杭州浙江两级师范学堂同过事，鲁迅请许寿裳写信给汤尔和的时候，落款将他的名字并列其中，这点面子，想必汤会考虑给鲁迅先生的。

可是信写出之后，汤尔和那里杳无音讯，父亲在天津的牢里已待了两个多月，迟迟不见释放，上海的姑妈急得不知所措，怕弟弟出了意外，鲁迅先生得知也着急了，又修书许寿裳催办此事。这次，鲁迅先生让许寿裳给为父亲苦苦营救东跑西颠的小青年李霁野写介绍信，因为李霁野已经以自己的名义跑去见汤尔和五次，次次被拒门外。鲁迅写道："孔家甚希望兄给霁野一绍介信，或能见面，未知可否？"

提这建议是因为李霁野和台静农都是早年鲁迅为首的未名社社员，也是鲁迅在北平居住时的小朋友，他欣赏小青年救朋友的义气。于是，许寿裳再次鼎力相助，提笔写了两封介绍信给李霁野，一封给汤尔和，一封给蔡元培先生。形势险恶，情况紧急，营救父亲的行动像接力棒一样，李霁野接到介绍信，再次写信给汤尔和，附上许寿裳的介绍。另外又持信去见蔡元培想办法。不久，这样重重叠叠的请托终于奏效了，我父亲从牢里给李霁野写信，说可用两人保释。于是李霁野和台静农马上联名作保，父亲被关押了一百天后终于获释了。

我父亲在牢里不知道外面的情况，以为营救他的就是李、台两君，当他知道鲁迅先生在其中帮了这么大的忙之后，愕然不已，内心涌起浓浓的感激之情。

父亲登门感谢鲁迅先生营救之恩

1932 年冬天，父亲从牢里释放出来，随即回了上海姐姐家。父亲在回忆鲁迅的长文《我的记忆》中，详细写了上鲁迅先生家里去道谢的情景：

"冬天回到了上海，第一桩心事我一定要去结识这个富有侠义心肠的老头儿。

一个西北风刺人的早晨，心里牢记着打听来的先生寓所的路径，走到一个建筑物门前，这建筑已很陈旧，也无门警，也无电梯；我也顾不得人家警告的什么什么，一直就冲上三楼，怀着仿佛要暴烈出来的满腔热情，拼命撳那电铃，一忽儿，里面一阵响声，出来开门的正是鲁迅先生自己，他显然有点惊异，他不认识我这陌生人，我迅速地觉悟过来，于是我说：

'我是孔另境，是刚从北方回来的。'

'噢，是的是的，……来来——'他就把我让进去……'倒想不到，出来这么快！'语气却十分平淡，面上也没有喜悦的表情，这时才把我的激动平复了转来……"

父亲用小说的手法，绘声绘色描写了和鲁迅先生的第一次详谈。他们抽着不知名的劣等纸烟，对话不多，仿佛一切尽在不言之中。鲁迅先生回避父亲探问营救经过，总是把话头扯开，而手足无措的父亲到告别时也没有说出感谢两字。

鲁迅先生在父亲的印象中是一个很冷静或者说淡然的人，仿佛是一个医生或是科学家，不像写小说的文学家，也没有李霁野他们口中很重友情的样子。直到后来父亲多见了鲁迅先生几次后，他才慢慢领略了更多大先生的风采，更加仰慕这位心目中"中国文学的巨星和光明中国的象征者"。

距第一次面谈两个多月后，父亲又去先生的家，谈到左联五烈士被枪杀事件，鲁迅先生开玩笑似的说："你总算幸运，要在南方，怕早就完了。"父亲年轻气盛说："那也不至于吧，我的情形不同。"鲁迅答："不相干，他们还管你情形同不同！比如说，你倘藏着我的一封信，这就够了，因为据说我是拿卢布过活的，你既和我通信，你自然也是了。"

鲁迅先生苦笑，他喜欢年轻人，以平等的态度和他们说话。后来父亲有事没事常常去看望鲁迅，他回忆道："他总是那么真挚。常说些含有讽刺意味的笑话，等到他开始笑了以后，他是那么天真，那么放纵，有时笑到合不拢嘴来，仿佛无法停止似的。"

和鲁迅先生熟悉以后，许广平女士常常留饭，于是父亲在鲁迅家喝到酒味极醇厚的绍兴酒，是在上海其他朋友家从来没有饮到过的。

鲁迅先生为父亲编《现代作家书简》写序

父亲在上海之后，开始从事职业写作，为生活书店、中华书局等写作和出版了《斧声集》、《秋窗集》等，为茅盾助编《中国的一日》；在《申报·自由谈》、《现代》等报刊上发表杂文和散文。后来还编辑了几部书稿，用我父亲的话来说是"后来我为要维持生活，凑集许多熟人的信来编一册《作家书简》，要他（指鲁迅）给写一篇序，作用是在容易卖钱，我把这意思告诉了他，他仿佛不相信似的，但马上就答应了，第三天序言寄给我，第四天就拿到稿费，于是我去找他，告诉他的序果然发生了效力，他笑笑，说：

'他们倒还收我的序，当初我怕反而会妨碍你的书呢。'

'我知道决不会的，而且——老实说，这本书原会挨骂的，现在就决不会了。'

他又笑笑。果然，从出书一直到现在，不见有人出来骂过一句，而书的销路据说也不错，其实这种情形他比我更了然的。"

相隔七十多年的如今，看父亲写回忆鲁迅先生对他帮助的这些对话，我仍然被他们之间的话语所感动，为当时文人间互相帮助的情谊所感染。鲁迅先生的人格和他的文格同样的高尚，值得我们后人效仿。

1935年父亲在编辑《现代作家书简》时曾向鲁迅求信，却不料鲁迅当时碍于白色恐怖，怕连累人家，烧掉了所有别人写给他的信，无疑是吸取了左联五烈士之死的前车之鉴。但在其他人手中，父亲得到鲁迅先生亲手写的十六封信，也编在了书中。

《现代作家书简》中收了包括丁玲、老舍、朱自清、沈从文、茅盾、周作人、郁达夫、柳亚子、郭沫若、叶圣陶、丰子恺等几乎所有文坛大佬的书信，内容十分生动好看，而鲁迅先生为之所写的序言亦相当有趣，忍不住要照抄几段如下：

"不过现在的读文人的非文学作品，大约目的已经有些和古之人不同，是比较的欧化了的：远之，在钩稽文坛的故实，近之，在探索作者的平生。而后者似乎要居多数。因为一个人的言行，总有一部分愿意别人知道，或者不妨给别人知道，但有一部分却不然。然而一个人的脾气，又偏爱知道别人不肯给人知道的一部分，于是尺牍便有了出路。这并非等于窥探门缝，意在发人的阴私，实在是因为要知道这人的全般，就是从不经意处，看出这人——社会的一分子的真实。

"……所以从作家的日记或尺牍上，往往能得到比看到他的作品更其明晰的意见，也就是他自己的简洁的注释。不过也不能十分当真。有些作者，是连账簿也用心机的，叔本华记账就用梵文，不愿意别人明白。

"另境先生的编这部书，我想是为了显示文人的全貌的，好在用心之古奥如叔本华者，中国还未必有。只是我的做序，可不比写信，总不免用些做序的拳经：这是要请编者读者，大家心照的。"

《现代作家书简》1935年11月编成，由上海生活书店出版。当时印数并不多，然而口碑甚好，在文人圈中讲起来，大家都知道这本尺牍书，可见我父亲的策划是成功的，眼光是独到的，请鲁迅先生赐序也是非常英明之举。

1980年此书由花城出版社重新印刷出版，增加了十六幅作家手迹，书名仍为柳亚子先生所题，其他基本不变，当时健在的父亲老朋友、著名书画篆刻家钱君匋先生特地为此书重版另行设计了封面。

我是父亲最小的女儿，和他相差五十岁，父亲去世的时候我只有十八岁，很多事情都来不及向父亲请教，包括作文与做人，那是我一生中最为遗憾的。如今我也在从事着父亲当时同样的写作和出版工作，每每想起父亲的时候，伴着心痛，立志要做到最好。

关于鲁迅先生和父亲之间的故事，童年的印象很深，父亲不厌其烦给我们儿女说过一遍又一遍，父亲的一生作文、为人是以鲁迅先生为楷模的。我记得每到清明时节，父亲会领我去虹口公园祭奠鲁迅先生，他让我在公园内那高高的鲁迅塑像前三鞠躬，然后去后面的墓地处，久久地默哀。小时候我不太懂父亲到了鲁迅墓前为何脸色那么肃穆，为何一路无语？

十年动乱的时候，我和父亲两人相依为命，清贫到极点。阴暗的天色中，父亲教我读的最多的是抄家后遗留下来的鲁迅先生的书，朗诵最多的是墙上悬挂着浩劫后硕果仅存的鲁迅书写的墓碑，那是写在英年早逝的韦丛芜的哥哥墓碑上的，我以童稚之声反复朗读：弟丛芜，友静农、霁野立，鲁迅书。现在我才知道，当时的每天每天，父亲是那样委屈那样寂寞，他想念精神导师鲁迅，

明珠在虹口公园鲁迅雕像前

怀念年轻时义无反顾追求革命，追求光明，热血义气的一群朋友，那是我父亲最美好的时代。

2009 年 4 月

注：文中参考书《聚散之间——上海文坛旧事》

孔海珠著

《庸园新集——孔另境自述散文》

茅盾姑父为我们付学费

文学史上，我的姑父茅盾先生是伟大的作家，对于我来说，他又是一个和蔼可亲的长辈。虽然我与他只见过两次面（一次是童年在上海，一次是北京遗体告别仪式），但可以说，他对我的成长有着非常直接的关系和影响。

我爸爸有七个子女，姑妈孔德沚生了两个孩子，女儿牺牲在抗美援朝战场，儿子长年在部队生活。姑妈一直很喜欢也很关心我们这些侄子侄女，她和姑父解放以后住在北京，我们住上海。爸爸经常写信向姐姐、姐夫汇报孩子们的学习和生活情况。姑妈和姑父对教育十分重视，他们认为，教育是一个民族兴旺发达的基础，只要孩子想学习，能学上去，做父母的没有理由不支持他。

我们家孩子多，虽然爸爸是高级知识分子，工资不低，生活也能对付，但是到孩子们一齐要付学费的季节，手头不免有点拮据。姑妈和姑父善解人意，他们会从邮局寄一笔钱来，附言上注明"学费"，不使我的父母因得到馈赠而感到难堪。我爸爸对此十分感激，从小我就被告知不能辜负长辈的期望，一定要好好学习，长大能有机会报答姑父、姑妈的恩情。姑父为我们寄学费持续了很长一段时间，直到我的哥哥、姐姐陆续走上工作岗位。

姑父是大文学家茅盾那是我童年时心底就有的骄傲，我不敢懈怠，学习成绩一直名列前茅。爸爸因为我和三姐的学习成绩很好，曾对姑父说，准备好好培养我们读大学。可是，十年动乱打破了爸爸和我们的美梦，我和姐姐相继下乡务农。

1977年国家恢复了高考，很多人跃跃欲试。那时，姑妈和爸爸已经去世了，可姑父和我们一直保持着联系，得到恢复高考的消息，他连忙写信告诉我妈妈，让我们

茅盾在北京寓所，摄于 1980 年

韵琴：拒难早已收到，谢々。因事未
印覆为歉。開會把人累坏了，近日还
未休息过来。赶事甚多，师自己亦无暇
以家派事，务分是不解决问题的，所以
我也不清派，小钢琴是考上了，来信谓
已正式上课，也此。把吗々书签，马々属
了吗？随函寄上请转寄。象士印顿
健康！　　　　　　　　　　　雁冰 三月 廿日
　　　　　仕中考取了，不知
中元常来信。　　小妹考何？假

茅盾给金韵琴信手迹

作准备参加高考。可是我三姐上调回沪之后在牛奶棚工作，她刚刚结婚生了孩子，她的丈夫也是老三届，同是工人，他也要考大学，迫于生活压力，两个人中只能一个放弃，我姐姐忍痛放弃。

而我当时还在奉贤农场种地，劳动繁忙加上连队里极左思想教育的压力，搞得心情十分灰暗。我们当时的领导也是位老三届高中生，他曾经是重点中学高材生，完全能够考取大学。可是他高喊"扎根农场一辈子"的口号，排斥这种"逃离"战场的行为。我虽然听妈妈的话也去报名参加高考了，但是在那种压力下，根本不敢请假复习功课，每天早出晚归种田。这位指导员还把我们这些报名的"小孩"叫去开会，他问我们，听说过阿基米德定理吗？知道杠杆原理吗？哼哼，他讽刺我们，啥也不懂，还敢参加高考。确实是这样，当时我们70、72届中学生只有小学文化。大家大眼瞪小眼，完全失去信心。

妈妈一次次来信，我很烦躁。年轻时不懂得蓄势待发的道理，只是在逆境中随波逐流，没有通过学习改变自己人生的梦想，我只想快点"上调"当工人。姑父写信告诉妈妈，他的孙女小钢和一个亲戚女孩子跟我一般大，每天在家里请老师突击补课，要是我们姐妹俩也能这样就好了。后来我还是去参加高考的，没有好好准备，也通过了第一轮，参加了体检，但最后没有被录取，不知是什么原因，也无从查询。

高考揭榜以后，茅盾姑父又一次来信说："小钢算是考上了……仕中考取了，不知小妹如何？便中乞常来信。"姑父在得知姐夫仕中考取之后，又问到了我，让我至今想来依然感到有负姑父的寄望。之后半年就是78届高考，经不起挫败、太过脆弱的我，无论如何不肯听妈妈的话重考，居然以死相威胁。妈妈和同办公室的丰一吟阿姨商量，无奈地看着我错过机会。

多年之后，我和姐姐通过高等教育自学考试和电大都读完了大学，又经过几十年都获得高级职称，但是其中毕竟错过了很多，艰难不言而喻。如今我还常常会忆起姑父当年的关心和劝告，我觉得姑父仍然在远处注视着我。

得父亲初版书《秋窗集》记

我没有藏书癖，书橱里几乎没有老旧的初版书。父亲算得上丰盛的藏书在"文革"中被造反派扫荡一空，他本人的著作初版本有些保存在乌镇孔另境纪念馆中，我手里一本也没有。

前些天，我收到一封《作家文摘》报转来的挂号信，是北京读者宋先生写给我的，他是从《作家文摘》上看到选摘于《上海文学》杂志今年第三期上我的文章《特别的明信片》，"很感动，始知在乌镇的孔另境纪念馆"。宋先生说他存有一本我父亲签名赠与"竹年兄"的《秋窗集》，并附上了封面和版权复印件，问我是否需要，可以去信联系。

《秋窗集》是我父亲1937年6月于泰山出版社出版的第一本杂文集，分两辑，共收有十几篇文章，"论争之部"辑有"秋窗漫感"等七篇以东方曦署名的父亲文章，那是他于1936年发表在《大晚报》"火炬"上的几篇漫话，他的"第一桩愿望就想发泄一下胸中的那些积淤"，可是不意卷入一场文坛公案，惊动了郭沫若、茅盾、阿英、陈子展等等著名作家，一时《大晚报》《立报》等副刊为"文坛领袖"之争，为猜东方曦这个笔名究竟是不是茅盾先生很是热闹了一场。为全面展示那场颇为激愤又幽默的论战，《秋窗集》收了此公案中一些有关文章；另"散失之部"辑有六篇父亲于1936年10月之后写就的零星文章，包括他非常动情地回忆鲁迅先生的那篇散文"我的记忆"。

宋先生手里即是民国二十六年6月泰山出版社的初版本，我看附来的复印件，封面已经残破，毕竟距今快八十年的纸本书，令我惊喜的是扉页上面有父亲手书

"竹年兄正　孔另境一九三七,六,二十"字样,虽然我不知道竹年是谁,父亲的笔迹我一看就知道。

我稍许了解一点藏书界的情况,诸如"孔夫子旧书网"那里,有些初版本的价格令人咋舌。几年以前,有位喜欢淘书的小朋友告诉我,看到网上有人转让我父亲解放以后被有关部门保存的一些"书面检查"等,我转告大姐,她联系了那转让人,结果在一家茶馆见面,大姐花了几千元钱买下这些令人感伤的纸片。实物我至今没看到,说实话看这些东西也是需要有一些勇气的。

现在机会来了,我很想要宋先生手里这本《秋窗集》,想摸一摸,保存在书橱里,也让女儿看看未曾见过面的外公亲笔字,如果她也觉得那是宝贵的东西,说不定还会保存下去。我不知道这位来信的宋先生是谁,他这是要卖书?会开高价吗?但看他端正老到的钢笔字迹,信纸抬头冶金工业部北京某研究院,我想他会不会是位有点年纪的知识分子。

我根据他留的手机号发了个短信过去,说如果他愿意将此书转让,我万分感激,作为回报,我可以签名送父亲、母亲各一本新版的书给他留念。我还说，如果有什么要求也可以告诉我。那时我有百分之七十把握对方是位好人，他不会要我的钱，惭愧的是另百分之三十我留了个心眼，准备好讨价还价。

宋先生几个小时后回了短信，他让我告知寄书地址，还说"此书回归更有意义。如能得到您签名的两本书我会十分高兴！"不巧那天我手机短信提醒功能关掉了，我没看到。第二天上午，宋先生追加了一条短信，再次明确他的心意：送给你，没要求，赶紧告知地址！随即他留下自己家详细地址。看到这两条短信，我脸红了，是高兴，也是惭愧自己的小人之心。好玩的是，我马上回的短信亦"石沉大海"，第二天我复制后再发一条，告知他我送给他的书已在快递路上。

我们俩都收到了对方的快递。在为父亲逝世一百一十周年编的《孔另境纪念文集》扉页上我题写了对宋先生转赠与我父亲著作初版本的感谢，还签名代送了我妈妈金韵琴新版的《茅盾晚年谈话录》。宋先生收到后很高兴，回说题辞是给他最好的纪念。

《秋窗集》初版本

我小心打开包装得很妥帖的那本"重点书"，很小很黄很破了，扉页上父亲的题字墨迹清晰，老爸握着笔杆潇洒的书写形象活生生跳在我眼前，爸——！我的眼泪涌上来，手指抚摸他的字迹，甚至感受到了他的温度。

北京来的快递中夹了一封信，宋先生回忆如何得到这本《秋窗集》："记得大约是1957年左右我从北京中国旧书店购入本书，那时候还陆续买了我国三十年代文坛论战的一些书籍，后来都散失了。惟独这本《秋窗集》有你父亲的亲笔签名，我觉得很珍贵，特意保存下来，至今近六十年。现在送给您我感到很欣慰，这本书我保存得比较好，由于珍重并未在书中题写，保持了书的原状。"

欣喜之下，我立即拍摄了封面、扉页与宋先生的信上传到微信朋友圈，海珠大姐看到也很高兴。因大姐是现代文学史专家，我急忙问她知道父亲在扉页上题赠对象"竹年兄"是爸爸哪位朋友？姐姐答竹年就是李何林。啊！原来就是著名现代文学研究家李何林老先生，我父亲年轻时便结识的好友。李何林与李霁野、台静农（北平"未名社"主干）同为安徽霍邱人，年龄相仿意气相投，二十年代末我父亲在天津河北女子师院编校刊以及《好报》时认识他们。1932年暑假父亲被天津巡捕房抓去关了一百天，李霁野、台静农为营救他百般奔走，后来通过鲁迅先生的关系，两人联合作保，父亲才得以获释。几位书生经历过这样的生死营救，情谊至深，1937年6月父亲的《秋窗集》出版后，当即送给"北国好友"李何林先生指正便是十分自然。

时间来到了1957年，《秋窗集》历经二十年纷繁战乱，不知多少文学青年的手翻过它，传递它。也许此书一直被李何林伯伯保留在身边，而这一年，反右斗争以异乎寻常的风浪袭击到他的书房，《秋窗集》随很多宝贵的书籍一同散失。有幸的是这本书遇到了宋先生，竟然将它完好保存了五十八年，最后通过这番机缘送回作者后代的手中。我越想越激动，拨通了北京宋先生的手机。

电话中传来的声音略显苍老，果不其然，宋先生是一位长辈。他虽然不是学文科出身，但是年轻时就偏爱文学著作，爱跑旧书店淘书，曾经买过很多旧书，时间一长大多散失了。冥冥中有天意，这本《秋窗集》一直在，仿佛他知道此书会有一个好的归宿。当宋先生听我说到父亲书扉页上"竹年兄"是著名作家、鲁迅研究奠基者、鲁迅博物馆首任馆长李何林先生时，他高兴地连连说知道、知道他，曾经也收藏过他的书。

宋先生在北京钢铁研究所工作，他自豪地说自己是教授级科研工作者。我说那是当然啦，您现在还经常看书读报吧？他说是，自己是《作家文摘》的忠实读者，看到好的文章都要剪贴下来，这不，宋先生随书还送了我一张2005年12月13日的剪报，文章是"孔另境：和毛泽东一起办公"，剪报做得很专业，有发表日期、总期数、版面信息。十年前的剪报，也可以算藏品了。

请教宋先生贵庚，他说今年八十二，家在北京，曾经来上海宝钢工作过好多年，对上海也是熟悉的。我们在电话里聊得很开心，都有得其所愿的兴奋，我们约好有机会或许在北京，或许在上海见个面，再聊聊。

得书之事太高兴，我去新浪也发了个微博，微博大咖、藏书家、书评家鹦鹉史航看到了，留言："书缘殊胜，情谊成美。"钢琴家宋思衡批："人生，不过情谊二字。"网友评论很多，多说宋先生是成人之美的君子。著名作家陈子善老师也转发了这条微博，只一周的功夫，点击数已超过 18 万人次。

此时此刻，我感觉父亲在天上看着人间，这是他乐意看到的世界。

2015 年 6 月

爹爹的麻将搭子

爹爹结婚晚，儿女又生得多，我这个末朵女儿与他相差五十岁，1963年他提前退休的时候我才上小学三年级。我从一年级开始就当班长，大眼睛圆脸蛋，人长得正气，思想也相当要求上进，对爹爹喜欢搓麻将的顽固爱好很反感，对他不顾妈妈的埋怨，经常在家召集朋友搓麻将的行为又气又恨。

那年月搓麻将是以赌博论处的，管你赌资是小来来还是大来来，抓到都要被严肃处理。和现在"扫黄打非"差不多。社会上抓赌的风是一阵一阵刮的，每当在饭桌上听见爹爹沮丧地说，最近外面风声很紧，我和我妈都埋头吃饭，喝汤时碗里映出一丝笑颜。而帮佣的阿姨却相反，唉声叹气，因为凡家里来客人搓麻将，会预先一人拿出五毛钱来当点心钱和小费，阿姨忙一点，但刨去成本总归略有盈余。

　　爹爹一米七六模样，身型颀长均匀，两眼炯炯有神，走路举一根英式斯的克，是个拽得不得了的男人。他写作、编书之外，抽烟、喝酒、打斯诺克、摄影、收藏古董什么都会，朋友多而杂。在我这个少先队中队长的眼里，来参加搓麻将的大人都长得贼眉鼠眼，走路贴着墙边，见人呵呵假笑，连见到我这个小孩子都要鞠躬点头。而爹爹就是个麻将领头人，说提早退休是写书来着，怎么可以像我老师经常说的"三天打鱼两天晒网"！我和妈妈一样，知道他的厉害，不敢和他吵，天天担心里弄隔壁有邻居检举揭发我家聚众赌博，母女整日忧心忡忡。

　　有一天下午放学，我高高兴兴带了两个小朋友回家开小组，准备一起做功课。刚用钥匙把楼梯门打开，就听见三楼靠阳台的大房间传出洗麻将牌的声音，"哗啦啦，哗啦啦"好大声啊，就像有八只熊掌在水泥地上推一百三十六块巨石，那摩擦声简直是震耳欲聋。我脑袋"嗡"地一声炸了，第一反应是想去捂住小朋友的耳朵，当然那不可能，我赶紧把小朋友推进亭子间，嘴巴大声胡乱说着什么，心里"扑咚扑咚"跳个不停。

也许是我同学从来没听过洗麻将声，根本辨识不出来，她们眉头皱皱，不知我为何涨红了脸声音发抖，为何不让她们去楼上卫生间小便，匆匆把她们打发了。受那次惊吓以后，我再也不敢草率地带同学回家，每天放学形单影只，郁郁寡欢。

爹爹的麻将搭子给我印象深的有那么几个：

周伯伯

周伯伯住在我家隔壁再隔壁的一条弄堂里，爹爹说他是资本家，老婆不止一个。周伯伯的模样真不敢恭维，是个驼背，背上的"驼峰"有一个菜篮子那么大。他两颊无肉，面孔就像秋末还晃荡在枝条上的老丝瓜一样，又长又凹陷。周伯伯戴一副金丝边眼镜，因为驼背老低着头，头颈有点强直，让人感觉到镜片后面闪闪烁烁的目光。

爹爹当他的面让我叫他周伯伯，泡茶请坐，背后和妈妈说话时称他周驼背。大概周驼背家里有钱的缘故，吃喝颇讲究，还懂点医道，爹爹在饭桌上老是周驼背长周驼背短，传达一点养生方面的知识给妈妈。有一次放下饭碗前，爹爹讲到周驼背患有严重的痔疮，爹爹肯定以为我小孩不懂，也不避开我，越描绘越具体。他说周驼背最近毛病发得厉害，一拉大便肛门就脱出来，平时一推也就推进去了，现在要用热毛巾焐，推推还要出血。这可把我恶心坏了。我小人家别的毛病不多，心里一恶心喉咙忍不住要干呕，听闻周驼背的疾患，同情心没来得及赶到，只听"耶"的一声，嘴巴张开舌头吐到半当中，把我老妈给吓得。

周伯伯身上有着资本家的习气，老奸巨猾，遇什么事都不明确表态，就会打哈哈。他每次见到我总要对爹爹说："老来得女，赞，掌上明珠！可是……小姑娘是不是贫血呀,脸色苍白,这个年纪脸蛋应该像红苹果……"他不说下去,搞得我又窘又害怕。他建议说,给小姑娘每天吃三到五个红枣,补补血。说过多次以后,我被妈妈领到地段医院验血,血色素标准是11到16克,我大概9克左右,果然有点贫血,但也不算太低,每天吃三、五个红枣的事也就不了了之。

每次麻将散场,爹爹脸色爽的时候不多,我估计他老人家性子比较急,啥事都爱"光明日报",牌桌上要隐忍、算计、做牌,这些"龌龊"的事他肯定不拿手,所以赢面不会大。而周伯伯就不一样,他散场回家经过窄小的走廊时,一如既往低着脑袋,我却能从他的驼峰上看出他心里正笑得花枝乱颤。听爹爹说,我们家的麻将聚会输赢是很小的,可最起码,周伯伯这一乐,到手一天的小菜铜钿肯定有。

没轮到我小学,国家就业形势就不太好了,社会青年很多,家长眼看被啃老,实在有点着急。有条件的家庭未雨绸缪,提前让学龄孩子学一样技能,车刨钳当然是不会去学,谁爱当工人呀,当然是搞文艺风光啦。于是有的学拉小提琴，有的弹钢琴；条件差的学个手风琴，再差买个口琴吹吹；只有跳舞和唱歌似乎不用物质投资，只需挖掘自我肉体的潜能。我有六个哥哥姐姐，爹爹一直没有操心过这类事情，也许是形势紧迫，爹爹终于把眼光落到我头上来了。其实我的心里是很想学跳芭蕾舞的，那时候，小学里就有传说：好好的在上课，教室门"砰"的被打开了，上海芭蕾舞学校的老师来学校挑人了。不知道他们是怎样的标准，传说中看黄金比例，九头身什么的，总之脚要长，脑袋要小，发育以后不会横度里长胖，只会长得瘦高瘦高那种。

我天天睡前会幻想一下被芭蕾舞学校看中，抽出去学跳舞。因为我是班级舞蹈队的，手腕很软，韧带倒不是很松，八字开叉起来很痛，踢腿三天不练就踢不到耳朵旁边了。但是我想，真的被选上的话我会用功的。这样的幻想泡泡很快就破灭了，我所在的是民办小学，姐姐们说，不要做梦了，芭蕾舞学校是绝对不会到民办小学挑选学员的，区重点、市重点，他们选择余地大得很。

而且爹爹说，他舞蹈界没有熟人，要是学唱歌，说不定绕几个弯能托到音乐附中的老师，而最最可能的是，周伯伯家隔壁有一个小学音乐女老师，单身，关系很好，明珠可以先去给她看看，学学唱歌，到时候去考音乐附中。

　　周伯伯就这样成了我的介绍人。不料来到音乐老师家一看，那位气质很优雅的女老师就是我们小学教音乐的朱老师呀。朱老师教好几个班级，她不认识我，我认识她呀。再而且，在我前头，她已经收了一个开小灶的女学生，知道是谁吗？就是我们班上的中队主席陈每每。说起陈每每我气不打一处来，她的中队主席位置原本是我的，我在班级里学习成绩好，威信一向很高，选举中队长时全票当选。到结果老师却让我当中队学习委员，让票数比我少的陈每每当中队主席。班主任是这样对我解释的，她说，中队主席是空的，能力差没关系，而中队学习委员、体育委员、文娱委员、劳动委员都是实的，只要你们几个有实力的把各自的工作做好，向中队主席负责就好了。我简直目瞪口呆，这什么逻辑什么逻辑！

　　最最让我胸闷的，还不是这些都已过去的事情，而是，陈每每唱歌比我唱得好，喉咙那么轻，朱老师却说她唱得好听，有乐感。而我呢，朱老师风琴一踏起来，我就心里乱糟糟，张了嘴巴不晓得唱的是什么。我没有自信心，神经却来得格敏感，陈每每比我早唱比我晚唱我都要计较，朱老师朝她笑一笑我就心痛。陈每每齐刷刷的短发，白净的后颈脖，笔挺的后腰，我在朱老师家客厅候场时，两只眼睛大概在喷火吧，如果我身怀气功的话，陈每每就倒霉了。

学唱歌没几个月，好像就是音乐附中招生，我发现陈每每被朱老师暗地叫去加班加点练习，却没有我什么事儿，相当气馁非常气馁。可是看我爹爹的眼色却没事人一样，许是周伯伯早就将朱老师对我的评价转告他了，朱老师就像他的女神一样，借着引荐我，他进进出出女邻居家，家里的大小老婆只有干瞪眼的份。我爹爹心里可亮堂着。

后来周伯伯消失了，据说最后脱肛后大出血，一痰盂一痰盂的鲜血，无法止住，流尽后就没气了。那想象中的恐怖现场让我至今心有余悸，忘不了周伯伯。

四川北路老家晒台上的全家福，摄于上世纪60年代初。爹爹60岁不到提前退休，准备回家专心写作，后编著完成了由蔡元培题写书名的皇皇八大本《五卅运动史料》手稿（未出版）。

唐医生

　　唐医生不是文学圈的，也不是出版界的，他是从哪个途径进入我爹爹的麻将圈一时无从考证。唐伯伯在大学里当医生，矮个子，戴一副经常落到鼻子尖的无框眼镜，因为他说话嘴巴里像是含着一个橄榄，呜噜呜噜的，就总是遭到我爹爹的抢白。唐伯伯从来不生气，反而夸爹爹很幽默，老朋友老朋友地打哈哈。

　　唐医生的牌技很差，有种牌友，他来到牌桌上的目的就是来送钱的，你让他不要再来，那真是伤自尊。三缺一的时候打电话给他，也不计较，乐呵呵一口答应。有时候我开门，看见唐伯伯一个裤角管还卷在半当中，好像从水稻田里刚刚爬上岸。唐伯伯最晚到，进入麻将房，发现万事俱备，三麻齐发，自己是最重要的一个人，忍不住掩嘴失笑一小会，转而态度诚恳地向牌友连连道歉。

　　唐伯伯这个医生在爹爹眼里就是个给学生涂涂红药

水，开开感冒药的保健医生，可就是这个保健医生，在我爹爹入狱遭大难以致病危被一脚踢出监狱后，救了他一命。从此爹爹再不轻辱他，而是每天躺在病床上，睁着深陷眼眶失神的眼睛，等唐伯伯来。

唐伯伯的口头禅是"不要紧"，他给我们讲解粗浅的医药知识，让我知道，爹爹小腿上的大面积溃疡是因为在监牢里面，糖尿病没有得到有效控制，急性爆发的。只要先用药控制血糖，外部硬伤消炎止痛，伤口会一天天缩小，肉芽会长出来。但正因为是糖尿病人，那个过程极其慢，需要耐心。

唐医生每天下班后带了黄纱布来换药，沾酒精棉花给纱布与皮肉连接处消毒，轻轻揭开沾满脓水的纱布，爹爹口里"咝咝"地喊痛，唐医生就像哄小孩一样大声与爹爹讲道理，"不要紧额"，"好交关了"。每天每天，唐医生噔噔噔上楼来，噔噔噔离去，从来没留下来吃过饭。药片药水绷带棉花，换药、打针费爹爹一分钱也没有付过，我们家没有钱。

唐伯伯有个引以为豪的儿子在大医院当医生，医术

91

高，人很憨厚，唐伯伯和我爹爹有点想结亲家的意思。我大姐患有严重的扁桃腺炎，碰碰就要发烧，喉咙痛到说不出话来。经介绍去小唐那里开刀。一切路都铺好了，把大姐送进医院手术室。等到下午，我和小姐姐抱着一个干毛巾包的大铝盒，里面是一块三色大冰砖，送去给大姐吃。没有料到姐姐人完好无损走出来说，扁桃腺没有开掉，因为麻药一打人昏过去了。我和小姐姐听闻，呆在病房走廊上，想象老实巴交的小唐医生一定当场被吓坏了。大姐呢，一头乌发两根麻花辫子，阳光灿烂地露出雪白的牙齿，扁桃腺炎仿佛不治而愈。

爹爹躺在床上生病，动弹不得，脾气躁狂，我们翻医书，偷偷诊断他为躁狂性精神病，只有唐医生连连摇手说不是的不是的。他给我们做出了打不还手骂不还口的榜样，经常安慰我母亲老孔会好的，让我们大家都谦让爹爹。

爹爹是个骨头硬嘴硬的人，心里记得唐伯伯的好，等到自己身子骨好一点后，又对唐伯伯随便挑剔、指责，说他属于医不好大病也医不死人的医生，两个人争争吵吵。唐伯伯一气之下几天不来，爹爹却要"奇了怪了"那样嘀咕不已。

唐医生真是个好人，这是我家人对他的一致评价。如果他家有四个男孩，说不定我爹爹会让我家四个姑娘都轮流配一配，看看有没有成为亲家的可能性。

许伯伯

许伯伯的故事很传奇，有一个场景深印在我脑子里，那就是他青春年少的时候离家寻找真理，走到半路把盘缠都用光了，于是一屁股坐在铁轨上哭。这时候，青年毛泽东走过来看到了，嘘寒问暖把他给救了。

隔了几十年我看到许伯伯的学生写的回忆文章，才比较完整了解了许伯伯传奇的身世。原来他本姓潘，因为家贫十一岁便入赘许家，改了姓。他一心要读书，却被养父母几次三番送到上海、嘉兴、长沙等地当学徒，而他几次出逃。我脑子里他坐在铁轨上哭那个场景一定不是我爹爹杜撰出来的，事实上许伯伯他逃出长沙后，

93

"沿着粤汉铁路步行到武汉，乞宿在汉口一家小旅馆里"，与同样下榻于小旅馆的将来一位伟人不期而遇，"从而揭开两人私交的序幕"。

后来许伯伯听从年长他八岁的青年领袖毛泽东的劝告，跟随毛泽东坐船转道上海回到家乡。毛泽东寄给他《新青年》等进步报刊，介绍他去湖南进了毛泽东创办的"成人失学补习班"。后来许伯伯返回浙江，考入浙江省立第一师范学校，发表小说，入党，投身进步宣传教育工作。许伯伯一直保持与恩人毛泽东的联系，给毛泽东写信，收藏有很多毛泽东给他的复信。

我爹爹三十年代编过一本《现代作家书简》，求到鲁迅先生作序，当年卖得很不错，版税帮助他度过文学与生活的低潮期。爹爹对文物古玩一向很有兴趣，收集名人书信也是他的爱好，1963 年他提前退休后，除了专心写作《五卅运动史稿》外，整理了厚厚四大本作家书信，准备要出《现代作家书简》续集的。爹爹对于许伯伯手里那十多封"御笔"很感兴趣，便向他借了一封还是两封想收到书里面。我记得翻过爹爹当宝贝的书信册，毛泽东和鲁迅先生的亲笔信是放在首页最值得显摆的名人书信。

　　许伯伯在外语学院教书，是爹爹的老朋友。他年纪比爹爹轻，却也拄着一根拐棍，有时候他偕夫人一起来，夫人长得高大，面孔显得比较刚硬，不苟言笑，给我留下很深的印象。那时候家里隔五岔六会来客人，一拨一拨的老朋友。与许伯伯一拨的有沙阿姨，她长着一张椭圆形观音娘娘似的脸，高高瘦瘦，腰板挺，脸上皱纹很多，两颊松弛，一双曾经美丽的眼睛仿佛阅尽世界的样子，感觉她也很有来头。许伯伯生性老实，说话有点嗫嚅，爹爹性子急，老要抢白人家。长得有点虚胖，眼泡浮肿的许伯伯始终处于辩解的状态，沙阿姨始终扮演拉和的角色。我端茶送水进书房的时候，爱偷听他们吵吵闹闹的说话，颇觉好笑。

　　许伯伯来，总是要给拖到麻将桌上，他看上去对麻将不太热爱，三心两意，嘟嘟囔囔。可以想见散场时候他的输赢结果。不过爹爹他们本来就玩的是"卫生麻将"，动动手动动脑筋，大家聊聊天而已。

许伯伯很喜欢十来岁的我，他知道我爹把我当掌上明珠，每次回家前，他都要求爹爹让明珠送送。爹爹答应后，我便搀扶他的臂膀，送出房间。到走廊里爹爹看不到的地方，许伯伯就会说，明珠你给老伯伯亲亲好吗？我知道他是好人，可心里还是不太情愿，因为许伯伯年纪很大，头发都花白了，腮上的胡子仍然很刺人。但是没办法，我只好让他碰碰我的脸蛋，赶紧躲开。有时候，许伯伯不过瘾，就会变得像个赖皮的小男孩，送到他二楼还不够，要送到底楼弄堂里。他苦苦哀求明珠送送，我一心软，许伯伯高兴得好像得到奖励一样，心满意足。

许伯伯和爹爹为了毛泽东两封亲笔信终于翻脸了。记得爹爹向许伯伯借了信，说是要编书用的，可是编书的事情一直没有落实，爹爹没有还给许伯伯。当时复印机那种东西大概很少，爹爹一直说要到专业的地方将信制版以后还给许伯伯，拖了很久。许伯伯每次来，每次要提这件事情，很扫爹爹的兴。跟他讲东西在的，不会私吞的，许伯伯还是不放心。

终于在一年的年卅晚上，全家人围着圆台面吃年夜饭的时候，我家的大门被"咚咚咚"擂响，许伯伯带着一股强烈的恼怒气，直冲到爹爹面前，大声斥责爹爹不讲信用，企图侵吞他的宝贝财物。我爹爹开始还当他开玩笑，嘻嘻哈哈让他坐下来，许伯伯坚持不坐，要他立即把毛泽东的手书拿出来还。

我们全家顿时惊呆了，连我这个小小孩都觉得场面太尴尬了。我爹爹的暴脾气发作了，拎起长条酒柜上一只大花瓶，要砸过去，幸亏被妈妈眼明手快拦住了。许伯伯满脸充血，好像随时要中风倒下的样子，我爹爹暴跳如雷，两个人都把狠话撂出来，宣布几十年的友情决裂。

那次大吵之后，许伯伯再也没有到家里来过。而我爹爹那四本书信手迹在随后的"文革"大抄家中被抄走了。等到"文革"结束，部分抄家物资回到我们手中时，毛泽东的亲笔信自然是没有了，据说是被有关方面拿去处理了。

之后稍许平静的日子里，沙阿姨还是来家里坐坐的，

97

每次来，每次要和爹爹说起许伯伯，她一直在劝说两方面言归于好，策划过很多次两个人见面的方案，我甚至陪着爹爹去过第三方沙阿姨的家，讲好会出现的许伯伯坚持不出现，爹爹没有机会原谅他，或者反过来说，被许伯伯他老人家原谅。

骆驼叔叔

骆驼叔叔的姓氏我都忘了，只记得他在南京路一家帐子公司的二楼上班，爹爹曾经带我去找过他，是托他买床上用品，似乎是比较昂贵的台湾篾席或者鸭绒被之类。骆驼叔叔长得特别瘦特别高不算，脸色灰白，两颊向内凹陷，黄色大板牙，说话声音很轻，且眼神东张西望，唯恐惹事，总之是一脸的倒霉。我很奇怪爹爹会有这种层次的朋友。

也许是我脸色怪异，爹爹趁他不注意低声告诉我，骆驼叔叔得的是老肺病，咳嗽时细菌飞出来，会传染的。听罢我小人双脚一弹，弹到楼梯口，这凑近听他说话，若他咳嗽，我脸沾上唾沫星子可怎么办。

据说骆驼叔叔解放前是个工商业者，估计资本不大，公私合营后到帐子公司当职员。爹爹认识他是因为他也搞写作，估计是编辑与作者关系吧。看见他在单位里战战兢兢的样子，爹爹拉了我很快离开。

我那时是小学中队长，反对爹爹"聚众赌博"的思想觉悟很高，可是，家里真有一桌麻将打得正酣，我倒是自动充当起站岗的哨兵，因为我爹在内，他再怎么犯错也是我的亲爹呀。

说起来丢脸，爹爹的麻将搭子里真是没有著名作家，风流诗人，英俊中年，潇洒老头，摩登姨太，简直是泥沙俱下，鱼龙混杂，我很不喜欢这群麻友，又没办法反抗。端茶送水绞毛巾的事必须去做，应门也是我的事。

当年聚一场麻将不知是怎么个"人肉"通知的，骆驼那边的消息为什么总是延迟。他常常是在一桌四人已经到齐，麻将开战之后，敲响我家的楼梯门。麻将时间我是只惊弓之鸟，去楼下开门，只开小半扇，对来人讲，我爹爹不在家。在他还没回过神来之时，把门关上。然后耳朵贴在门后面听他下楼的声音。

有一次，我小哥哥开门，他也说爹爹不在家上班去了，但是骆驼叔叔拨开他的小手，说要上楼去等，硬是挤进门来。我见到不速之客闯进来很紧张，招呼他坐沙发，可是骆驼叔叔不肯坐，像一根竹竿似的戳在房间里，东张西望。恰在那个当口，隔壁麻将房一圈打完开始洗牌，"哗啦啦哗啦啦……"我顿时面红耳赤不知如何是好。

我们家楼上房子两大间，中间隔开的墙和人家不一样，是日式的，下面砖墙只有一米多高，中间是一排长窗，长窗下半段是油漆的，不透光，最靠上面一排是透明玻璃，那个高度大概是两米左右，一般人站在地上不可能看到另外一间房间里的情景。

说到这里，估计你也猜到了，是的，奇高个子的骆驼叔叔不费吹灰之力，只将脚一跐，便看到了隔壁房间我爹爹，他大叫一声"老孔"！小哥哥因为说谎被戳穿早已经滑脚溜走，我可尴尬了，不知怎么解释才好。怔怔地眼看着骆驼叔叔两只黄色大板牙露了一会儿，自说

　　2013 年 6 月摄影家陆杰陪我回虹口四川北路娘家，拍摄了一组黑白影像。图中我坐的房间是爹爹在世时的卧室兼饭厅，方桌上铺上羊毛毡就是麻将台。我靠背后是两间大房间的隔墙，日式矮窗近 2 米高，以上玻璃窗原透明采光用，窗上涂鸦是前几年我侄女圆圆所绘。

自话通过走廊往前面房间走去，拧开门把手，进去拖了个圆凳，坐下来了。

爹爹打麻将两耳不闻窗外事，浑然不知我们出的洋相，他中途上洗手间，见了我也顾不上摸摸我脑袋安慰下，当然也没有责怪我和哥哥守门失职，毕竟骆驼叔叔是他的同党，不是邻居家那个专门告密的。

爹爹在家里暴君一个，无所畏惧，只有搓地下麻将这根软肋。我小哥不听话爹爹打他，有一次他如何反抗都不奏效，突然祭出杀手锏："你搓麻将，我要到派出所去告你！"这一声怒吼震耳欲聋，爹爹被惊到，不得不放下鸡毛掸子，软声说："乖，我儿……"

2014 年 9 月

蟹蝴蝶

今天中午吃到正宗的阳澄湖大闸蟹，喝了一点酒，原本打算好好睡一觉的，可是剥雄蟹的大脚钳的时候，我不可抑制地想着我的爸爸——每当吃蟹时节，我总是要想念他。爸爸活着的话，已经一百零一岁了。

今天有一个雄蟹特别大，如果爸爸在，一定是他吃，爸爸是老大，毫不犹豫义不容辞，爸爸会吃这只大蟹。这只大蟹的大脚钳非常男人，长满了黑色长毛，威风凛凛，耀武扬威。爸爸吃它的时候，会先把后脐盖拿掉，哼哼，看下货色，吸一口，嗯嗯有辞地说，还不错。然后正式开盖，那大雄蟹果然是好的，除了满盖的蟹黄以外，乳白色透明的膏脂聚集在它的身体中央。爸爸先不会管它，他喝一口绍兴加饭酒，举起筷子挖蟹盖上的黄吃。爸爸说，蟹只要蒸十分钟，烫的时候一定先吃蟹黄。

爸爸示范给我看。

爸爸是写文章当编辑的人，爸爸不像一般搞科学的知识分子，他很会生活，喝酒抽烟拍照打斯诺克搓麻将无所不会，爸爸还是个好吃分子，而在上海的老文人中最闻名的是爸爸吃东西的癖好。他四只脚的动物不吃，猪、牛、羊、甲鱼……一到大家聚会，必有人和他打趣。爸爸嗜蟹，蟹有那么多脚，当然啦。

西北风一刮，我们家会装上厚厚的门帘，爸爸的书房中央架起了取暖的火炉，铝皮管子长长的伸上天窗，拐个弯通到户外。一切就绪之后，吃蟹的事情就摆上了日程。想起来我爸爸一生多灾多难，在六十年代初、三年自然灾害过去，"文革"还没有到来那短暂的时期，我们家的生活还是很幸福的。那时候我十岁。

十岁的明珠长得很可爱，是爸爸的心肝宝贝。爸爸爸爸可以买大闸蟹吃了！明珠嘴巴里从来不说，她用眼睛说话，像那条海里面美丽的小人鱼。终于有一天，西北风猛烈地刮起来，风把窗户吹得哗哗响。爸爸从外面回来了，他用拐杖"咚咚咚"地击打大门，透着不同往常的急促和兴奋。

今晚吃蟹！爸爸买回来很多大闸蟹，成串地用绳子吊着。那时候没有假货，蟹到了季节总是饱满的。更何况爸爸有火眼金睛，还擅长还价，没有人会赢他。爸爸呼着热气除掉大衣，吩咐保姆洗蟹上笼。有人找出生姜，刮皮，先切成细丝然后剁碎，放在小碗中，用镇江醋和绵白糖调好。其他四五个小菜也端上桌了，躲在家里各个角落的哥哥姐姐闻讯而来，端坐在八仙桌前，一共七八个人，大手、小手放放好。

爸爸妈妈生了七个孩子，生到我的时候爸爸五十岁了，老来得女，异常高兴，况且末朵女儿聪明伶俐喜欢学习，尤其是一班人马齐齐上桌吃蟹的时候，末朵女儿的表现总是很好。爸爸拇指在蟹盖中央一按，"法海和尚"连带着一大块蟹黄被端了出来，"法海和尚"坐镇在蟹的胃里面，小心剔下胃四周的蟹黄送入口中，第一口，暴鲜！如果这是只好蟹，膏腴必定丰满，蟹壳角落一定还有很多精华。爸爸的动作干净利落，他一边吃，一面用他的锐眼扫视他的孩子吃蟹的吃相。此时，动作慢一拍总是不会错的，舀一小勺姜醋进去，蟹盖内要打扫干净。

随后，爸爸拔下一个蟹脚尖，用那弯勾在蟹身中央寻找，果然，被他挑出一个白色的五角星，爸爸说，此物最寒，坚决不能吃。不能吃的东西还有蟹的肺，长在两边灰灰的海绵状条须。好了，爸爸双手横握蟹脚，用力一掰，左右两半蟹身上各顶着一坨金黄色的精华，颤微微地等待入口。屏息静气，往下到姜醋中蘸一下，送入，抿嘴，停顿，蹉叹——锵锵里锵锵……来人世一遭，值。

剔吃蟹肉，爸爸有一秘诀，将蟹身横咬一口，半块蟹身切面丝缕呈现长条状，然后一一剔出。剔蟹的脚管更容易了，拔出，关节咬断，嘴巴一吸，不出来？筷尖一捅，再一吸溜便成。

和爸爸一起吃蟹，就如完成一件仪式，在我是十分的喜欢，小哥哥却是不耐烦得很，往往是梗着脖子，受难似的。趁爸爸不注意，连壳乱嚼，草草了事。爸爸心情好的时候，大手一挥，将之大赦，遇心情差时，鼓出眼珠，拎起筷子，"啪"地一下往他头顶上敲去："死小鬼！"

好蟹吃得爸爸两手油汪汪，黄澄澄，闻一下，有浓重的腥味附着在皮肤上。俗话称"九雌十雄"，我记得爸爸似乎不分季节地偏爱雄蟹，除了看中里面粘牢他上颚的厚厚膏脂，爸爸还喜欢雄蟹的大钳，因为他要做蟹蝴蝶，来纪念这个隆重的吃蟹仪式。

一对蟹蝴蝶由一对雄蟹的大脚钳粘合而成，雄蟹的钳越大，做成的蝴蝶越好看。这件细致的事情从我很小的时候，爸爸就将它交给我。大家吃完鸟兽散，我会乖乖地陪爸爸坐到最后，顺着爸爸的心意为他添酒，当我仰头看到爸爸张开大嘴咬碎蟹钳壳后，急忙察看蝴蝶的翅膀有没有弄破。然后小心翼翼地用小嘴巴舔净上面的蟹肉，展开蝴蝶的翅膀，轻轻捋平蟹毛，满怀着喜悦去贴到窗户上。

此时此刻，我亲爱的爸爸酒足饭饱，醉眼蒙眬，他慈爱的目光随我的动作变得越来越轻柔。"我的小女儿是爸爸的掌上明珠"，爸爸总是会在这个时候，赤裸裸地表达他的爱意。宝贝啊，他说，宝贝，爸爸一定要培养你做大学生，宝贝，我的宝贝……随后，爸爸的倦意来临，他嘴里糊里糊涂嘀咕着什么，趿着脚去到他的卧室，一会儿功夫，隔壁就传来雷鸣般的鼾声。

一年又一年，冬季复冬季，我们家的日式矮窗上每年都会有新的蟹蝴蝶贴上去。蟹蝴蝶有时候大，有时候小，有时候完整，有时候残破。爸爸常常在看书、写作的闲暇中，有意无意地望着这几对蝴蝶翩跹起舞，可是，他的眉头却常常会突然蹙起来，陷入郁郁的沉思当中。

"文革"开始，日子难过了，再后来，爸爸身陷囹圄。不可能有新的蝴蝶贴上去了，窗户上黄旧的蟹蝴蝶一个个脱落下来。刚开始的时候，我还会跑过去蘸点水，把蝴蝶再粘上去。不久，那几只蝴蝶终于不知去向，离开了这所寒酸的老宅。

1972 年 9 月 18 日，爸爸孔另境含冤去世。

这几年，上海市场的大闸蟹越来越多，价钱越来越工薪了。我每吃到好蟹总要想起爸爸。最近，想起爸爸的频率越来越高，越来越高。今天中午那只雄蟹的大脚钳我小心翼翼地剥出来了，我做成了一对很大的蟹蝴蝶，贴在我们家的窗上。多么希望爸爸看见它，夸我孝顺，懂得想念爸爸。爸爸走了三十多年了，那么久，女儿还记得他，他该多么高兴啊。

我还希望爸爸有机会吃这样好吃的大闸蟹，多多地吃，不要这么凶地看着小哥哥，让他去浪费，让他去糟蹋。爸爸，你管你吃！

2005 年 10 月

狱中明信片

　　晚霞将金边镶在乌镇西栅一座复古的明清建筑屋檐上，中央牌匾上"孔另境纪念馆"六个字苍劲有力，是王元化伯伯手书。乌红门框抱柱上镌刻着对联"坦荡胸怀不脱文人本色，宽宏气度长留达士高风"，那是1979年6月在上海龙华殡仪馆为我父亲平反昭雪大会上，秦瘦鸥先生送的挽联，2007年4月孔另境纪念馆开馆时，由书法家陆康先生题写。

　　那是父亲纪念馆开展之前一个冬日，我大姐海珠在那里驻扎布展已经忙了好几个月了，我关心得很少，正好《东方航空》杂志的朋友想去乌镇采访，便领她们驱车前往。

　　父亲的纪念馆中，有实物一百六十件，很多都是我非常熟悉的东西。离开四川北路老家已经二十多年了，乍一看见这些老旧的物件，我很兴奋，笑着不停地向朋友介绍。突然，我停留在一个玻璃展柜前，愣住了。明信片，这几张泛黄的明信片，有父亲笔迹的，妈妈名字的，写着需要物品的方块卡片，我以为早就消失在世上的这些纸片出现在眼前，猝不及防！急急的，我要拿出来看看清楚。

　　乌镇旅游公司负责接待我们的小高找来钥匙，打开玻璃柜，取出三张泛着黄的明信片。拿在手里，我眼镜片一下子模糊了，说，这是我爸被虹口分局拘留的时候从里面写出来，要我们去送东西的明信片，是我少年时的噩梦。

　　我家是新式弄堂的街面房，我们住三楼，信箱设在底楼大门进来的走廊上，木头信箱正面有一小方块玻璃，可以看见里面的邮件。我家信件报纸比一般人家多，一我父亲是知识分子，二我哥哥姐姐亲戚在外地多。明信片不同于一般信件，它正面是地址，上款收信人，下款邮寄人。翻过来，写的内容一目了然，一般人们是为了快速传递信息而又省钱而寄明信片，上面写的都是些不干紧要的字句，方便阅读。也有喜欢集明信片的人，为的是漂亮的图片和珍贵的邮戳。我家信箱中明信片很少。

至今我还记得1968年7月4日那晚。晚饭后，我在父亲书房闲坐，先是有人来敲门，是不常见到的里弄干部，站在楼梯上问我家还养鸡吗？我们有点莫名其妙，城市里不准养鸡之后，我们一直很守法，早就不养鸡。父亲搭了一句腔，你不相信可以上晒台看看。哦，女干部听见父亲说话，脖子伸长张望了一眼，讪讪告别。没隔十分钟，楼梯门再次被敲响，声音沉重有点不同凡响。开了门，上来一群高个子的公安人员，大皮靴夸嚓夸嚓响。领头的问父亲，你是叫孔另境吗？父亲说是的。他说，跟我们去公安局走一趟。我妈妈在旁急了，问你们什么事情？那人不理我妈，对我父亲说，去谈谈话，谈完就回家。我妈她一急就要口吃，鼓足勇气问，拘……

拘……拘留证呢？那人居然笑了。

父亲站起身，阻拦妈妈再说话，关照她去收拾几件衣服，拿上洗漱用品。他自己到写字台上把每天要吃的药拿上，还拿了两包香烟，接过妈妈递给他的换洗内衣裤和一只搪瓷缸子牙刷毛巾，跟着公安下楼。等到楼梯门"砰"地被关上，我飞也似的往东面房间沿街的落地钢窗跑，赫然看见楼底下真的停了一辆吉普车，过一会，看见父亲无声地从弄堂口出来，上车，车开走。

回到大房间，妈妈已经急得六神无主，幸亏慌忙中已问到是虹口分局，她和大姐商量第二天请假不上班，一起去问究竟为什么要把父亲抓去。大姐气愤地说，一定要他们出示凭证，不能毫无依据就抓人。

父亲就这样消失在黑夜里，那年我十四岁。

从三岁开始，我便无数次听父亲讲解放前两次坐牢的故事，一次是被国民党警察局抓去，一百天后经鲁迅先生营救出狱；另一次是被日本宪兵捕去的，足足关了四十四天。我问他是不是和电影里一样严刑拷打呢？父亲喝得半醉，嘎嘎笑：辣椒水没有灌过，老虎凳什么刑罚是有的。他最爱吹嘘的传奇是国共分裂后，自己被共产党派去杭州主持市委宣传部工作，不料组织遭破坏那次。一天赴会正遇里面大搜捕，他如何立即领会一位好心门房对他做的暗号，飞快地死里逃生。第二天他上街便看见那些战友被处死的薄皮棺材在眼前抬过，血水嗒嗒滴……

那些惊险故事我一直是半信半疑的，因为妈妈和哥哥姐姐们一听见他老生常谈就离开房间去做自己的事，只有我和小哥哥被他严厉喝住，强制听完后，他会夸我们两个一个是金童，一个是玉女，是爹爹身边的宝贝。

父亲被带走后，我但凡下楼走去上学背上一直仿佛有别人的眼睛盯着。每当我打开信箱赫然见到明信片，认出父亲的字迹，立刻紧张到血冲上头。快速抽出来，藏在衣服里，磕磕绊绊跑上楼，我为自己没有当场遇见那个已知晓秘密的邮递员而庆幸，为邻居没有先我一步透过小玻璃发现这张明信片而觉得运气太好了。

拿在我小手里这张仿佛燃烧着的纸片上，父亲究竟写了什么？

明信片一

　　云琴 [1]：D.860 药片已经吃光了，请用我第四医院门诊卡去挂个西医内科的号，要求配 30 粒（2.70 元）D.860 药片。另外，可去信北京要一点药片和胰岛素（要鱼蛋白的）来。这里每星期三下午可以送东西。届时请送来。（倘能提早更好，但药片不是一次就可配到的，要多跑几次医院）

　　另外还要一个包袱布，一把蒲扇、火柴两包。

　　　　　　　　　　　　　　　　祝好！

　　　　　　　　　　　　　　　　境 6.11.

　　D860 是医治糖尿病的药片，父亲长年服用，不能断档。我受妈妈委托到医院替父亲配过几次药。因为要谎称父亲摔倒不能走路来医院等原因，我心里是又怕又恨，挂完号与歪歪斜斜的老人们一起等候在木条椅上，一会

_____

　　① 母亲金韵琴原名金云琴。

115

儿站起从门缝里向内张望，祈祷等会叫号轮到的是哪位看上去善良的医生。

一般代配药总能达到要求，只是有时会不按照我的想法配足。看来妈妈派我去求是对的，我看上去那么瘦小，大眼睛里含着眼泪。有一次，不熟悉我爸名字的医生大声把名字报出来，仿佛快要拒绝我的非分之求，只听见那边的护士大声应道，哦，是那个白头发的孔老头，他怎么啦？我说他起不来，护士看了我一眼对医生说，配给她吧，小孩老作孽（可怜）的。

去信问北京姑妈处讨药片和胰岛素也是一件为难的事情。父亲的姐姐孔德沚是茅盾先生的妻子，与弟弟一样也患有糖尿病，而且相当严重。"文革"中，茅盾是受中央保护的前文化部长，我姑妈看病配药是不成问题，但姑父是位很谨慎的人，一般不到万不得已，我爸妈不敢麻烦他们。现在父亲陷入窘境，不开口也不行了。记得我们收到过北京寄来的小包裹，里面是注射用的胰岛素。

父亲总共在上海虹口分局看守所关了七个多月，寄来过很多张明信片，被保存下来的只有这三张，现存放在乌镇西栅景区内的孔另境纪念馆。

明信片二

云琴：血不验，针药等由此地医院配，但为防万一起见，还是请你立即发一电报至北京。电文如下："另境病无药，请速多寄几瓶胰岛素来。"此病如无针剂，十分危险，不得不采取多方设法措施。

天气冷了，请送一条薄的棉被和两件棉毛衫来。

我的茶缸坏了，请去买一只较大的（中至中大一点的）送来。

我近来很消瘦，油脂营养不够是原因，请用那只圆形饭盒购买一匣花生酱来，以补不足。

再买一块"四合一"香皂来。

祝全家福！

另境 68.9.16

如果说，父亲在第一张明信片中措辞较公式化，那云琴：迎不聚，针灸等由此地医院吧，但为稳妥一起见，还是请你立即发一电报已北京，电文如下："另境病无效，速送多齐儿养腺属素来。"此病如无针剂十念险，所以不采取多方没法措施。

　　天气冷了，速送一薄的棉被和两件棉毛衣来。

　　我的茶缸坏了，请去买一只陵大以（中至中之一英口）送来。

　　我近来很消瘦，油脂营养不强是毛因，给用那二国形做器购买一亚底生者来，以补不足。

　　再买一批扣合一素免袋。

　　祝 全家福！

　　　　　　　　　　　云荒 58.9.16.

明信片二反面

么这第二张不仅信息量大，而且流露出感情来。

　　首先经他不断争取，狱中医疗条件有改善，日常用药由监狱内医院配。但父亲还是担心自己患的严重糖尿病随时会有不测发生，所以要求妈妈发电报去北京向姑妈求助，他甚至拟好了电文。在父亲的眼中，我妈妈一直是不能干的，按他的朋友施蛰存先生的话说，小父亲15岁的妈妈一直是被父亲呵护着的。我父亲一生不爱求人，即使是至亲，他对在北京做大官的姐夫是很尊敬而客气的。此刻他人在狱中百般无奈，发出的指示也变得比平日的"家长作风"柔软很多，对妈妈和对姑妈都用了"请"字，还特意向妈妈做了不得不这样做的解释："此病如无针剂，十分危险，不得不采取多方设法措施。"

　　还可以从明信片当中读出我父亲是当家人，理财属于他管，具体生活上安排一向也是由他操心，并不像其他一些在家当甩手掌柜的知识分子。他仔细关照妈妈棉被的厚薄，茶缸的大小。还指定用家里"那只圆形饭盒购买一匣花生酱"，以及需要香皂的品牌。

　　那一年我已是14岁少女，因为瘦小尚未发育，小学毕业后被分配进东宝兴路铁道旁新建的红军中学，上学是三天打鱼两天晒网，然后上级指示到，复课闹革命！

父亲被关去看守所之后，我外婆病了，是胃癌晚期。因我们家房子大，妈妈把原本在阿姨家居住的外婆接到家中，睡在父亲的大床上。外婆的病已到除了止痛无需治疗的地步，没有住院，也请不起保姆，就由我日夜陪护外婆，端茶送水喂粥，直到表姐从宁波乡下出来接替我。

买花生酱的事我还记得，我家楼下就是南货店，有零拷花生酱，那一大匣子新鲜花生酱香是香得来，舀一小勺撒点细盐加点冷开水可以调出小半碗花生酱，筷子尖戳戳是奢侈的下泡饭小菜。当然我知道这是父亲的救命食物，没有偷吃。

明信片三

　　云：天气很冷了，我此地的棉被太薄了，所以请你把那床木茹丝棉被给我送来，这里的棉被改作垫褥。我现在需要下列各物：

棉被一条

《糖尿病》书一册（在大书架里，绿色硬面）

香烟 15 包（以后千万勿忘及时送来）

橡皮膏一匣

旧绒布衬衫一件或两件

棉袄（向伟成借用）一件

领套一个

茶缸（前次拿回去修理的）一只

关节镇痛膏 10 张

旧皮短大衣一件

送物时把一条毯子被拿回去！

另境 68.11.8

这张明信片信息量更大了，待我一一解读：

1. 丝棉被

11 月是秋季了，监狱里不见阳光，父亲的被子显然太薄了。我家里人口多，孩子一般盖棉被，父母大床上是从家乡乌镇或是奶婶婶老家湖州带来的丝棉被，那时

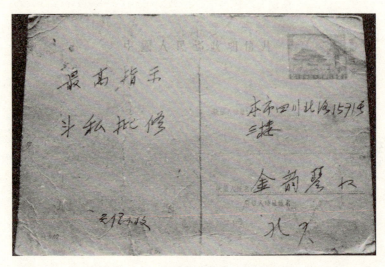

明信片三正面

还没有鸭绒被、羊毛被、驼毛被什么的，丝棉被属于高级被子。父亲写"木茹丝棉"可能是"木薯丝棉"之误，是指吃木薯叶长大的蚕茧纺出来的蚕丝，属于天然丝。最后一次抄家的时候，父亲工作的出版社开来一辆大卡车，把沙发、樟木箱等稍微值点钱的东西全部拉走，包括两床丝棉被，父亲的丝棉袄。这条"木茹丝棉"被子不知是劫后余生还是后来添置的。父亲一向掌管家里财政大权，调拨这条"木茹丝棉被"表明他对家里的财产刹拉斯清（上海俗语，意为很清楚地知道），另外是每天晚上冷惨了，迫切需要保暖。

2.《糖尿病》书

父亲是在五十岁左右发现患上了糖尿病，一发病就比较严重，除了吃药片还常常需要肌肉注射胰岛素。"文革"后，家里一贫如洗，连医药费都不能报销，故化验费、打针费都要节约。父亲在家看医药书，自我监控病情，按照医生书上写的，指导我们在家里化验尿糖和打针。

用玻璃试管装上溶剂，再滴入他的尿液，在煤气灶小火上不停摇动（经济条件好的时候是用酒精灯的）谓验尿糖。做这件事必须耐心，加热、摇晃，有时玻璃试管会爆裂，有时会烫到手。我长到十岁以后，许是太聪明伶俐，此事很倒霉地落到我头上。我没办法反抗，只好撅着可以挂酱油瓶的小嘴，皱着塌鼻头屏住呼吸动手做。

父亲天生具备领导才能，解放后公私合营，他经营管理的春明书店并入上海出版社系统。父亲秉性耿直行事作风大胆，自然没能在国营出版社当上社长之类的行政领导，然在家里他全盘掌控，对于我们这班孩子（七个）包括妈妈，加两个保姆，他应付自如，通常只需坐在书房里遥控指挥即可。

我接到父亲的指示，去厨房的煤气灶上加热试管化验尿糖。尽量小心翼翼，恐怖的事情还是经常发生，那试管内液体受热翻滚后颜色有时清有时浊，有时变乳白，非常吓人。那时我读过一本《化身博士》的小说，真的很害怕有妖怪从里面变出来。我战战兢兢用揩台布裹着试管拿去给父亲看，他很镇定，会判断是几只加（＋），根据情况加减服药量，有时问题严重，他说必须打针，就派妈妈去后弄堂请原老护士汤师母上门。

汤师母富贵人家出身，长得很美，眉眼间冷中带媚。她挽一只藤编包，里面是装了消毒后针具的铝盒，她来是给父亲面子，上门打针费也是必须要付的。看父亲的神色，汤师母那一针扎下去对于他来说基本上属于享受。可是父亲手头太拮据了，无奈中转而让我妈学打针，妈妈表示害怕，父亲就冲她说："你鸡也敢杀，为什么不敢打针！"妈妈每天外出上班，回家要做家务，很累，她愤怒回嘴道，杀鸡也是被你逼的，你为什么自己不动手！

父亲闷脱，转而花我三姐，说她功课最好，最聪明，让她买一只猪头或者半只冬瓜，在上面练习扎针。三姐倒是勤劳孝顺的好女儿，她刻苦练习，琢磨怎样的角度可以使手掌击打爸爸的臀部在先，真正的针扎在后，就是"声东击西"吧。父亲对我三姐很满意，唤她"乖囡"。可三姐是复旦附中住校学生，只有周末回家。尿糖验出来不好，情况紧急的时候，父亲发飙，捞起针筒，揪住自己的肚皮肉，斜刺里插进去注射。我偷偷在旁观看，只见胰岛素药水一进入父亲皮下，他便仰头舒出一口气来。久而久之，父亲的肚皮上布满了针眼，有时发紫，变成僵硬的块块，揉也揉不平。多少年之后，我每看外国电影中有面目狰狞吸毒者自我注射海洛因的镜头时，当年老爸自己打针的形象总会浮现在眼前，不寒而栗。

3. 香烟 15 包

父亲烟瘾很大，抽烟是件大事，他平时一天起码一包大前门，后来改抽飞马牌。在三年自然灾害香烟需要凭票供应的时候，他一个人份的票不够用，逼着我妈在办公室假装抽烟，以烟民身份再取得一份。还不够，父亲将自己抽完后的烟头都积起来，隔些天就召集我们一起剪去焦蒂，拆散烟丝，去印刷厂讨来很薄的印刷《辞海》纸，拿出一只铜质的小机器教我们自制香烟。家里卷烟组开工的时候，兄弟姐妹谁也逃不掉。父亲那副说一不二严厉的样子，就差把我们赶到马路上去捡烟头了。

按我现在估计，那天晚饭后父亲被公安带走谈谈，当日没放回来，他一定当庭挣扎、抗议过，然胳膊扭不过大腿，退一步求其次，父亲想到的第一条，恐怕就是不能被剥夺抽烟的权利罢。你看他写的"香烟15包（以后千万勿忘及时送来）"，数目巨大，口气凌厉，根本不考虑妈妈能否筹措到这笔买香烟的款子。

4. 橡皮膏

父亲脚上的皮肤很干燥，到了秋冬季节，保养得不好的话，脚后跟必定要开裂，口子裂大了会渗血，得用橡皮膏贴上，软化后慢慢愈合。皲裂和癣一样，是真菌引起的，需要保暖，滋润，去死皮才不容易发作。父亲因为小腿上有常年难以愈合的伤口，行动不便，每晚要有人帮他洗脚。他有一块白色的珊瑚石，轮到我替他洗脚，最是百般不情愿的就是用珊瑚石打磨他的脚后跟。脚后跟在温水中泡软，石头只要在皮肤上轻轻一搓，就会有乳白色的死皮泥浆似的滚落，一忽儿功夫，大脚盆里的水都浑浊了，像米汤一样，并有轻微的臭味，令人作呕。

不知父亲是真的不懂还是心肠硬，他怎么就一点也不疼惜我这个十来岁的女孩子，他只管自己惬意，举着报纸在看，而我，就像大街上擦皮鞋的三毛一样，被资本家有钱人剥削与压迫。我心里小小的怒火在燃烧，但是，父亲只要放下报纸看我一眼，夸我是他的掌上明珠，我就不生气了。

5. 旧绒布衬衫

谁都知道吧，绒布旧了以后特别柔软，父亲爱旧绒布衬衫，爱旧绒布被里，我小毛头时候用的尿布都是旧绒布撕成的。父亲是一个懂生活的男人，

6. 棉袄（向伟成借用）一件

前面说过，父亲仅有一件丝棉袄，在最后一次"扫四旧"的时候被造反派拿走了。同年冬天，为了这件取暖的棉袄，妈妈特地去向单位申请领回来，被当场驳回，不知是棉袄已被谁挪为己有还是他们仍然认定丝棉属于四旧。伟成是我的二哥，他长得很英俊，是家里最像我父亲的男人，身材也差不多。二哥与三哥不同，他性格外向不爱呆在家里，喜欢在弄堂男孩堆里混"路道"，父亲知道，把他的棉袄借走之后，他会有办法不让自己冻死。

7. 领套

记得父亲有一条青灰色用粗毛线打的领套。我妈妈其他女红不太在行，打毛线不错。父亲的丝棉袄与罩衫

都是浅灰色的，青灰色领套戴上，衬着一头银白色往后梳理得整整齐齐的头发，非常协调。

8.茶缸（前次拿回去修理的）一只

当时都用搪瓷茶缸，有盖子。与搪瓷脸盆、搪瓷痰盂一样，磕磕碰碰之后搪瓷脱落，可以去弄堂口修理，也可以去买一支玻璃纸包着看得见颜色的搪瓷胶，自己抹在磕破的地方，等胶干了以后再用砂皮打磨一下就好了。

9、10. 略

第三张明信片末署的日期是1968年11月8日，这是父亲进虹口分局四个月后，看上去他的情绪已渐渐平息下来。

从父亲被虹口区公检法军管组带走那天算起，父亲在虹口分局总共被"保护性拘留"关押了七个多月，因缺医少药，营养不良，腿部溃疡加剧恶化，导致组织大面积坏死流脓，濒临截肢。于1969年2月12日得以保外就医，直至1972年4月11日才正式宣布释放。

2014年7月

父亲囚中诗词九首

　　1968 年 9 月，"文化大革命"之火已在祖国大地燎原了三年，我由小学生变成了初中生。父亲被虹口分局带走"谈话"已经两个多月了，我受妈妈之命已去拘留所为父亲送过几次衣服与食物等。那天，信箱里又收到父亲的明信片，其中说到要一本《毛主席诗词》，妈妈在写字台抽屉里找出一本红色塑料封皮的《毛主席诗词》简易小本子让我与香烟、咸蛋、衣物等一起送去。

　　我与往常一样，低着头提着物品，穿过四川北路马路，沿邢家桥南路往北走，路过"大小菜场"，走过一个救火会，再经过"三角地菜场"，大概走了半个小时左右，在闵行路靠近吴淞路那里看到了庄严的虹口分局大门，旁边有个小门，有间小传达室。

我出示父亲的明信片后，穿制服的门卫打了个电话进去，示意我呆在小房间里等。房间里只有一张破桌子和条凳，通常只有我一个"犯罪嫌疑人"家属在等待接受物品检查。过不多久，我看见一个衣冠不太整的老男人冲这里来，一直是他接待我的，人称大个子，北方人。

大个子接过我手里的东西，高声问，是孔老头的家属？我说是。又送那么多东西！我不响。"什么东西！咸蛋！花生酱！香烟！嘿这孔老头，花样还蛮多的！"大个子很粗糙地把东西的包装拆开，前后左右摸一下，扔桌子上。看到《毛主席诗词》，他拿起在手里。

这时我的脚杆瑟瑟发抖了，因为我很想爸爸，临出发前突发奇想就在《毛主席诗词》红色塑料封皮套后面夹塞进去一张自己的小照片，我知道那是不可以的。眼前这大个子的样子很像经常喝酒喝到醉倒的人，以往常常随心所欲处置爸爸要的东西，带去十只咸蛋有时会被

131

打回五只，查烟的时候总是忿忿不平地骂我老爸，凭什么人家都不能抽烟，你个孔老头有特权！我很怕，总是低头不语，逆来顺受。

我紧张得瑟瑟发抖，眼看大个子唱着山歌脚骨抖抖，拿起《毛主席诗词》像弹扑克牌似的"哗"地一弹，扔桌上。采采！他没有把塑料红封皮卸下来。父亲出狱后夸过我好几次，他说，拘留所里闲得发慌，每次他都要仔细翻看我送进去的东西，却从来没有意外。这次他高兴极了，因为才几个月功夫，他仿佛已经记不清家人的样子，看到在家里晒台上拍的那张我堆雪人的小照片，记忆"哗哗"地回来了。父亲还说，看照片他以为我长高很多，可是回家一看，还是个小不点。

每次得到批准可以送东西进拘留所，父亲会动足脑筋，这次提出要读《毛主席诗词》，估计他的目的一书是毛主席著作，二诗词短小耐读，三是可以学习仿作。父亲一生颠沛流离，为生活忙碌，他存世文学著作中少有诗词这个门类。可叹在他人生第四次坐牢期间竟有了大把空闲，熟读《毛主席诗词》，据词牌名的规定选词用韵，在这本小册子的内封与封底、内页空隙处，用写交代的钢笔，创作填写了十来首诗词。并于次年2月保外就医时夹在行李中带出了公安局，被保存下来。

1968年9月1日，父亲在狱中填了第一首词：

蝶恋花　不眠有感

运交华盖欲何求？

恰如漏船载酒在中流。

金风送爽炎夏尽，

羸（lei）弱老人白尽头。

我欲乘风归去也，

又恐爱妻弱息不胜悲。

中夜彷徨笼中望，

但见新月正如钩。

1968.9.1

明珠堆雪人

父亲"不眠有感"头一句"运交华盖欲何求"是鲁迅先生诗"自嘲"中的首句,何谓华盖?鲁迅在《华盖集·题记》中解释:"我平生没有学过算命,不过听老年人说,人是有时要交'华盖运'的。……这运,在和尚是好运:顶有华盖,自然是成佛作祖之兆。但俗人可不行,华盖在上,就要给罩住了,只好碰钉子的。"第二句"恰如漏船载酒在中流"显然也是从鲁迅诗中来的。父亲在这里引用他的老师、一辈子的偶像鲁迅先生两句诗,抒发的是与鲁迅先生当年同样的"交了霉运","逃不脱晦气"的沮丧之情。

在我的印象中,父亲本是一个相当达观的男人,虽然安定的日子不多,政治运动的麻烦老是找上他,然在家里他总说两句俗语,一句是"船到桥头自会直",一句是"比上不足,比下有余"。没有想到,世事并不按他一厢情愿息事宁人,父亲提前退休后,没几年就"文革"了,更没有想到,即便退出单位,造反派仍没有放过他。风浪一级比一级高,到最后竟然失去了自由身。失眠的父亲回顾人生,不由悲从中来。新月很美是不是,然却是透过拘留所栏杆望到，怎不让一头白发的老人失却了生存的意愿，瞻前顾后，万念俱灰！

隔了一周，9月8日那天，父亲一连填了两首词。

菩萨蛮　自嘲

一入囹圄万事空，

此身未卜几时休？

往事成浮梦，

徒剩辛酸泪！

窗外锣鼓声，

热气透窗棂，

可怜窗内人，

仰望泪沾襟！

1968.9.8

菩萨蛮　自嘲

一入囹圄万事空，
此身求卜几时休？
往事成浮梦，
徒剩辛酸泪！

窗外锣鼓声，
热气透窗橱，
可怜窗内人，
仰望泪沾襟！

68.9.8

菩萨蛮　第四囚

二十年中三入囚，

逢人只觉意气豪，

只因囚我者，

迟早被打倒。

如今第四囚，

却受亲人笑，

但到秋光老，

看我不逍遥！

68.9.8.

　　父亲人生中曾经有过三次牢狱之灾，分别是读书时闹学潮被捕，1932 年被国民党警察局抓去，1945 年被日本宪兵捕去。作为早年即加入中国共产党的革命知识分子，他一直以前三次入狱为豪的。"如今第四囚，却受亲人笑"这两句是他在拘留所内的想象，亲人怎么会嘲笑你呢？我想，对于好面子的父亲，受冤屈比受刑还要难以承受。最后两句"但到秋光老，看我不逍遥"，好在父亲始终抱着磊落胸怀，他到底是自信的。

1968年9月10日那天不知怎么的，父亲诗兴大发，一口气填了四首词，这四首词中三首是思念亲人，其中一首专送我姑妈，也就是父亲的姐姐；另外一首是为我写的。

采桑子　期待

长日只待秋光老，

我好逍遥。

今不逍遥，

只因时光还未到。

牢里望天天觉小，

不似囚外。

胜于囚外，

大风大雨我不怕。

1968.9.10

减字木兰花　思忆

我之所思，

只想早日出樊笼；

我之所忆，

万里之外有亲人。

家无积聚，

三男四女已专成；

妻未年老，

一生为我尽煎熬！

1968.9.10

　　"文革"期间，父亲在拘留所共呆了七个多月。那些日子中，所谓谈话公安人员也提不出什么问题，每次提审就是让他回忆，写经历。解放以后的历次政治运动中，父亲已经把一生经历写过无数遍。对于这次进拘留所的原因他完全摸不到头脑，只能根据要求再回忆，再交代。

　　说到"家无积蓄"，父亲一生从文，靠稿费与编辑费

减字木兰花

我之所思，
只想早日出牢笼，
我之所忆，
万里之外有亲人。

家无积聚，
三男四女已长成，
妻未年老，
一生为我尽艰辛。

68.9.12

生存。解放后他入出版社工作，被定为行政 12 级，工资虽高但孩子多，养育大我们不容易。父亲自觉还愧对比他小十五岁的母亲，平时嘴上不表达，其实内心深爱我母亲。

菩萨蛮　忆姐

一雨成秋秋风起，
梦中苦度溽曙光。
身在绁缧中，
心驰千里外。

同胞三手足，
只剩我和姐，
她病亦似我，
几时再相逢？

1968.9.10

我奶奶生了八个孩子，活下来的只有三娜世珍（孔德沚）、阿六令俊（孔另境）和阿福令杰（孔彦英）。奶奶去世得早，我姑妈对两个弟弟都很照顾。不幸的是姑妈和我父亲人到中年后都患上了严重的糖尿病，一个在北京一个在上海，通信时免不了交流病情，惺惺相惜。但是最小的弟弟却在1967年中风以至半身不遂，先于姐姐与哥哥去世。姐弟三人的会面已没有可能。

西江月　念明珠

一颗掌上明珠，

如今落在监外，

日日夜夜浮眼前，

逼着我去想家。

平日里学管家，

不用我催和抓，

聪明伶俐自天成，

前途无限无量。

68.9.10

西江月　　念明珠

一颗掌上明珠，
如今落在槛外。
日日夜夜浮眼前，
逼着我去想家。

平日上浮管家，
不用我鞭催和抓。
聪明伶俐自天成，
前途无限无量。

68.9.10

144

没有料到，父亲会专门为我填词，且奢侈地放在小册子整页大片空白处。我想是睹物思人，夹进《毛主席诗词》中那张小照片起了大作用。《念明珠》写得很白话，五十岁老来得女，父亲一直很宝贝我。"文革"开始我才十二岁，父亲就教我管家。为了做家务耽误我玩，我经常顶撞父亲不听他话，可他却在词中对我不吝赞美之词。几十年来，每当我默默吟诵这首父亲专送我的诗词时，都会禁不住流泪，万分想念他，感激他。我相信父亲在天之灵会知晓，女儿这辈子为了实现您诗中最后一句预言，付出了多大的努力。

9 月 11 日，父亲再次悲伤地忆亲人，这次是才逝去一年半的我叔叔。

如梦令　忆亡弟

亡来一年又半，

如今又到中秋。

回想临终时，

无言无语神散。

神散，神散，

至今音容宛在！

1968.9.11

父亲与他弟弟同在上海，关系亲密。我叔叔从作家到教师，是复旦附中首任教导主任，也是优秀的特级语文老师。他没有成家，逢年过节我们都在一起过。叔叔一直患有高血压病，他不注意控制爱喝酒爱吃肥肉的习惯，也不锻炼身体，终至两次中风，留下半边风瘫的后遗症。1967 年 1 月 6 日叔叔因肝硬化送治无效，是父亲姐弟三人中最先离世的。之后是 1970 年 1 月 29 日我姑妈因糖尿病去世，父亲 1972 年 9 月 18 日也是因糖尿病并发症大叶性肺炎去世。姐弟三人都死于凄风苦雨的"文革"中。

1968 年 9 月 17 日，父亲为我大姐海珠填了一首词。

渔家傲　海之珠

生来聪慧心志傲，

三九年华转眼到，

理想对象还待找。

应努力，

莫把青春浪费掉。

衰弱老人去坐牢，

核查历史为尔曹，

其中道理你谅晓。

在家中。

弟妹表率尽人道。

9.17.

　　"海之珠"有十行，写在毛主席"长征诗一首"下面，因印刷体诗词已占据了上半页，下半页地位紧，这首词跨页占了两面。

　　1968年大姐二十七岁不到，她在家里排行老二，出版学校毕业后已在上海书店资料室工作了很多年，可以说是我们七个兄妹中与父亲最靠近，也是最了解我父亲的。父亲夸大姐"生来聪慧心志傲"，首先是她要求上进，钻研图书出版业务，很快调入书店重要部门工作，接待中央首长、文化名人，大姐常常向父亲请教；其次，当时上海出版界都知道我父亲有这样一位爱女，因为出版局年终庆祝大会上，海珠姐上台表演孔雀舞，担当独舞，跳得那么美，轰动了全场。父亲被关押还在为大姐的婚事操心，可怜天下父母心啊。

我大哥1963年就离开上海支援内地建设，大姐自然在家担当了老大的责任。"文革"我家遭到重创，父亲突然被虹口分局拘留，是她和生性不太能拿主意的妈妈天天讨论，一起四处打听父亲的下落，到处求助。后来父亲含冤去世，大姐与母亲为父亲的平反昭雪、恢复名誉之事奔走申诉，精疲力竭。所以父亲说"核查历史为尔曹，其中道理你谅晓"，意思是，我在拘留所被反复核查历史，我要为你们儿女证明自己的清白，你应该是懂得的。父亲信任我大姐，关照她"在家中，弟妹表率尽人道"，要好好拿出做姐姐的样子，给五个弟弟妹妹当榜样，才是老父对你最大的期望。

　　父亲去世的时候，我十八岁生日还没过，又因为那个特殊时期，可以说，我与父亲之间的交流，特别是精神世界上的交流是十分有限的。对父亲"囚中诗词九首"我勉为其难作了以上一点解读，希望得到专家以及亲人、朋友们的指正。对于父亲在拘留所环境中如何写下这些诗词的，我只有想象，也不想用文学的语言来煽情。每次去乌镇父亲的纪念馆，看到那些父亲用过的熟悉的文具，他的旧衣物，他在狱中因为浮肿后蜕下的整张手掌皮，我欲哭无泪。进门处有父亲半身塑像，我会去抚摸他的脸，心里说，爹爹，让我慢慢走近你，理解你，明珠懂事太晚，你原谅我。

2015 年 9 月 21 日

乌镇孔另境纪念馆，女儿与父亲塑像

去乌镇见木心先生

    2011 年 12 月 21 日一早在新浪微博看见第一条木心先生于凌晨在乌镇去世的消息，心里一惊，证实了不久前几次在乌镇旅游公司总裁陈向宏的微博上见到他透露"老爷子病重，不知能否挺过"，确系指木心先生。老人家今年八十四岁，按目前老人的平均寿数，他并不很老，然而对于一个平日摄入很少，体质清瘦的老人来说，肺部感染可谓致命打击，他安静地去了，在他深爱和深爱他的故乡乌镇。

    在 2005 年之前，我没听说过木心先生的大名，不知

木心在乌镇

道他是很有成就的中国诗人、作家和画家，更不知道他是我的同乡乌镇人。等得知木心先生老屋就在我祖上老屋"孔家花园"贴隔壁的时候，已经是 2006 年 1 月，我和大姐孔海珠应乌镇方面邀请去已经基本建成的乌镇西栅旅游开发区为我父亲"孔另境纪念馆"选址时。

2005 年的时候，我混迹 99 读书网"小众菜园"论坛发一些小文字，突然看见版主陈村大张旗鼓贴一个人的文章，不仅由他亲自将纸上文字录入电脑，还在署名木心《上海赋》文后，宣称："依我私见，读过木心先生的上海，其他人写的上海都是伪作。"夸张的赞美引起了我的注意，木心先生写上海的"赋一赋二赋三"华丽文字像凶猛的潮水袭来，那些有关旧上海陌生又似曾相识的细节令我晕眩不已，富有音乐感的节奏，一些独特的汉字，摇曳生姿的画面感震住了很多读者，包括我。村长（陈村）更是在"关于木心"一文中叹说："读罢如遭雷击……"

2005 年 4 月，木心先生在学生陈丹青的陪同下，从旅居二十多年之久的纽约经上海踏上乌镇老家的土地，来看正在修复建设的祖居，准备接受乌镇方面的盛邀，回国定居。这个消息在我心中引起涟漪，乌镇素有"茅盾的故乡"之称，改革开放以来，以打文化牌著名，成功地借助文学大家茅盾先生的名声将小小的乌镇推向中国以及世界，带动了桐乡以及周边地区的经济发展。这次乌镇西栅大规模开发旅游产业，他们在文化建设方面还会有什么举动呢？看来，盛情邀请木心先生回国定居，不仅是出于故乡人的情义，更是对祖国文化的尊重和贡献。毕竟，木心已有的文学成就非常独特，且他还在创作，有了良好的环境之后，乌镇人木心也许真可彪炳文学史册。

不久，我接到来自乌镇潘向阳老师的一封信，他问我，有没有在乌镇为父亲建纪念馆的想法？可不可以提个方案，一起来做点事情。这个提议正中我下怀，由于我不太熟悉现代文学史料，工作也很忙，大姐孔海珠正是这方面的专家，便介绍大姐与潘老师联系。经过海珠姐很大的努力，父亲纪念馆内容规划有了眉目之后，2006 年 1 月，我们姐妹叫上上海文艺出版社总编辑郏宗培先生一起去西栅景区选址。正是这一次走访位于东栅的老家，才知道，原来将要回乌镇定居的木心先生就住在我们家隔壁，他的寓所已经装修好了。从沿街看，木心家的门面就两开间。原本和孔家花园一样被乌镇管委会用高墙围起来了，围墙是修房子的时候拆除的，现在门紧闭着。我站在孔家花园荒芜的院子里，拍摄了木心家的窗户和沿街的门，心里有些激动，为这位文学长辈竟然与我有如此近距离的渊源。

我们家在乌镇还有几位远房亲戚，其中有来往的是我们兄妹称他为"老虎公公"的孔易宽，他虽年纪小，却是我爸爸的堂叔。年轻时面皮白皙，帅气而羞涩，"文革"前常来我家玩，爸爸一直拿开他玩笑。2006年老虎公公已八十一岁，退休前在乌镇书场工作，没有离开过家乡。闲谈中我意外得知，他与木心先生是小学同学！

老虎公公回忆说，木心家姓孙，他的名字叫孙仰中。木心先生小的时候很瘦，身体弱。从小喜欢画画。后来去部队教文学和画图，再后来就去了上海。木心的父亲早亡，他和两个姐姐（孙飞霞、孙彩霞）是妈妈一手带大的。两个姐姐身体不好，很年轻就去世了。孙家当年很富裕，是有几千亩土地的大地主。可能因为木心是独子的缘故吧，"孙仰中"三个字就被印在粮食口袋上面，被装在车上在街上推来推去，令还是小孩子的老虎公公印象很深刻。老虎公公笑着说，木心先生似乎是独身主义者，年轻的时候就不打算结婚，和他一样。

我们祖上占地十多亩的孔家花园与木心家只一墙之隔，抗日战争时期被日本兵烧毁。据老虎公公的嫂子说，当时孔家花园对面一家剃头店里有两个中国兵在剃头，见街上走过两个日本兵，和同行的乌镇野鸡（妓女）嘻嘻哈哈，火气上来，扔出去两只手榴弹，也不知道日本兵是否被炸死，惹了祸。结果不久日本人就来寻事，用火枪点火烧，把剃头店烧掉不算，对面的孔家花园也被点燃。东街上都是木房，一放火，整条街都烧了起来。孔家花园除了里面的假山、牌楼都被烧毁了，变成一片焦土。日本兵还拿着刺刀东戳西戳，而隔壁孙家因筑有很高的围墙，没有被火烧着，孔家的一些年轻人爬上树去，跳到隔壁孙家，躲过一劫。

从木心先生的文字中可以得知他的文学和美术素养很高，也能想见他的一些性格。老虎公公指着木心家的窗户说，听说他叶落归根要回老宅安度晚年，去年（2005）回家乡时，花钱请人修缮一新，但是老先生不甚满意，所以等到至今还没回来。

这话说过不久，我得知木心先生已经抵达乌镇，带着他宝贵的藏书和藏画甚至古董家具，果然没有住东栅老宅，而安顿在西栅旅游区的宾馆里。先生每天关在房间里看书、写字，只有傍晚的时候出来散步一圈。具体生活安排，用陈向宏话说："先生是老派文人，生性淡泊，晚年不喜外界所探视。几年来，公司专门成立了一个小组，包括了厨师，阿姨，两个男性青年员工，常年专职陪伴照顾先生起居。"约两年后，木心的老宅经乌镇旅游管委会出面再次仔细整修。"空调、热水、洗衣房、厨房都是按照最高标准，考虑先生上下楼不方便，还特意嘱咐我给安了一台电梯。还有房前的院子，亭台楼阁，小桥流水，木心先生看了开心得不得了。（新浪微博ID为"花窗木格"的孟武其语）"之后，木心先生搬出西栅的宾馆来到东栅自家定居。

得知木心先生已定居乌镇，仰慕并极力推崇木心著作，在上海见过偶像一面的著名作家陈村先生在"小众菜园"帖子上写道："哪天再去拜见老人家。找个车去乌镇。买门票进镇，希望老人家能接见。"我私心也很想见木心，只愁没有借口，由是举出村长大旗，与乌镇潘向阳老师联络，经过他一番疏通，竟然真的得到木心先生允诺。2007年3月24日"小众菜园"网友共八人组成"菜园团"，驱车去乌镇西栅。

当天傍晚时分，在通安酒店，我们屏息静气等在接待大厅，花白头发的木心先生身着深蓝色西装，里面是蓝色条纹衬衫，脚步轻盈地走过来。关于那次拜见，我去翻看当时的日志，发现自己只记下几行字："木心先生是一个儒雅／整洁／完美主义的老先生，他讲普通话，也会讲上海话，常有英文单词蹦出来，声音轻软妥帖。没聊多久，就发现他老人家很幽默。我说，我们见你很紧张。他说，你们紧张，我也紧张呀。"

因为事先被告知先生不爱被人拍照，再一见木心的

见木心先生（右为明珠）

风度，那气场之下，我们这些"狗仔"惯了的队员都不敢私自拿出相机来，我更是慌乱之中感觉气也透不过来，亦不知自己说过些什么话。同去的 80 后网友"小转铃"回来后写的那段帖子非常好，引在这里，权作延迟的现场转播：

2007 年 3 月 24 日，在乌镇见木心先生。木心走路很慢，面目清癯，瞳仁黑而大，深不见底，像两汪冰冻的潭水，潭上如蒙着一层薄烟。他注视着我的时候，仿佛掉进他眼睛里，心里会有点害怕，他笑起来的时候，顿觉如春江开冰般融暖。他穿一身深蓝色的西装，身形瘦削，慢慢地走，也有章法，仿佛一杆狼毫。听人讲话的时候安静仔细，自己讲话的时候温文尔雅，他讲，不必臣门如市，只愿臣心如水。

木心先生烟瘾很大，或者是情绪不稳，短短半小时内已吸了六七支，烟头笔直地竖在烟缸里，和人也很像。有人说到请他写回忆录，他说，我也想写，只是每次去写，都觉得太累。说着，神情疲倦地伸指去把一个竖着的烟头推倒。

看得出，是一个很自爱，有洁癖的人，讲话的时候，会不自觉地轻轻向下掸一下袖子，令人顿觉自己面目可憎，唐突佳人，不配坐在他的身边。

木心先生美丽阴柔，像一个老派的大家闺秀——不是老克勒，是大家闺秀，我等的祖母一类。看到这样的人，再想到其作品中对美近乎病态的热爱，想到的比喻是王尔德。这些是人间美的化身，美的儿子，存在先于本质，存在的本身就是目的，相比之下，那些作品有也好，没有也好，好也好，不好也好，都不重要。

村长看来也是个不善聊天的人，他把从不离身的相机搁在肚皮上，哼哼哈哈几句之后，我们移座去和木心先生合影，每个人脖子上挂着出入证，一本正经簇拥着木心，很像外国来宾代表团来访。接着去通安酒店贵宾厅，陈向宏主任出面宴请。硕大的圆台面上大家都被缴

"小众菜园"一行去乌镇见木心先生（前排左2陈村，右2明珠）

了枪（相机），可我无论如何不肯死心，吃饭到一半的时候，遂假借看手机，偷偷朝木心先生方向按了几下键，总算拍到几张先生和颜悦色，放松地与陈村交谈的照片。

席间我发现木心先生几乎不吃东西，不喝酒不碰冷的食物，很当心身体，香烟却是一直拿在手里，且吸且弹。乌镇通安酒店的菜肴江南风味非常美味，创意围绕乌镇本地特色，做得很精致，木心先生笑吟吟地看着我们吃，不久就提前告退去休息了。木心先生一走，我看到大家顿时都松了一口气似的。

这几天，因着木心先生离世消息发布，他的肖像涌现在网络上，带着礼帽抿住嘴唇木刻般的那张黑白色照片最能体现先生的艺术风采，而他晚年在乌镇的一些照片，流露出淡泊、平和的内心，亦现出一些慈祥的意味。一位在美国的女友惊呼老先生好看，问木心先生的影集哪里有卖？华人的男小孩要多看看这样的人物。是的，木心这样的人物，去乌镇那次拜见太短暂了，我多读他的书吧，看他的画吧，透过相片中他深邃睿智的眼神读懂他的心吧。因为他"是洋气一些的汪曾祺，是文气一

些的钟阿城。亦是一个有文化根基的人，且是有赤子之
心的人。"（何立伟语）

木心先生安息！

2011 年 12 月

二、童年往事

啦啦啦，发育了

少女时期的妹妹，迟迟没有发育，她在镜子前走来走去，盯着自己的身子，平看，侧看，后看，上下扫射，平胸平臀，看不到发育的迹象。

在弄堂里跳橡皮筋的时候，常常有一两个女孩突然矜持起来，脸色发白地靠在墙上，说是今天不能参加，妹妹问她们为什么，回答总是吞吞吐吐，说是不方便。

体育课上也是，列队向左看齐，向右看齐，稍息、立正后，男老师布置当天活动，之前会问一下，女生今天谁身体不好？后排总有零落几个女生举手，老师也不问你是头昏还是胃痛就放过她们，让余下的人去跑 500 米，翻滚跳跃。妹妹一直没有机会装矜持，她一直很方便。开始她为之很高兴，慢慢地感受到奇怪的目光，人家不是羡慕她什么活动都能参加，反而是投来同情的目光，嘴边带着讥诮擦她而过，飘去阴凉处。

郁郁地坐在家里的浴缸中，妹妹想心事。那时，马路上隔一段时间会贴出公安局布告，枪毙一批强奸犯。白纸黑字的布告浆糊未干，很多人涌上前看，大家一言不发，逐字逐句研究细节。妹妹也去捕捉那些简洁、笼统的词语，转动脑筋拼贴出恐怖故事。妹妹猜测那些被"野兽"看上的女孩一定是发育到鼓鼓的那种，像妹妹那样瘦到猴子样的，大可不必担心。这样想，竟然也会有些许的失落感。妹妹想着骤然一抖，害怕地离开水面。因为她又觉得家里也并不安全，比如浴缸，前面有爸爸有哥哥洗过澡，我会不会没有遵守"男女授受不亲"，会不会一不小心怀上了爸爸或者哥哥的孩子？

夏日的风被葡萄棚架上那么多叶子滤过，愈发绵软地铺入房间，妹妹洗完澡坐在穿堂风路过的走廊，闲来无事，想入非非。傍晚的弄堂里，很多小朋友都已洗完澡，额头和脖子上扑了一些白粉，男孩子赤膊，肋骨一条条地突起，随着呼吸起伏，很像学校标本室里惟一一架白骨森森的人体模型。女孩子穿上方领衫，干干净净的，端着小板凳找凉快处。妹妹住在三楼，便仿佛与世隔绝，她心里很想到弄堂里和小朋友们一道玩，但是没有借口。

夏日的白天特别长，六点钟了，天还没暗下来，暑气仍浓。"妹妹——妹妹——"楼下有人叫她的名字，妹妹赶紧跑到晒台上，扑在滚烫的围墙上向外张望，"做啥——""下来乘风凉呀——""侬夜饭吃好啦？""吃好了，侬呢？""还末呀。""快点呀——"

妹妹答应了小朋友，心里有点激动，压着气，进房间问："爹爹阿拉今朝夜道吃泡饭对哦？黄瓜拌拌好哦，再剥两只皮蛋，番茄炒蛋要炒哦？"妹妹一反常态积极性这么高，竟没有惹到爹爹疑心。按照爹爹吩咐，妹妹很快开出饭桌来。匆忙扒拉完，草草洗碗。细细的汗水沁在额头，她不计较，只想讨好爹爹，等等放她出门。

在妹妹的小朋友里，爹爹只喜欢小洁文，小洁文白净细瘦，面孔上稍微有几粒淡色雀斑，她看到妹妹的爹爹，总是嗲嗲地喊一声孔家伯伯，很有礼貌。凡是看到爹爹像老鼠见到猫的小孩，爹爹一律命令删除，只有小洁文可以到家里来找妹妹玩。小洁文来了，妹妹可以不留在爹爹眼前干坐。离开爹爹的视线，妹妹就很快乐，她们双双站在阳台上吹风，或者到晒台上看星星。

小洁文掌握的信息很多，她妈妈长得好看，屁股很大，一扭一扭地，却又不是资本家出身，自由自在的。她在里弄生产组工作，路道粗，认识很多人，常常走东家串西家，知晓很多弄堂秘事。

从小洁文那里，妹妹知道弄堂里哪家人是资本家，哪家是小业主，哪家有亲戚在香港，哪家"的的刮刮（上海方言纯粹的意思）"江北人。小洁文本来和妹妹是一个阵营的，都是干瘦的孩子，面无血色，眼看着没希望发育的。但是忽然一天，小洁文来找妹妹，表情有点不一样，眼睛不正面看妹妹，有点长到额骨头上面去了。妹妹正在奇怪，因为之前妹妹在她面前是有一点优越感的。妹妹的爹爹虽然现在拿的是生活费，但是之前，是每月赚两百多元的知识分子，而小洁文的爸爸呢，说是说工程师，拿八十多元工资，在其他人面前小洁文很骄傲，到底也属于高工资了，但是在妹妹面前呢，小洁文就很有分寸，晓得瘦死的骆驼比马大。

那天妹妹感觉到形势不好，果然，在阳台上，底下街上车水马龙，小洁文看着前方，仿佛不留心似的说，真的，小姑娘这种事情老烦格。啥事情啊？妹妹在心里疑问，但是她不问出来，等着。小洁文等不及了，讲，第一次来很冲的。妹妹心头"咯噔"一响，好像天压下来，她知道，小洁文初潮来了，年龄比妹妹小半岁，却早发育了，真是一点也看不出，无论如何应该你是排队排在我后面的嘛。

妹妹不响，一个没有经验的人，说什么好呢？小洁文有点同情地看了妹妹一眼，突然告诉妹妹一个医学知识，是她妈妈说的，据说有一种叫"石女"的女人，终生不发育的，不会来老朋友，也不会生孩子。妹妹听闻忍不住了，她怒起来，大声驳斥道，我不会的，我们家没有遗传的！小洁文就很无辜地解释，我不是说你呀，我不是说你呀。

妹妹生气了，有啥稀奇的，切，真是奇怪死了，发育了也稀奇不煞，每个小姑娘都要发育的不是吗？我妈妈也不急，我姐姐也不急，从来没人对我讲过啥，你凭什么讲这些话。你看不起我，下趟就不要来我家玩了。小洁文看妹妹表情不对，讪讪告辞了。

真正是急煞老百姓。妹妹十六岁要向十七岁进军了，还没发育，她自卑到了极点，每天面孔上在笑，心里在哭。心里不开心，一天到晚和爹爹顶嘴，爹爹要她做啥她就偏不做啥。每次妈妈从五七干校回来探亲，爹爹就要告状，讲这个死小鬼一点也不听话，头皮撬得要命。

妈妈看妹妹面色不好，拉她去地段医院验血，有时7克有时9克，血色素偏低，是贫血。妈妈问医生，是不是女孩子贫血会影响发育？医生的回答模棱两可，好像会好像不会，等于白讲。妈妈脸色有点担忧，但是她是一个温和的女人，对妹妹从来不用刺激性语言。妈妈在厕所间洗脸台的中间扁抽屉里放了一些折好的长条草纸。

在洗脸台下面有一个盖着的瓷缸，瓷缸和爸爸的洗脸盆、盛水壶是一套，上面是希腊神话里面的仙女沐浴图，镶着金边，非常美丽。那个瓷缸是放妈妈和姐姐的隐秘之物的，妹妹再好奇，也知道不能去看。

妈妈休假了几天，又要返回干校去。临走前她把妹妹叫进厕所，把门关上，坐在抽水马桶上示范给妹妹看怎样用卫生带。妹妹很难为情，可是她也没有反抗，斜着眼睛听妈妈讲什么东西放在什么地方，哪一件是留给你用的。如果妈妈不在的时候你来了初潮，千万不要惊慌，自己拿了按妈妈教的做。

妹妹低着头，有点要哭的感觉，但自尊心告诉自己，不能哭的，这种事情即使哭了别人也帮不上忙的，只有像赌博一样赌赌看，妹妹赌自己赢。

恍恍惚惚过着日子，十七岁的那一天，妹妹身上突然来了，果然被妈妈猜中，家里一个人也没有。妹妹镇定地按照妈妈教的去做，在一根柔软细布条上垫了草纸，武装起来。正如小洁文之前形容的那样，第一次例假很冲，冲得原本脸色煞白的妹妹更加面无血色，身体轻飘飘的，坐下来不敢立起来，睡觉不敢翻身，面孔上表情一变就是有情况。

妹妹上厕所的频率高到令人怀疑，不知情的小哥哥等上厕所，急到在外面跳脚骂人。妹妹也急死，她在里面拿换下来的脏卫生纸束手无策，怎么办怎么办？家里的抽水马桶下水道平时不通畅，现在紧急中要将脏物"毁尸灭迹"难上加难。妹妹一遍遍地拉抽水马桶链条，一遍遍地看着软弱的流水不肯带走她再不想看到，也绝对不愿意让哥哥看到的东西。就这样僵持，直到哥哥放弃希望，一跺脚咬牙切齿奔去，妹妹惨白着脸出了厕所门。

妹妹好像鸵鸟一样，把脑袋埋进沙堆，她躲在另一间房间，听着爹爹从书房中出来，慢慢踱到卫生间。妹妹等着，手心在出汗，爹爹脾气爆发起来的力道比原子弹有过之而无不及的，家里没人不怕他。但是，这次爹爹没有爆发，出来后走到妹妹身边吩咐说，去寻一把火钳，把马桶搞干净，做女人了，没什么大不了的。这几句话声音不高，在妹妹听来却像惊雷一样，顿时羞红了脸。

自此之后，爹爹家庭管理制度升级，妹妹不干家务的时候就得坐到爹爹的书房中看书，家里的书看完后，爹爹开出书单，让妹妹去溧阳路一位老先生家里借。老先生家有两个岁数差不多大的男孩子在花园里练拳脚功夫，显然家教很好，一看到妹妹去就飞快逃开，连照面都不打。

妹妹的二哥长她三岁，长得颀长、英俊，与他一起玩的小兄弟没有一个有他长得好，用爹爹的话来说，个个獐头鼠目。爹爹不准妹妹与这些男孩说话，他对二哥教育更其严厉，严厉到像传说中的黑社会老大。这些练出胸肌、腹肌，胳膊上都是栗子肉的男孩将爹爹视为偶像，可是他们不敢上楼与老爷子搭讪。爹爹坐在书房内掌控全局，每个溜着墙边上楼来借用卫生间的男孩都窜得比老鼠还要快。

就这样，妹妹好像一张白纸，没有人来为她涂最新最美的图画，没有听过哪怕一次，来自男性方面对她身体和面容的夸奖。久而久之，妹妹彻底丧失了自信心，她看见男生会惊慌失措，有不认识的男人笑嘻嘻向她招手的话，就好像大难临头。一次在铁轨旁听见班上的男同学喊她名字，她逃命似的飞奔，被铁轨绊倒，差点摔了个嘴啃泥，小腿上的乌青块过了好几个月都没褪掉。

古诗怎么说来着，"青山遮不住，毕竟东流去"，妹妹发育了，胸前和臀后渐次鼓胀，她是一枚炸弹，静静地等待，一位点火的少年。

2011 年 1 月

沐浴这件事

　　上海大多数人家管洗澡为沐浴，也有叫淴浴的。上海住石库门房子的弄堂人家，大多没有像样的浴室，也就是沐浴间。有浴缸的更加少。

　　酷暑近傍晚，弄堂里住在底楼的人家会将一只腰圆形的大脚盆端出到大门口，倒入小半盆清水，热水瓶里的热水加一点进去，用手匀一匀，做娘的直起腰，四周一看，光火了，拔起喉咙叫："阿大阿二，侬帮我死过来，沐浴来，还有阿三呢？排队等好！"

　　含蓄一点的主妇就会对自己女儿讲，看到吗，长大

177

了不要学这种女人，洗个澡也要弄到全弄堂都知道，这么大的小孩，赤膊赤屁股在弄堂里献丑，难为情也不怕。

幸好妹妹住三楼，打记事起，洗澡是在浴缸中完成的，因为没在木桶中汏浴的经历，以至于非常向往白云蓝天下，自己坐在一个木盆中洗澡，然后蓝天上掉下来个降落伞，里面有个帅哥……啊，这不是那部叫《孔雀》的电影中一个镜头吗！

妹妹家里人很多，冬天洗澡是件大事。一般是晚饭后开始把厨房和浴室门关上，因为空间大，用煤气烧开水放蒸汽，需要很久才会热。第一个洗澡的人最倒霉，往往是家里最经得起冻的中男人。轮到最小的妹妹，房间里已经烧到热腾腾，于是被姐姐抓进去剥绒线衫。

小孩子的绒线衫大多是套头的，人长大就会紧，一件件剥的时候，肚脐眼会一下子露出来，凉飕飕的。小人头闷在里面尚未脱出来的时候简直要着急死了，姐姐也着急，她可不想谋杀亲妹妹，于是拼着大力往上提。妹妹小时候瘦得像小猴子，一提两脚离地，腾空而起，姐姐还要使劲"嗒嗒"地揉两下，妹妹才落下地来，露出苦兮兮一张小黄瓜脸。

到了新年前夕，妈妈就打发大家去浴室洗澡。我们家需要走过几条横马路才有一个浴室。过年前，浴室的女子部是要排长队的，因为大家都想捱到接近过年的日子。大年夜不行，要准备年夜饭，没空出来洗，小年夜最合适。家里派一个人先去占位，总是轮到妹妹。排队等啊等，快排到的时候姐姐才会姗姗来到。关在浴室外的时候是吃冷风，快到门边的时候，随着人进人出，浴室中那股暖潮潮的空气，一团一团地涌出来，夹着药水肥皂和肉膻气，那种暧昧的气息让妹妹闻在鼻中，心扑扑跳。

进入浴室，还要排队。那个叫"四新"还是"五爱"的浴室里人头济济，两排木躺椅上铺着潮叽叽的浴巾，洗完出来的女人都在揩干身体穿衣服，站上躺椅去的是套长裤，坐着的是揩头发揩脚底板。和服务员有交情的一些女人互相大声寒暄，"老多辰光末看见侬了呀，今朝早班啊"等等。浴室里的女服务员和理发店一样，大多数是苏北人，说起话来"顷况顷况"很有力，散发着新社会劳动人民翻身做主人的豪情。

这个等位置、换衣服的"大堂"相对浴室里面有点冷，相对室外就很闷热了，在这个过渡地段等着买洗澡筹子的人开始动手，除去头上的帽子，脖子上的围巾，棉袄领口解开，随即钮扣一个个往下解，是在做冲锋前的准备工作。

代表你人头的木筹子上有一圈松紧带，上面有衣物箱的号码，和游泳池一样，可以套在手腕上贴肉保管。衣物箱一般都是上下两格，上面放衣裤，下面放鞋子。浴室地上乱扔有很多塑料拖鞋，你得自己去找合你脚寸的，有时都是一顺脚的。你低头寻找的时候，走来走去的服务员大姐会一脚把你要的那只踢过来，她是热心，你不能恼火，一恼火她火气比你大得多，粗话脏话都会骂出口。你排队那么久，又不能拂袖而去，很郁闷的，所以从小就要学会适应社会，抬头朝她笑笑就可以了，不谢没关系。

穿着半袖白工作服的阿姨挥手放人的同时，会大声喊衣物箱号码，你一核对手上的筹码就可以进去了。女人在浴室脱衣服很见性格，有的女人眼睛左看右看，低头含羞一件件地脱，不时踌躇犹豫；有的女人棉袄一扔，双手胸前一反绞，两三件绒线衫抓着，有时连着棉毛衫一下子翻过头去，脱成赤裸，然后"哗"地一下就长短裤除尽，光着身子大摇大摆去浴室里面了。这样的女人一般四十岁朝上，脱光以后，也没很多细看的价值。但是慢慢脱的人里面也不是个个细皮嫩肉、身上凹凸有致的。有的女人到最后还不肯除去胸罩背心和三角裤，面孔板着，下巴抬得老高，一副很清高的样子，也讨人厌。不给看，你就以为人家看不出你身材的缺点，哼，摆膘劲！和乘公交车的时候，不小心踩到人一脚后被骂，反击时说的：有钞票去乘小轿车呀！在公共浴室里，那句话是，有本事自己到屋里浴缸去汏！

女浴室分淋浴和盆浴两种，淋浴是开放式的，一大间一大间，成"匚"字形，沿边是水龙头，隔开一米左右一个。盆浴是一小间一小间，每个小间一只浴缸。盆浴似乎都是年纪大的老太太喜欢，年轻人，包括妹妹这种小孩子都嫌脏，其实都是听来的，传染病啊，皮肤病啊好像都会从那里"过"给自己。

等人洗澡的时间过得真慢啊，大庭广众下，人人裸着身体，虽然水汽氤氲稍稍给人留了点蒙眬感，被紧盯着看，人还是不自在的。这比在饭馆里，有人站在你面前等着你吃完让给他位置还要难受几倍。当然啦，心理素质不好是你活该。有的女人就不那么想，你戳在她面前，管她屁事，你越是对她翻白眼，她越是慢慢洗细细搓，明明眼看着她在搞收尾工作了，你精神振了一下，准备接收地盘，忽然一下，她的动作又转到另一个项目的开初，让人恨不能上去，用硬猪鬃板刷帮她将全身上下狠狠地刷个遍。

妹妹死心了，转到盆浴那里看看，仿佛那里生意差点。妹妹试着站在外面等，只听见里面"哗啦啦"放水声，"吼隆隆"出水声，周而复始，不知道她在里面干什么。据说有人光是洗浴缸就得用上半浴缸清水。也是，浴资那么贵，一年也就舍得花那么一两次洗澡钱，凭什么草草了事。再说，服务员大姐也不来帮忙消毒，我自己干，还不行吗？

妹妹没有经验，太不懂了，洗盆浴图的是泡，什么叫泡？那得花时间呀。不懂事的妹妹等在盆浴室门口，一朵鲜花等到快要谢鸟。再回头望望原先等着的淋浴位置，分明已经换了个新人，肥皂毛巾放好，巨大工程拉开序幕，妹妹感到天地一阵旋转，绝望啊，诅咒啊，于事无补啦。那个时候，在上海浴室，少女妹妹在赤裸裸地成长，她回想起姐姐传授过的箴言，学习不可以三心二意，做事不可以犹豫不决，仿佛还有外婆的人生格言，过了这个村就没有那家店……

读中学的时候，正经学到的知识少之又少，数学物理化学都变成"工基"和"农基"，完整叫工业基础知识和农业基础知识。小朋友世界观尚未形成，必须让最最经得起考验的领导阶级——工人阶级占领那片处女地。于是，初中生们去学工和学农。妹妹去的是玻璃仪器厂，在西宝兴路火葬场隔壁。在那里，妹妹第一次见识到工厂的浴室，看到白花花一群面熟陌生的工人师傅的胴体。

到底是工人阶级，汰浴不是请客吃饭，不是做文章。

她们动作利落，爽快地剥下衣衫，唱着革命歌曲，一不怕苦二不怕死地冲进冷水龙头下，让暴风雨来得更猛烈一些吧！冬天的时候，热水供应充足，满浴室蒸汽腾腾，很像革命大熔炉。妹妹跟在师傅身后，在她抢到的水龙头下，认真而迅速地洗刷自己身上沾染到的小资产阶级腐朽印记，随着那些污泥浊水的流去，妹妹的身体松快极了，仿佛脱胎换骨，凤凰涅槃。

无意中，妹妹发现，师傅身上有一条很大的伤疤，原来她小时候患过很严重的肺病，开过刀，连肋骨都抽去过几根的说。可是她那么坚强，像一个女的保尔·柯察金。她是厂里的团总支书记，干起活来不要命，走路的时候比小皮球还要蹦得高。妹妹简直视她为一座永远无法攀登的珠穆朗玛峰。

师傅一直笑话妹妹动作慢，她利落地涂肥皂，把妹妹推到水龙头下面冲，然后又一把将她抓出来，自己冲清水，同时在一根丝瓜筋上狠狠刷药水肥皂，按到妹妹的背上就刷，"哗啦哗啦"、"哼哧哼哧"，妹妹脚步站不稳，跟跟跄跄前后移动，好像一块碎木板。好了好了，妹妹小声叫道："师傅不要麻烦了，我自己来就好。""不行，你看你看"，师傅指着妹妹身上脱落下来成面条状的污垢，"小姑娘还要跟我客气"，她嘿嘿笑着说，坚决不肯罢手。妹妹背痛得像火烧一样，在家里从来没有人这样关照过她，妹妹家也不用那么老的丝瓜筋，天哪天哪，妹妹实在承受不起烈火般的无产阶级感情，只好哭了。

后来妹妹去了农场。农场是介于工厂和农村之间的一种单位，有浴室，但是只有冷水。连队的浴室很大，灰色水泥墙抹得粗糙，满是冰凉之意。之后看二战片的时候，看到犹太人衣衫被法西斯全部剥光，推入浴室企图用煤气毒死的情景，妹妹不禁联想到连队的浴室，顿生后怕。

连队战友每每裸裎相见，知己知彼，这个胸大无脑，那个屁股下垂估计"出过事体"，这个面孔白身体黑属于名声在外，其实难副，那个面孔黑身体白嫩真正是墙内开花墙外不知道啊。

同龄女孩懂人生的不少，强势的人天生强势，洗个澡都看得出来，占领水龙头，尽情洗刷，面对同胞，毫不心软。还有喜欢拉帮结派的，"哇啦哇啦"做优良水龙头转手生意，那时还不兴讲"不好意思"这句虚假客气话，眼光里满是"让开让开"，肉身撞过来，孤独的你只好败下阵去。俗话说的是，人倒霉，喝水也塞牙。倒霉有定律，那就是排队，你排的那行总是最慢；你等门，等的那扇总是不开；你穿衣，穿着最难看那天遇到最重要的人；你洗澡，占的水龙头总是水最小。

　　这边在洗澡，那边食堂已经开饭，好菜不多，早到早得，于是，浴室穿衣处鸡飞狗跳，那里又是一个观赏女孩的绝佳去处，性格脾气一目了然。但是，女生那边洗澡打架的几乎没有，男生处却常有浴室打架的传闻，估计是尺寸大小调笑不当的缘故，毕竟男生都很在乎自己那家伙的尊严，所谓神圣不可侵犯。

　　浴室是适宜高声歌唱的场所，不知道有人研究过没有？为何人脱光衣服后会激起引吭高歌的欲望。电影《洗澡》中姜武扮演的男生高唱《我的太阳》，傻是傻的，却也让人会心一笑，谁能断言自己内心不曾有过这样的念头。浴室男高音常有耳闻，浴室女高音听得比较少，还是男女有别吧。

妹妹终于返城，进了出版社。出版社都是文化人，社会档次高的，清贫却不亚于工厂，那是一个平均主义盛行的年代。

当年，洗澡的问题和吃饭一样，是全民问题，因为上海很多家庭都不具备在家洗澡的条件，尤其是严冬，取暖是个大问题。这时，工厂洗澡的福利就突出了，出版社在黄金地段的老洋房，没法建浴室。于是工会提了让职员们去温水游泳池锻炼身体的提案，领导心知肚明，一口答应。

去游泳池，会不会游泳不是问题，可是很多脑筋不太灵便的知识分子不懂，报名的人并不多。每周三午后，这些相对比较活络的同事背个马桶包，沿着体育馆长长的绿化通道往前走，假模假样换了游泳衣，高声问，今天水几度啊？冷吗？然后按规矩去龙头下淋一淋冷水，用脚掌趟一趟冲淋间通往游泳池的拦路虎——消毒水池子（很多人是沿着边爬过去的），潦草消了毒，下到游泳池温水中。

　　游泳馆的水温一般在28度—30度之间，乍一落水是冷的，"吆西"！叫一声，赶紧把身体浸下水里，拉住旁边的栏杆甩甩青蛙腿。醉翁之意不在游泳的人，一般三五分钟草草收兵，汰浴去。

　　妹妹装过样子，跑回冲淋间才知道，很多同事根本就没下游泳池，早就洗澡程序过半，此时笑嘻嘻让出位置，冲头发涂肥皂。工会女工委员是个胖子，不会游泳，可她不能让体育锻炼完全形同虚设，所以只好拉牢杆子泡在游泳池里，看见真正下水游泳的人，拼命地讨好，夸奖赞美，见到游泳健将，便死死拖住他们的后腿，不让出水。

　　洗完澡穿上棉衣赶快回到办公室上班，刚刚吃完的午饭不知哪里去了，肚子又咕咕叫。不急，中午早就买下两只淡馒头备用，如今微微有些热气，撕开来一口一口吃，甜咪咪的幸福极了。

2011 年 5 月

民办小学

中国的大、中、小学大多一年只招一季新生，9月1日是庄严隆重的开学日，但凡小孩子出生日期在9月1日之前，满六周岁就可以上小学，之后出生，哪怕只差一天也必须严格挡在校门外。好说歹说都没用，只有一句回应：下回请早，明年来吧。

小朋友家长初次见面，爱顶真的妈妈光听对方小孩小班、大班、几年级是不够的，听了属相还不够，必须问大月生还是小月生？我9月最后一天出生，是十足的"小月生"，可是足足生了七个儿女的我妈妈怎么就会忘记理会这事儿。

那一年7月我幼儿园毕业了，收拾了小铺盖，高高兴兴回家过暑假，等着当小学生。可是奇怪，楼下的信箱里等来等去等不到入学通知书。直到开学前几天妈妈才恍然大悟，原来我三岁时入的是弄堂口草创的民办托儿所兼幼儿园，他们没那么考究大月还是小月生，有生源统统都要，于是我入托早了一年。

上小学就没那么粗线条了，一道黄线拉在那里，冲不过去。那妈妈心想，小学上不了，明珠就再上一年幼儿园大班吧，想不到去一问，我的母园竟拒绝了我（那是生育高峰的结果）。六十年代初人人自律，个个找到属于自己的组织。初中、高中、大学毕业后因种种原因没找到工作的青年叫社会青年，因荡在社会上吃老米饭（啃老的意思）而名声很差。我小小儿童突然失去了组织变成"社会儿童"，感觉到头也抬不起来，心里煎熬，脑门上急出个"热疖头"，史无前例的大，就像连环画《三毛流浪记》里面小三毛那个圆圆的大鼻子。

六岁小孩不受教育呆在家里一年可不行，爸爸妈妈意识到危险性，东托人西托人，老着面皮去求附近每个小学的校长。一天妈妈请了假，拖了我这个"脓包疮"去见四川北路一小的校长，那是一所蛮有名气"高大上"的公办小学，敲开校门见到整齐的楼房、宽阔的操场，我的自卑无以复加，脑门上热疮头就像要爆开来一样"哒哒"跳动，我拉着妈妈的衣襟心想，能进个普通小学就不错了啦，后来我们果然败绩而归。

回家后，妈妈突然想起邻居家大女儿在附近民办小学教音乐课，顾不了曾经与她家的不愉快，妈妈满脸堆笑求了上去，又经过一番曲折，终于在开学一星期后我被增补进横浜桥第二民办小学，俗称横二。

那年头的私立小学可不是现在的概念，所谓民办小学是真的人民群众办的，那些人民中含被剥夺财产后公私合营的资本家、小业主，因属于"瘦死的骆驼比马大"，他们有压力，自觉不应该，便捐出家里多余的一两间私房，低价或者免费提供给民办小学当教室。里弄家庭妇女也都动员起来，响应政府号召，喊出"我们都有两只手，不在家里吃闲饭"的口号，利用自身文化出来

　　小学 5 年我一直担任班长与少先队中队长，追求"德智体"全面
发展。每当清明节，爹爹会带我去虹口公园，到他最崇敬的鲁迅先生墓
地鞠躬，给我在鲁迅公公雕像前拍照留念。

当教师。民办小学也有从社会招聘年轻教师，那些荡在家里的社会青年羞愧万分地来要求做贡献，工资虽然很低，终也是有工作的人了，上文化课不够格的就教体育，当辅导员。

民办小学校长是一个身材挺高的中年女老师，短发，眼神镇静，看上去很有能力，民办小学是有董事会的，用每一分钱校长都要向董事会负责。校长知道我父亲，"文革"开始刮抄家风后，我在弄堂里遇见她，跟着沉默地走了一段路，她让我回家给父亲带个好。

横二小学最大的特点是穷。没有校园，没有操场，基本没有体育设施（除了几张垫子、几只篮球、几副乒乓板等），教室因为是募捐来的，东一间西一间分布在四川北路上各个弄堂里，一般是石库门房子的底楼，门上简陋地书写着班级的号码以免闲人串门走错人家。

还记得我第一天上学，和电影里演的一样，全班都坐定了，老师领进来一个插班生，介绍了她的名字后，插班生向同学们鞠了一个躬，走到第一排一只空位上坐下。一年级班主任是甘老师，瘦瘦黑黑的，普通话里福建口音特别重。甘老师第一天就看出我身上的潜质，她对一屋子叽叽喳喳的"小鸡"说，看这个新同学多听话，一声不响坐得最端正，我决定让她当班长。

"随遇而安"四个字其实是杯心灵鸡汤，小补补聊胜于无。我在横二民办读完六年小学，大概是我整天安安静静，父母从没动过让我转学的脑筋。我自己有了孩子后，每当听见有些家长怕麻烦，不肯全力为孩子选择好学校时说的那句"宁当鸡头，不当凤尾"俗语时，我心里会有一股火冲出来：鸡头鸡头，还不是在鸡圈！

我虽说是班长，但是不爱和班里功课好的同学玩，大概是因为有竞争关系的缘故，我喜欢和比我差的同学、脾气古怪的人交朋友。

在小学二年级的时候，我有一个隔壁班级的信友。我们不是一个班，却在同一间教室上过课。这是因为每个班级除了有一个固定的教室之外，副科的教室是不固定的。我们的教导主任手里有一张庞大复杂的排课表，小朋友背起书包，就像草原上放羊放马转场吃草那样，经常按着那张表格转到各个弄堂的各个教室去上课。我和她在班上是坐同一个位置，不同时间，同一个空间，不知怎么就认识了。

那女孩低眉顺眼，不苟言笑，清汤挂面的头发，她家开私人诊所，门口有一块很小的木牌，"专治"后面是我不认识的一个"痔"字。她家的门和墙壁都刷得雪白，门禁壁垒森严，不让小朋友随便进出。神秘气氛触发我的窥探欲，我和那个女孩通起信来。我们每天将秘密写在纸上，折成千奇百怪扭成一团的形状，由我的"心腹"做邮差。我的"心腹"全是班上成绩最差的女生，高的奇高，丑的奇丑，她们争着为班长我献计献策，"塌塌"地拖着不合脚寸的鞋奔走。每当我收到来"信"，她们会知趣地别过脸去，让我独享秘密。

这位信友爱写很朦胧的字句，让我猜得很辛苦。而且自从和我通信，她见到我再也不和我说话，假装不认识，这让生性热情大方的我百思不得其解，信缘持续了一段时间，不了了之。我见过一次她的父亲，严肃礼貌，长得很像日本人，后来我告诉爸爸，爸爸猜他就是一个日籍医生，专做痔疮手术。

有一位全班最高的女同学，功课奇烂无比，男生女生都欺负她，因为她妈妈是走街串巷倒马桶的清洁工。这位最高女生遇到什么事就要找我主持正义，为了答谢我，三番五次请我去她家玩。那天我在阁楼上见到倒马桶收工回来的她妈妈，她妈妈很强壮，不理睬我，盛了一碗冷饭，用热水瓶里的开水泡，滗去，再泡，再滗去，就这样不用开煤炉，不用点煤油炉子就做热了一碗泡饭，我眼睁睁地看着她，有一种不同寻常的感觉。上海人下泡饭菜有很多种：什锦菜，乳黄瓜，白糖大酱瓜，红乳腐白乳腐小乳腐，最便宜的也是世界上最咸的过粥菜叫青萝卜干。她家饭桌上只有青萝卜干，她妈妈扒一口泡饭咬一小口青萝卜，哗啦哗啦吧唧吧唧吃得惊天动地。我从没见过那样的吃相，感觉她家泡饭太好吃了，口水含在嘴里，咽了又咽。

还有一位会唱沪剧的女生嗓子很沙哑，其实她不爱唱戏，可是她养母喜欢听戏，逼着她学。每次到她家去玩，那位抽烟抽到脸发黑的养母就让她手里捏一块手绢，站到房间中央唱一段沪剧。我同学很不情愿，三番五次不肯，最后拧不过她养女，总还是潦草唱了。她唱得急急忙忙，慢板变成快板，嘟嘟嘟嘟把帝王将相、小姐官人什么完全听不明白的唱词一口气背光，一点也没有戏曲韵味。这同学喉咙不灵，唱得也不灵，不懂她养母怎么想的。

民办小学的同学不整齐，老师也高矮瘦胖各具特色。有一个女的胖老师教体育，她好像只会教广播体操，示范过一两次之后，她就退出沙场，让我站在前排领操。我们小学没有操场，做操是在居民住的大弄堂里面，小朋友举手向前对对齐就开始操。也没有高音喇叭，用一个小扩音设备放音乐，真是羞死人。下雨天不能户外活动，胖老师讲故事，她的故事我一个记不得，因为我一直在注意她的手，她爱把双手合在一起，放在两条粗腿当中取暖。

胖老师生孩子去后，来了C老师，是个男青年，浓重的汗毛，漆黑的眼珠，嘴唇皮仿佛镶过一条边，微微撅起，很孩子气。可是C老师的性格与帅气的外貌太不相符，他是一个社会青年，气场灰扑扑的。他扛来一张厚厚的运动棉垫，教我们翻筋斗。前滚，后滚，下腰，竖蜻蜓。他还教跳高，打排球，打乒乓。我最喜欢打乒乓，进了校队，被 C 老师领出去比赛，刚刚上场没几个回合，捡球的时候眼睛就被乒乓台角狠狠撞了一记，也不敢喊停，半开半闭继续打，两个 0 比 21 大败归来。后来我转战排球队，冬练三九夏练三伏苦得不行，到时间也被拉出去比赛，一场球下来，轮到我开球，一只球也没发过网。

我从来没和 C 老师说过三句以上的话，却对他很信任。但是 C 老师居然被一个长得人高马大的女同学揭发，她说在垫子上做两手撑住后腰两腿笔直竖立那个动作时，C 老师借保护之机，摸她不该摸的地方，是下流胚。C 老师消失了一段时间，再次出现时，眼神更加黯淡，精神更加萎靡，一副没有出息的样子，我们都觉得他这辈子大概讨不到老婆了。

我们"横二"的教室不固定，时常更换。除了我住的弄堂，隔壁大德里，再隔壁永丰坊、恒安坊，对面四川里，再过去永安坊等等我都去上过课。已记不得小学六年里总共换过几个教室，但是三年级的时候，有条弄

　　四川北路 1569 弄 "新祥里" 是一条新式里弄，里面是石库门房子，我家住在弄堂口沿街的三楼，对面是群众影剧院。我读书的 "横二民办小学" 的教室就分布在我们附近几条类似弄堂里，都是底楼 "客堂间"。（陆杰 摄）

堂底楼教室，发生过一件大事。

那间教室在弄堂普通石库门房子的底楼，所谓的客堂间，层高比较高，冬暖夏凉，就是比较暗。我们的房东住在楼上，是个看上去挺慈祥的老头儿，大概六十多岁，孤身一人住。老头爱喝酒，常常喝得满脸通红，向教室张望，跟小朋友开玩笑，也和年轻的女老师开玩笑。炎热夏天，他通常打赤膊，在客堂间通向后门的灶披间里擦身体，男同学去看，回来模仿他将毛巾放在裆处拉动的样子，嘎嘎嘎地笑。课间休息的时候，他会把女老师喊到房间里去喝茶休息，有一次我看见老师下来上课时，脸孔红扑扑，神态有些异样。

老头儿对我们班一个长得高高胖胖的女孩子特别好，那女孩学习成绩不大好，额头光滑，饱满的脸蛋上充溢着世界真美好那样的表情。不久，突然传来出事情的消息，那女孩不来上学了。校长到班级里来找了几位女同学谈话，竟然谈出很多出事的迹象：好几个女孩子都说遭到过来自"爷爷"的动手动脚，幸而没有如同那个女孩子受到肉体的摧残。据说那个女孩子是被老头用糖果骗去的，以检查身体为名强奸了她两三次。

那几天，教室里充满了沉重，男孩子不太清楚发生了什么事情，但是不敢疯了，我们围一起低声议论那女孩最近木头木脑有些不正常的蛛丝马迹。在这以前，我从没有听说过女孩子会碰到如此可怕的事情，我庆幸自己长得矮小，没有给老色狼看中。后来知道，老头原来是刑满释放的强奸幼女犯，这次是再次犯罪，被判得很重，估计不会再活着出狱了。

少年儿童的成长环境对人生的影响很大，我中青年时期如影相随的自卑感，与民办小学六年是绝对有关系的。但同时，我思维深处的底层平民意识，估计也是在那个阶段形成的。想起来我真是生不逢时，如果我们国家五十年代按照马寅初提倡的"新人口论"制定国策，推行计划生育、控制人口增长，就不会造成学龄儿童入学困难，不会出现民办小学那样粗糙、简陋的教学条件。当然，也就不会有我这个人在这里扯民办小学这点事儿了。

2014 年 9 月

弄堂学骑车

　　我十三四岁的那些年月真是闲，每天瞪大骨溜溜的眼睛听哥哥姐姐和朋友们高谈阔论，觉得自己好渺小，不然为什么他们都不拿正眼来看我？尤其是大姐有一辆彩色的女式自行车，我从来不敢主动问她借来学一学，只是每天到了大姐下班的时候，我就候在弄堂口，从大姐手中接过车来，帮她推进后门。因为有时候大姐心情好的话，她会允许我在弄堂里学一圈，这时，我受宠若惊，拍马溜须地说：骑完了我给你擦一擦车。

　　渺小的我在拿到自行车以后就"大"起来了，我的小伙伴们羡慕地聚在一起看我单脚着地"荡"车，有时候也有热心的帮我扶一扶，让我正式骑在上面过过瘾。小伙伴不敢要求也骑一圈，那时候自行车的地位像如今的摩托车，而我们是一群识相的孩子。

由于操练的机会少，我学骑车学得很慢，零零碎碎，学得像只三脚猫。而每次我战战兢兢地骑过后弄堂，总是有一个细瘦细瘦的男孩子嘲笑地挥动他那细胳臂，搅乱我的视线，让我面红耳赤。那细瘦男孩的绰号叫"马脚"，他的脚髁细得不可思议，招风耳大得也不可思议，我们前弄堂的姑娘都非常恨他，因为他老是受其他大男孩的唆使，来作弄我们。

有一天，我被女伴尖细的嗓子叫下楼，"哇！"她居然借到一辆旧车，虽然车子是28寸的大车，又旧得像一个老工人，可是有半天时间可以骑哎，好棒啊！这时，已经有四五个女伴排在我的前面摩拳擦掌，我那时自觉马上就要学会骑车了，那个技痒啊没话形容，赶快卷裤脚管卷袖子管颠颠地候场。

我们的大弄堂很宽大，那时弄堂里的人也没有如今

骑车少女明珠

多，女伴们一个骑一个扶两人一组朝后弄堂驶去，可是骑到半路就折回来了，说是"马脚"在后弄堂捣蛋不让她们过。我们很气，你"马脚"算地头蛇还是什么？这弄堂又不是你的！我远远地望过去，"马脚"端了个小凳子横坐在弄堂中央，扒手扒脚挡在那里，听不见他在嚷嚷什么，瞧那样神气得很。

女伴们翻白眼撅嘴巴咒骂个不停，都知道"马脚"后面有好几个坏男孩撑腰，没人愿意跟他去评理。怎么？难道大好的时光要让它白白流过？我不买账！说了声："我来！"挥手让一个姑娘为我扶一扶，就推车上"马"。我记得我从来没有骑得这么快过，几条横弄堂"喇喇"飞过后，我狠狠地瞪起双眼直视坐在路中央的"马脚"，一点儿也没有停下来的意思，我看到"马脚"的眼神渐渐地从得意到疑惑再到惊慌，挡在那里的手脚抖起来了，我仍不心慈手软，愣是直冲过去。终于，"马脚"在我即将撞到他时及时地收了手脚，我通过了。

但是，我觉得后面少了什么，啊呀！扶我的姑娘什么时候把我放了呀？眼看弄堂底到了，我一闭眼，狠捏一把刹车，"咚"轻轻地撞到墙头上，没办法呀，因为我还没有学会自己下自行车呢。回前弄堂我是推着那匹"大马"回去的，路过"马脚"时，他还在那儿发愣，几个坏男孩"嘘嘘"地吹着口哨朝他起哄，我可神气了，昂着头看也不看他，鼻子里说不定还发出"哼哼"的气声。

哈哈！"马脚"栽在我的手里，这一得胜的"历史"我至今回忆起来还洋洋自得。那天后来的事情就不记得了，只记得从此我学会了骑车，胆子越来越大，以至于有人传话给我哥哥，说你妹妹要死了，骑车在马路上，轮子卡到电车轨道里，她人也不下车，握着车把一提就出了轨道，要死呀，差一点出事呀！我哥听了摸摸我的头，眼睛里全是自豪。再后来我学会了"屏车"、"跳车"、坐在书包架上骑、骑车带人等等，在小弄堂里拐个8字什么的更是随便玩玩，变成一个花木兰。我想，那时如果有人来招生，我再努力一把，说不定能考上杂技团。

2009 年 5 月

年夜饭

童年的味觉记忆伴随人一生，那遥远的大家庭年夜饭让我一想起来就口舌生津，泪眼模糊。

我爸妈生了一八仙桌的子女，年卅那晚八仙桌上架圆台面，上面摆满我垂涎了一整年的美味佳肴，人、菜相映，满腾腾地宣告团圆饭开始。

准备年夜饭得推前一个多月，我们家浙江人，风干鳗鲞、酱肉、酱鸭都要预先做起来，鳗鱼要买东海青鳗，总是冰冻的，十斤左右，融化以后从背脊剖开，抹净污血，喷上高度数的白酒，洒上粗盐和花椒，安置在面盆

207

童年明珠与父母

里面腌制一个晚上。待第二天用竹签撑开晾起来，那一帆鱼风筝似的鳗鲞悬挂在走廊，引来猫咪激动不已，小小的我就只好当上巡视警察，一声声稚嫩的大喝声中有一股身为高等动物的骄傲在里面。

酱肉和酱鸭做起来比较简单，那时没那么考究放白糖放料酒的，我只记得拷来几斤红酱油，把猪肉和鸭子浸入就行了，猪肉切成厚厚的条状，前腿后腿都没关系。几天后酱色上去，吊起来吹干。春节前，弄堂里很多人家窗口悬挂着这样的年货，有点显摆的味道，是在做广告呢。

海蜇头也是要预先准备好，因为摆放一段时间后才会更加脆嫩。门槛精的人手一捏就知道二矾还是三矾的，颜色要黄中带白，硬硬的。如果早早地买到了宁蚶，就只有做醉蚶了，用鲜酱油白糖和高粱酒浸起来，到时候撬开来摆盘。醉鸡糟鸡也是一两周前准备为最佳。操心的主妇提着篮子，鼻子像猎犬一样灵，千方百计要去觅得可以在年夜饭上向众家人论功行赏的美味佳肴。

紫铜暖锅中要放的岂止是三鲜，各家品种不一，蛋饺却仿佛是必须的，我打小就领了此重大使命，在冰蛋中混入几个鲜鸡蛋，调好了肉酱，一一嵌入，制作成饺。器具是个旧的长柄铝饭勺，小心翼翼、惟恐失手，如此练就的童子功，恐怕就是我日后编校工作差错率很低的原因罢。

我爸爸家乡乌镇，做家乡豆腐圆子是他的保留节目，买来老豆腐搅碎，放入开洋香菇末和一些生粉，团成小团子进大油锅炸。爸爸主要负责指挥，弄得声势浩大，人声鼎沸，偷偷告诉大家一句，豆腐圆子味道真不怎么滴。现在分析，原因是我爸爸不食猪肉，一点荤都不放，素豆腐捏一团，能和肉圆子一咬满嘴流油比吗？

慢慢慢，吃年夜饭前要祭祖。一对红蜡烛点燃，中间香炉燃三枝高香，爸爸叫我再点一炷香去晒台喊爷爷奶奶回来吃饭。这件事原先是孙子做的，有一年爸爸分配给我，我跑到晒台，害羞地朝着空旷远方喊道："耶耶酿酿"吃饭啦！年卅晚上的空气寒冷，星星已在天边闪烁，我对从来没见过的爷爷奶奶心生敬畏，喊后赶紧逃回饭桌旁。房间里一大家人站立着，神色都有些肃穆。爸爸带头向祭台三鞠躬，之后是妈妈，大哥大姐二姐……大家默不作声，看着无形的长辈在饭桌上享受着我们的孝心，我心下虽有嘀咕却也不敢说出来，手脚一动就有严厉的目光来制止。这样一刻钟左右吧，仪式结束，年夜饭才算正式开动。

除了吃菜喝酒，年夜饭另一高潮是我叔叔宣布发压岁钱。叔叔是爸爸的亲弟弟，每年年卅他一定会从复旦大学宿舍坐有轨电车到四川北路哥哥家来。叔叔有一个习惯，楼梯门打开之后，他便要大声唤"嫂嫂呀——"，那声音中含有过年的高兴，也透着以小卖小的撒娇，我爸爸一听便笑了，随即戏仿一声"嫂嫂呀——"叫得怪里怪气，好像在吃醋，整屋的人都为之乐开了，我妈妈更是高兴到合不拢嘴。

叔叔是复旦附中最早的教导主任，单身所以比较有钱，他爱喝酒，来家吃饭总会带来好吃的下酒菜，通常是野味。野鸡野鸭还没什么稀奇，酱麻雀最惊人了，我很害怕，把眼珠子瞪大，看着叔叔卖弄似的拆解那小麻雀吃，叔叔吃得香，偶尔把一只骷髅头似的麻雀头伸过来吓唬我，还让我尝那大脑袋里的脑浆。

年夜饭上，叔叔照例喝得有点晕了，在他哥哥的揶揄中，缓慢地摸出一张张钞票分给侄子侄女，我们家孩子像楼梯格数那样多，红包的数字从大到小递减，我这个小不点分到五毛钱也心满意足，因为可以让哥哥帮我去买很多小炮仗。

冷盘、炒菜、大菜、暖锅、甜羹吃过，圆台面收起。我殷勤地在厨房和客厅之间跑来跑去递送热面巾，博爸爸欢心。为点啥？福袋呀。

爸爸准备福袋的过程很神秘，年前他每天下班带回一包东西，马上藏在我们找不到的地方。同时，爸爸会很留意保存干净的大纸袋。到了大年夜的下午，爸爸把我们赶出房间装福袋。我们家房间与房间的隔断是矮墙加玻璃窗，爸爸以为我们看不见，其实我和两个哥哥早已经侦察好地形，爬到床上，垫了很多被子，趴在玻璃窗上看爸爸分东西。

只隐约看见爸爸将瓜子、花生、糖果、柿饼、蜜饯、糕点这一把、那一把地分发到一溜八个纸袋当中，因为是福袋，必须分得不均匀。我们急着要记住哪一个袋子里自己喜欢吃的东西多，为晚上预演。但是隔太远，人又站不稳，无论如何是记不清。

爸爸酒足饭饱，心情十分愉悦，吩咐将八个封口纸袋拿出来，排列在一张很长的酒柜上，喊来孩子们，宣布抽福袋。这时，气氛应该是很欢乐的，可是我却有点紧张，因为我年纪最小，害怕哥哥姐姐把好的福袋都抽走，剩下最差的给我。其实这种担心根本没必要，连爸爸自己都记不清哪袋优哪袋劣。哥哥姐姐按年龄排队挑选福袋，拿好后谢谢爸爸就离开去自己房间。福袋的最后一包是给帮佣阿姨的。

馋痨胚我和小哥哥对福袋中食品种类研究得最透，撤退出房间后，紧张地把一整袋东西全倒在各自的铁皮糖罐或月饼盒中，然后分类，一边嘀咕，你有两块柿饼，我怎么只有一块，太妃糖你也比我多啊！小心眼的我沮丧之中，突然却发现自己的蜜饯中有一块糖金橘、五块糖冬瓜，破涕而笑……

我一直不知道福袋这个风俗由来，1991 年在日本过新年，看见百货大楼化妆品柜台有一包包纸袋促销，有大有小，上面写着福袋，价格均一，看不见其中的东西，让顾客摸彩。我付钱摸了一个，运气很好，里面好几样名牌产品，只可惜颜色太时髦，由不得我。此时我才知道摸福袋的销售法源自明治末期东京银座的松屋百货公司，当年我爸爸也许是知道的，拿来这个创意到新年给全家人凑趣了。

2009 年 1 月

懂经鞋

懂经鞋是那样一双布鞋，黑色的斜纹卡其布面子，漂白色螺纹的滚条边，白色手工纳的布底（也有塑料底），鞋面上两边有 U 字形开口，插缝了宽阔的黑色松紧带用以绷紧脚背。这布鞋 40、50 后老少爷们、老娘儿们大多穿过，都想起来了吧？

我少女时期暗恋弄堂里一个资本家的儿子，这男孩中等偏高个，脸面白净端正，眼睛末梢带点儿笑意，头发略微卷曲，他不和我们一般群众搭讪，路过小姑娘时爱低头贴着墙根走。估计他们家是从哪幢花园洋房被扫地出门才搬来我们弄堂的，因为不是打小一起长大，他和我们都不熟。

弄堂里那么多帅哥，我为什么偏偏喜欢他，成天扑在三楼亭子间的窗户口，严防死守等待他出门经过，用眼睛尾随一路呢？前几天终于想起来了，可不是无缘无故的。他老穿一双仿佛散发出太阳香，带干净滚边的懂经鞋，众人面前他走路的样子略微腼腆，没人围观时轻快而洒脱。我高高在上，看他毫无知觉地从我眼皮底下走过，心里会升起一点拥有他的感觉。

"文革"时期的时尚物件虽然单一，却是普及面广，说千篇一律那是贬义，说众人追捧不就转为褒义了吗。懂经鞋是懂经人穿的，你落后，不懂经（上海话，意思是懂行、识货），欣赏不来，买不起做不成，又没女人疼没姑娘爱的，那不就该呆一边凉快、孤独去。

印象中懂经鞋似乎是从北方流行过来的，之前上海姑娘穿横搭攀的方口鞋，男孩不穿布鞋穿球鞋，家里经济条件好的，穿皮鞋。懂经鞋宽大舒适，走路跟脚，闲了无事，两手插在裤袋里，双脚轻擦着地面，宛如游龙，翩若惊鸿，怎么看怎么优美与潇洒。那年月，新鲜的、刺激眼睛的东西就是少，一阵风似的，男孩、女孩、爷叔、娘舅人人都有弄双懂经鞋穿穿的欲望了。市面上成品货紧俏，解剖麻雀呀，分解鞋样！35 码到 43 码大众号的鞋面样板在人们手中传递，鞋底样也是，每个弄堂里都有路道粗的小姑娘，我们上门去求助，借来纸样复制。然后结伴去买黑色的斜纹卡其布和白色滚条，买鞋底线，请人制作可以用来缝合鞋面与鞋底的工具：带钩的锥子。

　　我的少女时期不天天读书，"复课闹革命"了才去学校混两天，否则就在家无聊度日。冬天，一般午饭后我溜出家门，去横弄堂山墙处与小朋友会合，那里有一块会移动的太阳，我们靠在墙上，跟着太阳移动。勤劳的人握着棒针，小手指上绕着圈结绒线；有装模作样绣个没完地绣枕头套的；也有钩台布的钩几下，放口袋收好，想起来又掏出来钩，不顺心了，撅着小嘴刷刷地拆了的。那些女红我看几眼就会，偷偷在家实验过，但是家里没有拿得出手的漂亮毛线和的确良布料供我显摆手艺，况且抄家剩下的破家具上也不需要我钩新台布。也有懒姑娘，整天空手靠墙嚼舌头，东家长西家短。我不善言谈，长得矮小、瘦弱貌似贫血，在墙根交际圈自觉像个跟屁虫。

蹉跎时光呀，直等到有人传阅懂经鞋样的时候，我突然激动起来，因为看上去做成一双流行货，所需的投资非常低，糊硬衬、铺鞋底家里破布多的是，买新的鞋面布、鞋底线所费有限，时间我多，劲头我大。

自然的，我参加到做懂经鞋的行列中去了。那阵子日子过得好充实，上窜下跳在晒台上搭木板摆战场。先空麻袋背米，无投资纳鞋底：偷几勺做面疙瘩用的面粉调浆糊，用一个钢精牛奶锅，面粉加水，在小火上不断搅，变成浆糊。找出家里破衣服，撕开，接缝处都不要，放水中浸透，一层布一层浆糊一层布地糊在大木板上，注意抹平，不要留气泡，不要让浆糊形成疙瘩，完了将木板靠边阴干，不能曝晒，不要急着揭，过一天干了，从木板上撕下来就是一大张硬挺的硬衬。

把鞋底纸样按在大块的硬衬上，沿边用铅笔画下来，注意正反脚套裁，不浪费一点间隙。然后剪下一只只脚样，对齐叠起来，硬衬与硬衬中间可以插入一般旧布以增加厚度，旧布呢要比硬衬剪得大一点，因为一缝合软布会缩进去，不留余地就糟了。干这样的活，经验很重要，所以一开始失败是难免的，几次失败几次返工是必须的。

纳鞋底我之前只在电影里看过农村大娘给红军纳鞋底，还有古诗传说中的"慈母手中线"，密密纳鞋底等等，应该是左手鞋底右手针，咬牙一戳一提拉，把钢针放头皮上插一插，沾点头油，讲几句台词，再接着戳……说不上有美感，看上去也简单，可上手一纳才知道这活儿技术含量真高，城里姑娘要改造世界观，那些"手不能提肩不能挑"缺点之外，还得加一条，鞋底不能纳。

为了赶潮流做懂经鞋，我拉开了自觉改造世界观的序幕，得空就去看先我一步实践的大朋友纳鞋底。墙根那边，交情浅的不背过身去算给你面子，介绍经验，那是门也没有。我三姐有个初中同学叫玲玲，她长得很美，功课很好考取市三女中，我姐姐考取复旦附中，都属于弄堂里有资本骄傲的女孩。后来他们"老三届"上山下乡各奔东西，我姐去了奉贤，玲姐说是身体不好，逃避下乡，被藏在家里休养。她是我姐姐的死党，花季少女的笑声犹在耳边，命运突变到不敢出家门玩。玲姐招呼我去她家，她奶奶是北方小脚女人，面食做得特别好，纳鞋底也熟手，我们在奶奶的教导下一起纳鞋底，玲姐聪明，传授心得和诀窍。顶针箍怎样支住鞋底针，不让打滑很关键，否则狠命一戳，针尖戳进布头的同时，针屁股会顶进你手指上的肉里去。

技术性的讲究还有很多，比如鞋底最上面一层硬衬是带滚边的，我们得先沿着滚边扎一圈碎针，将一叠厚布固定下来，然后，竖着来一道，将鞋底分成两半，再一行一行安分守己排列针脚，密密麻麻，好像天上星星，又好像小碎牙，直到鞋底儿渐渐板结，硬挺，敲打时会发出邦邦的声响，才结实耐走路。

日子缓慢得如半桶浓稠的柏油，倾倒在地上，久久不见流淌。我每天下午在玲姐那儿纳鞋底，玲姐说，小阿妹你那架势越来越像《红色娘子军》里面的女战士，因为我咬牙抽麻线的动作够狠，为了鞋底紧实，有时会抽断线；而时不时学玲姐奶奶，把钢针尖插头皮里蹭些头油好下针，简直太大妈化了。我们互相打趣，痴头怪脑大笑，笑到玲姐家两个表情一贯严肃的表弟再也不进屋。

接着做鞋面了。厚厚的斜纹黑布反面也要糊硬衬，不能太厚，最外层得是一块新的龙头细布，那是鞋里子，阴干了之后，在白色面用铅笔描画鞋面。要动剪刀开剪时，心脏"别别"乱跳，好像是钢铁厂里面一锅钢水烧好，要浇注模具那样的大事，这一剪刀下去不能出半点差错，错了这块新布就毁了。

先外圈剪轮廓，再剪内圈，鞋面舌头转弯处最难，好歹哆嗦着搞完，就要沿边了。内边用黑色滚条，外边是白色滚条。家里有缝纫机的，把针头换成 13 号粗针，线脚调到最大，双脚放在踏板上小心翼翼踩。我们家有一架老式的蝴蝶牌缝纫机，我妈妈虽然不会裁剪衣裤，可靠着它光是给七个孩子缝缝补补衣服就赚回本钱了。

我很小就会踩缝纫机，当然一开始是当游戏机玩，不知道踩断过几根针呢。

鞋面比较厚，也硬，用缝纫机滚边的时候得非常小心，先反踩一道，再翻过去压一道，边沿留得均匀，压线要恰到好处，说起来容易，踩起来难，反正我小孩子眼睛贼亮，好胜心强，不成功便成仁，怎么也得成功。

那鞋其实通俗点应该叫它松紧鞋，而非半通不通的"懂经"鞋，懂什么经呀，佛经吗？那年头佛经长哪样都不知道，没看过，怎么会懂。那松紧就是松紧带，两条黑色宽阔的松紧带放在鞋面舌头两侧，考究一点得插在鞋面和鞋里子之间，测好距离，黑线压上去。

最后就是鞋面和鞋底的合拢工程。"合拢"这个专业词汇，对于当初的小孩子来说并不陌生，南京长江大桥合拢啦，什么超级大坝合拢啦。喜报传来，我们学校组织上街游行来着，喊口号来着，庆祝合拢。合拢就是拼装完成，两边对接上，得喊"乌拉"，祖国万岁万万岁！

鞋面和鞋底合拢，上海人叫上鞋子，那个"上"字很有气势，祖国建设要大干快上，可上鞋子不能急，先要规划和分配。鞋面不分左右脚，鞋底有正反面，一顺了不行，得相对上。上鞋子除了缝线结实，鞋头绝对不能歪。所以，得先在鞋头和鞋跟处缝几针固定住，因为我没有经验，半腰里也缝两针，以免分配不匀前松后紧。

正式合拢大业从鞋跟开始，粗针麻线搞回形针法，一针一针回环往复，牢牢地将鞋面固定到鞋底上。那针脚很有讲究，表面上要压在白色滚边内里，下面的线要嵌进鞋底间，针是斜着上下穿插的，比纳鞋底的时候下的劲小，但技术含量高。眼看着懂经鞋制作快大功告成，人那个兴奋呀，绝对"一口气跑上威虎山"，上到一半的鞋怎么也不肯放手，我爹喊我做饭，那个一声声呼唤，从明珠、小妹到乖囡，再转为小鬼、死小鬼……

我现在已经记不真切究竟做成功几双懂经鞋，为谁做过鞋，我肯定是穿过自己作品的，家里的其他人呢？有没有谁巴巴地盼我做鞋给他穿？有没有谁拿到我做的鞋舍不得穿？脑子里一片混沌。我这不懂事的小姑娘究竟是没有做过一双鞋子给爸爸穿的，这点却是肯定的。因为我当时是那样的恨爸爸，恨他的原因被抄家五次，一百五十多元的退休工资变成五十元生活费，家里因此变得那么贫穷。保姆都走了，哥哥姐姐都上山下乡离开家，留我最小一个要买菜做饭伺候他洗脚，我哪会心疼他糖尿病引起的老烂脚，他躺在那里不出门走路，不管我，我才高兴呢。

少女的我只顾着自己的委屈，我恨很少有新衣服，妈妈只会将上面六个哥哥姐姐穿旧的衣服改给我穿，穿不下的鞋子轮到我，我多么盼望属于自己的东西，于无望中迸发出自力更生的力量，那第一双成功的作品怎么会轮到给其他人穿呢？不可能的！

两只瘦骨伶仃却有 37 码大的脚终于踏在亲手做成黑面白底的懂经鞋里了，那年我十六岁，天空很阴沉，春天仿佛遥遥无期，我喜极而泣，泪水缓缓地淌在面颊，顺着很深的法令纹，流到失血的嘴唇上，镜子中的我长得一点儿也不好看。

2011 年 11 月

我爱花猫

我爱的花猫是很普通的品种，黑白相间，或者黄褐相间，花纹胡乱长在身上、脸上，是典型的平民百姓。花猫命贱，一窝生五六个不稀奇。有时候，里面混了个白脚花脸的，家里的老人便无名兴奋，踢一脚它指桑骂槐：迭只白脚花脸猫！暗指时常逃出去玩，心思野的小孩子。

我的童年真是"放荡"，父母双职工，家里孩子一大串，各有各的玩法。我二哥路道很粗，在弄堂里混，常常就会拎来一只猫，抱回一条狗，或是几只美丽的鸽子。

鸽子是求了爸爸好久养在晒台上，小狗不行，开销太大，只有猫，爸爸总是眼开眼闭。我们家从来就没有断过养猫，养得最多的，就是花猫。

有新猫咪来，我最高兴。跟在哥哥后面忙碌，许愿帮他。

从一团小绒线球开始养，我省下一点牛奶就可以喂饱它。它们都没有名字，黑色多点的就叫黑猫，黄色多一点就叫黄猫。二哥把它们安置在马粪纸盒子里就又出去玩了，剩下我蹲在盒子旁，用手指轻轻地捋猫咪的皮毛，顺着毛捋的时候，它们很惬意，微微闭上眼睛，反捋时些许惊恐，难受了，皱眉咧嘴地厌烦我。

我还是很耐心，给它们吃，一个个抱出来，按到煤灰盆里面教它们拉屎撒尿。太阳出来了，就把盒子搬到晒台上，给猫咪晒太阳。我端个小板凳看它们慵懒的表情，轻声地数落它们。我这个小学生那么闲，回家作业早做完了，也不学跳舞不学唱歌更没有听说过外语，钢琴没见过，如果学吹口琴，听说会把人嘴巴吹到很大，学拉手风琴吗？我姐姐会一点，她和同学呆在亭子间里唱苏联歌曲，摇晃着身体，激情澎湃。亭子间门总是锁着，三个姐姐不带我玩。我把耳朵贴在门上悻悻地听，防备门突然打开，跳出一个满头大汗的人。

两个哥哥也不太带我玩，一个喜欢闷皮，集邮票，把剩余蜡烛头溶化在一个容器中等等。一个长得漂亮，像小公鸡似的喜欢外出交朋友。爸爸不在的时候，他们用刚刚变声的喉咙威胁我，经常惩罚我向爸爸告状，拍恶形恶状马屁的习气。我是那样的寂寞和委屈，花猫都看在眼里。

花猫大了，一个个不安分地从盒子里跳出来，带出一点黄蜡蜡的破棉絮，满地走。我跟在后面像踩梅花桩，走八卦阵，即使小心也常常会踩到它们的小脚。"喵啊呜"一下颤叫把人的心都要撕碎。小花猫喝牛奶，五六只脑袋挤在一个盆子中，头皮顶来顶去，下巴弄到湿漉漉的，完了便摇头，甩出一片奶雨花，心满意足。

相比较吃，拉的问题更严重。我在楼梯弯道处设了个用漏的搪瓷脸盆，底下用马粪纸垫上，里面放半盆煤球灰。小猫咪由它们的妈妈带着很快学会上厕所，一个个"扑多扑多"跳进去方便，嘘嘘多点，嗯嗯很少，细细的小条弯勾似的，不那么讨厌。可是猫多势众啊，两天下来，那盆灰就基本上湿了，再拖半天，猫尿臭不可抑制地散发出来。平时，猫妈妈完事以后总是负责任地将干灰扒盖在粪便上，现在到处湿答答，它哪里都下不了手，迟疑片刻很遗憾地摆着臀走了。那些小猫咪，原本就不负责任，嗯嗯完毕小爪子胡乱晃一晃，哼着歌儿没心没肺。现在猫盆臭了，它也不在乎，小尾巴撅高点飞速拉完，潇洒地拜拜。

　　苦就苦了呆在这个屋子里生活的人了。我喉咙里老是一呕一呕地恶心，哥哥姐姐经过楼梯拐角都捂住鼻子，妈妈很累地下班回家，皱紧了眉头。只有我爸爸是行动主义者，高声叫唤：这星期哪个小鬼值班？！

　　一群孩子都被从房间里叫出来，你指我，我指你互相推诿。情形总是混乱。爸爸便组织重新排队值班，两人一组，男女搭配，两天，最多三天一定要换新的猫灰。姐姐们不要我们两个小的，也不要男孩，互相勾结，强强联手。接下来大家齐心协力诉说寻找猫灰的困难，一

228

个个把事实夸大到比淘金还难。四川北路一带早就换上了管道煤气,没有人家烧煤球,连煤炉都扔掉了,到哪里去讨煤灰?爸爸思路最清楚,排除"嘤嘤"干扰,尖锐地指出:大饼摊烧煤球的,早上早点爬起来,到虬江路去掏煤灰!

垂头丧气嘟嘟囔囔不情不愿混过了几个星期,又有新的情况发生。二姐团支部书记工作繁忙,三姐考进重点中学住校,大姐是不要指望了,她工作了,被划出孩子行列。我大哥早就响应党的号召支内,回家也是功臣一个,昂着头和爸爸谈谈祖国山河,国家形势,猫灰管他屁事。只剩下我和两个哥哥,无论如何脱不了与猫灰的干系。

爸爸将我们三个叫上来开会,闲话少说,鉴于掏猫灰工作的艰巨,破冰决定悬赏奖金!我们三个顿时来了精神,尤其是我,瞪大了双眼听爸爸说到五分钱倒一次猫灰,我小小的脑袋晕得来,还没算清楚月收多少,就已感受到拥有金钱的幸福。这下问题很快解决,我们三个按年龄排队,三天,不,两天够了,一天也可以换一次猫灰，一定让爸爸推开家门空气如此清新。

可惜，小小的金钱力量还是有限，抵不过懒惰和面子。不久，二哥让贤，小哥也露出厌倦。我们想方设法拖延换灰期限，有空就把猫咪赶到晒台上，像遛狗似的遛猫，让它们到葡萄缸的泥土中排泄。到最后只剩我一个小财迷，隔三差五要去弄堂垃圾筒里倒掉那一盆脏猫屎。其间有几道难关，一是战胜虚荣心不怕被小伙伴看见；二是干活利索，百米冲刺跑到垃圾筒，三下五除二将脏灰倒掉；三是不怕求人，端个破脸盆去大饼摊或者托儿所食堂讨煤灰时必须低声下气，小心翼翼。如果不识相，掏灰时不小心扬起灰来妨碍了卖大饼、做油条的，遭白眼被骂也要承受。现在回想起来，我的童年时期为养猫咪掏猫灰一件事情便已尝尽了广东话叫"揾食"的苦难。

我班上有个资产阶级出身的女同学，她的猫和她一样长得肥头大耳，纯白的波斯猫，左眼蓝右眼绿，神色高傲，仿佛见过大世面，瞧不起穷人。我去她家玩，波斯猫见着我，从不过来绕脚脖子转，也不让我摸它的皮毛，看到它冷冷的眼珠我心里会打颤。我怀恨在心，暗暗发誓，我不会和你那么做作的人交朋友，我家花猫也绝对不会和波斯猫搭讪，即便叫春叫到吐血，也不会与你肌肤相亲！

我就爱花猫，它长的是如此家常，滚爬撕抓十八般猫艺没有不会的，家里的老鼠都被英勇地歼灭。我最喜欢看花猫吃饱以后自助洗脸的样子。我表演能力很差，开联欢会坐在下面总是担心被"啪"地一下点到名字拉上台，因为不敢当众跳舞唱歌，学狗叫猫叫也太丢脸，那么，设想模仿一个小猫洗脸吧。这样，举起前臂上下舔舔，然后刮到脸上，舔一下刮一下，眯细了眼睛，陶醉其中。呵呵，人小志短，无所事事，童年的幸福莫过于此啦。

2006 年 4 月

明珠与爱猫咪咪噜

二十岁生日派对

　　四十多年前的三月，我二哥与一帮哥们躲在亭子间日夜商量，想在家办个二十岁生日派对。从门缝中窃听到那消息，我激动得在楼道里团团打转，胳膊上起了一排排鸡皮疙瘩。

　　当然啦，我也知道，所谓派对顶多就是摆两三桌圆台面吃一顿，喝点酒，切一个生日蛋糕那样的排场，真要像外国电影里演的，主角走旋转楼梯下来亮相，老爸宣布儿子长大成人，送去外国读书或者进入自家企业，然后宾客中推出一个适龄娇娇女，男青年与之"嘭嚓嚓"

跳上了交谊舞那样儿的资产阶级派对，二哥做梦也不敢想。

二哥比我大三岁，遗传了我们爸瘦高的身架，大鼻子，俊美的双眸，比全家人都长的睫毛，略微卷曲的头发，二哥还稍稍发挥，生一张扁扁的讨人喜欢的小瘪嘴。二哥长得那么像自己，爸却胳膊肘往外弯，小学上到五年级的时候，二哥被送去给叔叔当儿子。

爸一共三个儿子，可他的弟弟，也就是我们的叔叔一辈子没结婚。我妈说，叔叔讨老婆的钱都给他吃到肚子里去了。可不是，叔叔买酒喝、买肉吃可大方了。他在复旦附中当教导主任，工资高，派头大。我坐电车到江湾五角场叔叔家做客，重点是蹭饭。一到饭点，叔叔找出两只像小脸盆那样大的搪瓷碗，让二哥带我去食堂打菜。排在飘满肉香的复旦大学大食堂中，二哥满不在乎地弹着一厚叠饭菜票上的橡皮筋，对我说，想吃什么就买什么，反正才上半月，叔叔钱多着呢。

二哥脱离我爸的严格管理，整天在复旦宿舍花园里上树下河，结识很多江湖豪杰。他不怎么爱读书，兄弟

　　二哥是我家长得最像爹爹的孩子，现置放于乌镇孔另境纪念馆正门口爹爹的塑像就是按照我二哥的立体形象塑出来的。二哥帅，讲义气，江湖朋友很多。这是他20岁时，借来一套国民党军官服在晒台上拍照。他身后是我爹爹种的海棠、石榴、蔷薇和十姐妹花等。

姐妹中就他一个考试吃过鸭蛋，被妈妈拿着鸡毛掸子打过一顿。一次二哥犯了更大的错，被爸爸拖到爷爷相片前跪着，一把很长的切西瓜刀搁在柜子上，二哥淌着眼泪被放出门时，我赶紧去数他的手指。

二哥初中尚未毕业，叔叔就去世了，他回到自己家，按政策下乡去了郊区农场。二哥拿18元工资，半个月就吃光用光，每次回上海探亲，爸爸让他上缴饭钱，没有？缴粮票！二哥什么也拿不出来，哭也没用，转头找哥们去凑。

爸严厉出名，变成弄堂里男小孩们传说中的黑社会老大。那些练出胸肌、腹肌，胳膊上都是栗子肉的男孩对我爸无限仰慕，顺带二哥地位也"嗖嗖"上升。二哥人缘奇好，常常会抱回一条小狗，几只鸽子，三只被遗弃的猫咪来家里养，都要爸一一批准才行。

二哥二十岁生日日益临近，一伙人在我家亭子间几天几夜开会。等到生日宴的出席名单、买菜资金、大菜师傅都筹划、落实妥当，怎样上楼向老爷子请安，请他允许在家里摆两桌圆台面难倒了他们。

二哥在大伙儿鼓励下，冒死走进爸爸的书房，话刚出口便被斩钉截铁否决。爸说："我六十岁也没办酒席，你二十岁办什么酒？要折寿，就是要死掉的！"二哥不服，宁死不屈，几次三番赖在爸面前死缠烂打，爸终于点头。

二哥生日当天，一早家里就像办喜事似的，二哥的哥们从四面八方搞到鸡鸭鱼肉蔬菜花生米。由一位在西湖饭店当主厨的哥们的哥们掌勺，生生地变出八个冷菜，四道热菜，两个大菜，一道水果甜羹。二哥眉花眼笑，上窜下跳，我被安排迎接来宾，端菜上桌。顾不上油烟味，我一得空就挨在那位主厨边上看他熟练地洗切配，一些耳熟能详的饭店菜，眼看着通过煎、炸、炒、蒸一步步变成真的美味佳肴：蚝油牛肉、糟熘鱼片、古老肉、松鼠黄鱼……等到一道没用什么了不起原料却好吃到爆的怪味花生出炉，我对那位厨师小哥的崇拜已经到达暗暗筹划我们的将来了。

我爸一生写作，办教育，做出版，是个自视甚高的知识分子。他的经历也注定对美食见多识广，然而四十多年前，正是他人生低谷走霉运最甚的日子，受迫害被关押，释放后是"保外就医"的身份。爸仅有拮据的生活费应付吃饭与治疗，已经很久没上馆子，与饕餮大餐绝缘多年。二哥这些愣头青们对于办一场家宴那种疯狂的、不顾一切的热情一定对他刺激很大，那刺激当然不仅仅之于味蕾。

二哥是用包揽所有办生日宴费用，所有厨房活计，所有清洁劳动，只是借用厨房与一间大房间摆两只圆台面，最终获得爸允许的。苛刻的条件愈发激起参与者的激情。那天，在我的脑袋里，将有一顿好吃的占了绝对的上风，我不曾关心爸的情绪。时辰一到，二十来个男女青年把我家楼梯踩得震天介响，爸把书房门紧闭，一如既往躺在藤椅上看书。待到桌上冷盘齐全，酒杯斟满，小朋友们安静下来，二哥去请爸出来吃饭，爸坚拒不允，要求在书房独自用餐。

没将"老大"请出来接见朋友，二哥的悻悻然也只一瞬，因为一忽而功夫，他就被饭桌上包括著名香港船王包玉刚的亲侄子包国璋在内的小伙伴们灌得七荤八素。

左起：我二哥、大姐、三姐。摄于苏州河边外白渡桥。姐姐们披着大衣飒爽英姿的样子让我非常崇拜。

四十多年前三月份的那天，四川北路沿街三楼的两个阳台内，不断传出阵阵喧哗，碰杯声嬉笑声不可阻拦。是二十岁生日啊，在任何年代，二十岁的高调都能被原谅，何况是饥饿年代，是为了美食的一次高调。

2014 年 8 月

桥堍上的"萝春阁"

　　我娘家四川北路买东西很方便，虬江路65路车站附近有很多点心摊，早晨特别热闹；横浜桥东宝兴路那一带点心店高端一些，日夜营业，好吃的更多。印象最深的是四川北路横浜桥桥堍上的一家点心店，名字叫"萝春阁"。

　　小时候不知道这么一家破破的小店在老上海竟然是名店。原来旧上海商界大亨黄楚九在四马路附近开了一家茶馆叫"萝春阁茶楼"，起初是不卖点心的。大亨吃过几次附近一个做生煎馒头的摊头，吃客盈摊，生煎做得皮薄肉汁多，底板焦黄带着脆感非常好吃。不料那个敬业的点心师傅因不肯偷工减料被老板炒了鱿鱼，黄楚九慧眼识人才将他引进茶楼，生煎馒头就变成了萝春阁的副业，馒头与店名融为一体，名扬上海滩。

横浜桥桥堍下那家萝春阁不知是哪年哪月开的，估计产业与黄大亨早已无关，有意思的是，生煎馒头的制作质量却神奇般沿袭下来，一如既往的好吃。隔了半个世纪，当我在微信朋友圈一提"萝春阁"三个字，出乎意料的有很多人知道它，异口同声唱"山歌"：生煎馒头牛肉汤，油豆腐线粉蟹壳黄，大汤团有两种，甜是芝麻咸是肉……

少女时期我有很长一段时间与父亲两个人生活。父亲得病整日躺着，我失学在家陪在他身边读些杂书。手里没钱人特别饥饿，一到下午三点钟我就变成热锅上的蚂蚁，书上的字看不进去，在房间里打转。我很想吃点心，大饼油条粢饭糕葱油饼的香味在鼻尖挥之不去，如果再有点肉，那就是生煎馒头牛肉汤，油豆腐线粉蟹壳黄……

看父亲的眼色，他一定也饿了。我便试探父亲，爹爹，好久没吃萝春阁生煎了，蟹壳黄你喜欢吃咸的，我倒是觉得甜的好吃呢。父亲接口道，只要是刚刚做好的，不管生煎还是蟹壳黄，都好吃！那么，我说，反正我也没有事情做，我去跑一趟吧。父亲咽了咽口水，沉吟片刻摸出几毛钱来。

桥堍上的萝春阁终日是排队的，两只硕大的平底铁锅做生煎馒头，一锅终了一锅又起，周而复始仍是抵挡不住四川北路上川流不息的食客。我排在队尾，慢慢移动脚步。

很近了，铁锅边沿溢出腾腾热气，里面滋啦滋啦响，师傅揭盖后用手指在面皮上戳了一下，手里一块厚揾布捏牢锅沿狠狠地转半圈，让底油流动，馒头底下焦得更加均匀，可突然又把笨重的锅盖盖上了，这不免让我们提上来的一口气又熄灭了，因为真正出锅前是要撒香葱末或者撒芝麻的，又盖上表明程序还没结束，还得等。

店里围着长条桌做生煎的阿姨在将一个个小馒头装馅捏口。力气大的师傅在揉面，搓条子，摘滴子，滚面皮子。等得心焦的时候，群众的眼睛最明亮，谁偷懒谁嬉皮笑脸打情骂俏，愤恨道，都什么人哪！

　　捱到师傅终于开盖，一把香葱一把白芝麻撒在生煎上，转几圈，锅铲在锅沿"当当"敲几下，生煎馒头起锅了。这个二两堂吃，那个三两带走，后面一只胖子举起钢精锅子喊，我半斤我半斤，十三点侬猪猡胚啊，一买买介许多！排在后面的人骚动起来，就怕这锅轮不上，下一锅又要等二十分钟，等到黄花菜都凉了。

　　有时很倒霉，明明快轮到我，馒头在眼前戛然而止，被迫参观学习师傅新一轮步骤。白色的小馒头褶子朝下，间隔整齐，团团地码在铁锅中，平底铁锅推到炉上，一圈油两圈水，锅盖盖上，火旺起来，师傅回身去帮着做生煎，只剩下眼神黯淡的吃客无聊地东张西望。这时，店堂里其他点心的香味扑过来，牛肉汤锅在沸腾，里面有巨大的牛肉块和骨头，汤色暗黄，刺鼻的咖喱味。案板上，师傅用很锋利的菜刀在切熟牛肉，将有棱角的牛肉切得削薄，薄得像半透明的纸，遇到牛筋便是全透明。

　　可怜我知道自己是不配吃有牛肉的牛肉汤的，至多可能喝一碗五分钱的清汤，我踌躇着要不要放纵一回，就趁着生煎未出锅，喝一碗滚烫的咖喱清汤吧，没有肉不要紧，有香菜就行。

萝春阁好吃的东西实在太多了。我记得还有油豆腐粉丝汤，大锅清水中翻滚着肥胖带尖尖的肉汤团和浑圆憨厚的猪油黑洋酥汤团。至于蟹壳黄，仿佛是早市卖剩下的，你有钱当然可以带走。

时间真快，一眨眼桥堍下的萝春阁与饥饿女孩的故事已变成历史。上海点心海纳百川，中西结合，花式品种目不暇接。今天我们坐在漂亮的餐厅，在点心单上打勾时，依然会被传统老点心打动，吃到底部厚厚、发面精白的大生煎时，我会想起小时候来之不易的那只小巧的、焦香的萝春阁生煎，咬一个小洞，让鲜肉汤流进嘴，咬沾到肉汁的面皮，啃底部，最后围剿那块肉丸的时光。还有我和白发苍苍的老父亲，在昏暗的书房中对坐，不约而同抬眼看到对方的吃相，我们一起笑了，那短暂的满足，那一生的记忆。

2015 年 7 月

三、她们脸庞

奶婶婶

    如果奶婶婶还健在的话，已经八十岁了吧。想起她，是我穿行在江南水乡南浔镇那条老街的时候。

    浔溪在"百间楼"前缓缓流过，溪边的石岸有一些大树。秋阳煦煦，见一个老妇人怡然安坐在树下，眯细了眼看我。耳边，南浔方言如同轻糯的糕团，粘刮在我的耳边，回旋不去，直至听见"消得咯（不要），消得咯……"禁不住笑出声，奶婶婶的面容从记忆中跳出来。

    我爹爹生了七个孩子，六个是我妈哺乳长大，唯一我小哥哥吃了别人的奶，那个别人就是奶婶婶。奶婶婶有名字的，叫宝妮，小头、窄肩、柳腰，是个美人胚子，尤其是她的眼，清亮盈盈，一波一转。

爹爹的家乡是浙江桐乡，离着湖州的南浔不远，说话的口音都有几分相像。爹爹少小离家几番流离来到上海，想必是奶婶婶说的那口糯糯的南浔话爹爹听起来句句"窝心"，就此让她当了奶妈吧。

我们家人口多，掌印的是爹爹。我爹爹是个严格的人，平素训练佣人像训练军队一样，一句吩咐出来，谁也不能打折扣，家里的女佣人都很怕他。惟独奶婶婶仗着与爹爹的隔壁同乡人，喜欢自做主张，采取软顶的手段不听话。爹爹常常奈何她不得，骂她"聪明面孔笨肚肠"，这种话就像隔着棉袄打人一样像煞是拍灰尘，奶婶婶听了不生气反倒开心，笨管笨，毕竟承认了她的好脸蛋，是夸她呢！于是嬉皮遢脸再用方言反驳"先生"，一来一去的争执在书房和厨房间递来递去，听去竟有了打情骂俏的味道，爹爹的脸是板不起来了。

童年的我们快乐无边，七个孩子在老房子里穿梭像一只只弹皮弓。奶婶婶完成了哺乳我小哥哥的任务，留下来照顾我的哥哥姐姐们。奶婶婶的身份是特殊的，她不干粗活，记忆中，她老是端一只小板凳坐在晒台的楼梯口拣菜，剥毛豆啦拔鸭子的毛啦，一边干一边说闲话，呱呱呱，呱呱呱，又细又脆的嗓音与夏天的南北穿堂风一同穿行在我家长长的走廊里，与大家一样快乐无边。

可快乐是一只小鸟，它没有耐性。两年一过，奶婶婶南浔乡下来人要把她接回去了，她换上蓝布大襟袄，戴了条纹的粗布头巾，挽了扁扁的包袱在楼梯口，泪水盈盈地含在清亮的眼里。她舍不得一口口奶大的我小哥，盯住他看也看不够。小哥吃了奶婶婶的奶，眉眼儿奇怪地复制着她的韵味，他小心地拖住奶婶婶的手，两只眼睛晶亮晶亮的，看看妈妈又看看奶婶婶。我爹爹在书房里，听见奶婶婶的磨蹭，他敲打着铜制的水烟斗，递出一句话来："宝妮啊，先跟你男人回去，什么时候想出来了，就到这里来好了，盘缠由我来出，听话啊！"

南浔是个好地方。当以后踏上它的土地时，我听到这个江南水乡宋明清以来商业、文化繁荣的一个个传奇故事，"四象、八牛、七十二墩狗"，小莲庄、藏书楼、刘镛、张静江，不禁也对奶婶婶的出身产生了怀疑。记得以前爹爹开心的时候常常戏昵地问她，宝妮你这么好看，不像是普通农民人家出身的，至少也是富人家的小老婆生的。你姓张，是不是"四象"里张家的后代？会不会张静江的祖父留在外面的"孽种"？快点回乡下查查清楚，如果分到了祖上的遗产，就不要回村里种田了！

奶婶婶听了这话，"呸呸呸"地吐唾沫，好像爹爹和她其他玩笑都可以开得，说她小老婆生是比什么污辱都重似的。她有一次是真的生气了，回到亭子间睡房里偷偷地抹眼泪不肯出来，直到我妈亲自去赔礼才算罢休。我爹爹倒是哈哈笑了半天，怪奶婶婶脑子不拐弯，真真是"聪明面孔笨肚肠"！

奶婶婶生得清秀，怪不得种田的男人也宝贝她，回了乡下以后只是在家里烧烧饭，田头去送个水，纳个鞋底缝个被子的。她的小儿子该和小哥一样大的，生下的时候就夭折了，想起这事她就要伤心，唏嘘时免不了拿小哥来填补精神空白，又因为有临走时爹爹的那句话，奶婶婶隔了三年，是一定要到上海来了。

奶婶婶来的时候，家里用的绍兴阿姨有些紧张，当是"胡汉三"打回老家来了，奶婶婶多少机灵！她"消得咯，消得咯……"安慰人家，俨然东家的大管家出身。奶婶婶嘻嘻嘻笑，四十多了脸颊边还有隐隐的酒窝，俏模俏样的，她撇着身子斜行，把来上海的火车票、汽车票根一一交到爹爹手里。爹爹见了她来很高兴，也不食言，算盘一拨，在一本大账簿上登了记让报了销，留她住下。

那是三年自然灾害的时候，好在我家人口多，粮食定量还够吃，奶婶婶安安心心住了下来。她宝贝似地拿出两只羽毛闪着光泽的芦花鸡，用一只柳条筐罩起来养在晒台葡萄架下。可是养了几天，芦花鸡不按奶婶婶说的每天能生蛋，她的面子上有些下不来，就试着让它们在晒台上走走路活络活络身子。

乡下鸡怕生，刚开了禁就一惊一乍腾飞起来，飞得扑拉拉，从我的小眼里望出去像鲲鹏展翅。芦花鸡盘旋在我们家附近几座屋顶上，眨巴着惊慌的小眼睛，激起很多孩子的兴奋，弄堂里大家都出来看热闹了。有好事的邻人去拿来竹竿挥舞，芦花鸡们惊恐万状，飞去飞来认不得归路，终于降落到楼底下弄堂内。奶婶婶"得得"地跑下楼去，"喔嘘，喔嘘"把它们逮捕，却暴露了自己外来人口的身份。

可是奶婶婶不知道，她一向自以为很聪明。那天进我家门的时候，她就有一只沉甸甸的土布袋子留在楼梯角，掩在一堆杂物里，这是她来上海的秘密任务。第二天早晨4点钟天色漆黑她就床了，毫无声息地踱出门，抓着那个土布袋子。上海太大太复杂，她不敢走远，在弄堂口，她仔细地把袋子打开，露出白生生、绿茵茵的鸭蛋头颅，她想偷偷卖了它们得点现钱。

奶婶婶是没有秤的，她也不识秤，她的鸭蛋开价两毛钱一只，蛮贵。不过因为计划经济的缘故，上海人不太见到鸭蛋，很馋。尤其奶婶婶向人们介绍说，她的南浔鸭蛋吃了是滋补的。5、6点钟的时候，奶婶婶有了一些生意，不过还是看热闹的人多一点。奶婶婶一会儿把布袋合起来，一会儿把它摊开来，讨价还价，慢慢出送。渐渐地天大亮了，她便不再害怕，喉咙响起来。

我们家是沿街的房子，弄堂口就在我家的底下，一有动静就能听见。爹爹在睡梦中被惊醒，打开落地窗就看见了奶姆姆那条头巾，明白了她的把戏。隔不多久，我家楼梯门被"咚咚"地擂响了，居委会小组长敲开门，严正地一口气地向我爹爹指出，你家的乡下亲戚在弄堂口卖鸭蛋，既破坏了计划经济的模式扰乱市场又影响行人走路，而且据查她来上海两天了，没有报过临时户口是非法的，现在已经把她带上来了！

居委会小组长身子一闪，奶姆姆躲在后头像四类分子一样低着脑袋，爹爹脸气得铁青，一把拎上她来，奶姆姆身子是很单薄的，"不敢了，不敢了……"奶姆姆讨起饶显得很可怜。

爹爹是极要面子的人，他拄着拐杖走进弄堂时一直是旁若无人的。说起来也很好玩，我爹爹大鼻子，满头银发向后梳理得很整齐，像极了当时的国家主席刘少奇，在电车上常常有人被惊得站起身给"刘主席"让座，有次在浴室，爹爹脱光了衣服只裹一条白毛巾出来，全浴室几乎都要三呼"万岁"了！

奶婶婶的行为简直太给爹爹丢脸。爹爹当场就让奶婶婶把蛋缴出来，奶婶婶耷拉了眉毛，以为要让居委会小组长充公，送去里弄食堂放菜给困难户吃，却不知道爹爹哪会有这么笨！爹爹在小组长面前高声说，我全买了！这个奶婶婶，她一开心便又要小聪明，立刻摊开口袋，里面只有十来个鸭蛋了。爹数也不数指着房门说，去亭子间把鸭蛋全部拿来！奶婶婶几几乎要哭出来，她的一点小诡计也被爹爹侦破了。磨磨蹭蹭她移着脚步，拿上来一共三十几个鸭蛋。奶婶婶偷偷地用秋水似的眼眸瞟我的爹爹，一下又一下，暗自嘀咕能否在他的火眼金睛下侥幸卖个好价钱，可爹爹装作没看见，爹爹是杀价的铁腕好手，"一道去"给了她个统货价，爽爽气气处理了。

为实现卖蛋这个计划，奶婶婶从南浔出来前已经不知盘算过多少天了，盘算过几个月也是说不准的，她在小组长和爹爹走后，还在楼梯口呆站着回不过神来。我是一个好心眼的小姑娘，我仰脸看她，随后去爹爹的写字台抽屉拿了小纸片和铅笔头给奶婶婶，她在亭子间伏在棕棚床上一横一竖、一横一竖计算她的损失。奶婶婶的眉心打了个深深的结，她的碎头发从早上匆忙挽好的小圆髻里披下来，一下子老了很多。

看起来爹爹不知道疼惜她，除了天天用她的蛋打在海碗里放很多酱油炖"老蛋"在她面前大吃大嚼外，还叫奶婶婶帮他腌咸蛋。腌咸蛋其实是件快乐的事情，可是不知为什么，奶婶婶腌自己的蛋显得很不快活，好像这蛋到了不该到的人家。

我和奶婶婶挤挤挨挨在一个木盆里用温水洗鸭蛋，鸭蛋拿在我的小手里兀自大了许多，撑手撑脚的，一头浑圆，一头略尖。尖头朝上时，像一滴巨大的水珠，在阳光里透明晶莹；圆头向上时，像一个姑娘的脸蛋，温婉地、恬然地待字闺中。

奶婶婶架起铁锅炒盐，盐里放了花椒，"辟叭辟叭"爆响，爆了许久，盐拿出来晾，又烧了开水放下盐去，然后用长筷子搅，渐渐地盐水浑浊了，冷却了，把它们倒入一只小口的甏。奶婶婶撅着嘴巴把鸭蛋一个个擦干，擦一只从鼻子里哼哼一声，很不情愿。小哥哥和我巴巴地候在旁边，争着把鸭蛋一一放入甏中，听它们"腾……"地接触到盐水后微微遇阻地沉下去。我用一只眼睛从甏的小口中看下去，在水中，鸭蛋们活泼泼地互不相撞，各得其所。

就在鲜鸭蛋渐渐地变成咸鸭蛋的日子里，奶婶婶平静了下来，她见我小哥在大家庭中和兄妹们玩在一起，并不像她想的那样依恋她，便有些哀怨，她想念起南浔乡下真正的家人。她一俟机会就想念自己男人的好了，说大儿子的亲，说那两只芦花鸡在南浔生蛋的业绩，说又到了做熏青豆的季节了，艳阳下该架个竹棚，丝棉袄要翻晒了呀，丝棉被再要添一层啦……

毕竟家里多了两个没有户口的人（计划经济是按户口发放粮票的），我们孩子也一天天长大，饭量渐渐增多，粮食紧张起来，吃涨性特别大的籼米，天天吃泡饭也不能缓和局面了。因为米面供应有限制，要买其他填饱肚子的东西补充。于是，我们紧盯着隔壁米店的动静，一见大卡车运来山芋连忙奔下楼去排队。奶婶婶跑得特别快，她的脚原本走路是不方便的，因为小时候被她母亲强迫着缠过几天的小脚，现在大拇脚趾半叠在二脚趾上，一双黑色的布鞋穿在脚上，像只纺织厂的梭子。

由于我们时刻准备着，奶婶婶跑下去的时候总归是运山芋的卡车刚刚到，她泼辣地与人拼抢，排到靠前几名，她除了用自己身子排在队伍里之外，还把带下楼的破竹篮一字儿排开占位。她的单薄的身子被人家挤来搡去，却弯弓似的坚韧不拔。

到了真正开卖山芋的时刻，奶婶婶头仰天，朝着三楼窗口大声喊我们下去帮忙，她叫道："大小姐、二小姐、三小姐……快点下来啊。"我的姐姐们都到了争取加入共青团的年龄，她们对资产阶级思想深恶痛绝，早就不准她这么称呼她们，所以她们是不会把脑袋伸出窗口应她一声，任凭奶婶婶喊破了喉咙。

奶婶婶无可奈何，只得喊我和小哥哥："小弟呀，小妹呀，下来帮帮我呀！我没有七只手八只脚的呀。"她的南浔话听起来怪里怪气的，弄堂里的人都掩住嘴巴笑，我从亭子间窗口望出去，除了奶婶婶以外，买山芋的队伍里还有很多人脖子都像鹅头颈一样朝上伸长着，看西洋镜似的看住我们三楼。我和小哥哥倒是很珍惜下楼的机会，我们一骨溜来到弄堂里，插到奶婶婶的前面，夹在她两只大腿当中，在队伍里一寸一寸向前移动。可是奶婶婶的大襟袄从里子里散发出一股怪怪的味儿，使我时不时憋红了小脸，身子犟犟地要离开她。奶婶婶很坚决地夹住我朝前移，直到粮店的伙计点着了我的人头才作数。奶婶婶果真有七手八脚，她买了一篮又一篮，一趟一趟抬上楼。而家里就生山芋、煮山芋、汤山芋以及炒山芋、山芋饭、山芋粥地做来吃，吃得正在发育的姐姐像吹气娃娃，脸盘呼呼地大起来。

这是国家的自然灾害期间，大人们有些慌慌地，知识分子头脑复杂些便更其忧愁。爹爹刚刚逃过这个运动那个运动不多久，公开的牢骚已经收敛了许多，可是他每每参加完单位的学习回来，脾气就变得很坏，常常在吃饭的时候，莫名其妙地发火。爹爹像是憋了一肚子无名火，晚餐时，他倒一小杯55度大曲酒在面前，用那锐眼在我们身上扫来扫去挑毛病，饭桌上的气氛很紧张，妈妈和我们一样自身难保，也想不出法子来救她的儿女。在那样的气氛里，我常常会不知道左手该垂在桌子底下还是该扶着饭碗，眼睛该看着爹爹还是看碗里。

我们家吃饭是一只定制的大方桌，平时坐八个人，有客人来可以把四侧的桌板翻上来转一转，就成了一只圆台面。那时，我最大的哥哥已经响应党的号召，去了内地参加社会主义建设，剩下来六个子女加上爹妈，正好八个人坐满一桌。爹爹的眼睛四下里扫了一圈，落点往往就会停在小哥的头上，怎么看爹爹都觉得小哥有异相，往往是"啪"地一下，爹爹坚硬的象牙筷头打在小哥的脑袋上，原因我们都没有看清楚，不知是小哥多夹了菜还是肉汤滴在了别的菜碗里（爹爹是不吃猪肉的）。小哥便不出声地哭，泪珠大点地滴下来，可是爹爹还不放过他，见人忍气吞声他也很烦。小哥先是忍，他忍着泪起身去锅里盛泡饭，不小心又用了爹爹三令五申禁止的左撇子，"啪哒"又是一下打，小哥终于哭出声来，他嘟着在那闲着的日子里不断用舌头舔而舔厚的嘴唇皮，

261

嗫嚅自己创造的恶毒话语，横着脖子，激怒爹爹。

爹爹的大火"呼呼"燃烧起来了，如果不是物质那样匮乏，爹爹一定会掀了那饭桌的。紧张中，奶婶婶从厨房里跑出来，噙着泪出现在小哥旁边，她的身子紧挨着小哥做出随时挺身而出的姿态，却不敢伸出手来抱抱小哥，她像罪人似的半低着头，眼睛里悲怨交加。爹爹骂人是很毒的，他骂小哥"死小鬼"、垃圾筒里捡来的，骂他吃了杂种的奶，脑后长反骨。爹爹的骂声声刺耳，句句入心，妈妈禁不住哭起来，"你……你……"地说不出话。

饭桌草草地收拾了，绍兴阿姨和奶婶婶一起躲进厨房洗碗，妈妈去卫生间洗脸，奶婶婶小心地给妈妈添热水，她很快便忘了自己的委屈，挨在旁边想说几句体己话安慰师母，可是她骨溜骨溜大眼睛只反复说"先生良心是好的，脾气是坏的"。听上去竟像是在为爹爹开脱，这话我妈听上去更不舒服，难道我比你奶婶婶还要不了解我的先生吗，难道我的先生脾气不好轮得上你奶婶婶来向我赔礼吗！妈妈是宁波人家的小家碧玉，生在上海

　　我是七零届初中毕业生，升初中了，却是没什么书可以读，学校常常停课，我只有呆在家里无所事事。爹爹将少女的我管理得很严格，不放我下楼，我有被囚禁的感觉，做梦都想变成小鸟飞出牢笼。

长在上海，她矜持地不作声，一遍遍地洗脸，涂雪花膏，然后抽身回房间去。

奶婶婶怔愣了片刻，走几步到厨房门口张望一下，见没有人，便回到水池边，轻声与绍兴阿姨咬耳朵，有一次被我听到奶婶婶说我妈妈作孽，嫁给大她十几岁的男人，也不见得心疼她！嘁嘁蹙蹙说了一阵后，她们两个突然响亮地笑起来，奶婶婶还打了绍兴阿姨一拳头，脸上却笑得很灿烂，鱼尾纹像芭蕉扇上的筋爬开在她的眼角。

奶婶婶第二次来上海时，如火如荼的"文化大革命"已经将世界打乱。爹爹受到几番严重冲击，身体变得像一棵干枯的老树。他的慢性病，使他年老后更是恹恹地打不起精神，每天从床上移到躺椅上，再从躺椅上移到床上。他见了奶婶婶只说了声："宝妮来啦？"非但不问她盘缠的事情，反而指着奶婶婶带来的芦花鸡吩咐她快快杀了炖汤。

奶婶婶这回没有见到小哥哥，小哥哥坐火车去江西插队落户了。奶婶婶一听就坐倒在椅子上哭起来，她眼角的皱纹深刻地嵌在那儿，鬓边染上了霜白，人还是那样瘦小。拿开手绢，奶婶婶的眼睛也变了，清亮的秋水上蒙了一层薄翳，动作迟缓起来。她说，是来上海治眼睛的。

我已经长大了，爹爹把家里的账都交给了我。爹爹明白，他是无法管理每个月仅有五十元开销的生活的。

奶婶婶这次来，蓝白条子的粗布棉花袋里也沉甸甸地装着些鸭蛋，她不用担心爹爹盘查了，爹爹的腿已经走不到楼梯下去了，爹爹躺在床上，一心只想吃鸡汤。奶婶婶环视我们家突然变得空空荡荡的样子，明白了一些事情。她麻利地杀了带来的芦花鸡，连鸡肚肠也不放过，剖开洗净了一圈一圈紧紧地缠在肫肝上。她洗出来一只长久不用的大砂锅，大砂锅表面的釉重新放出温厚的暖光，照在奶婶婶的脸庞上非常柔和，她放了大半锅水，把鸡整个地按下去，盖了砂锅盖子。

二十分钟后，鸡汤的香味已经飘满了厨房和走廊，爹爹躺在床上也闻到了，他的精神突然地好了起来，把奶婶婶招呼到跟前问些南浔乡下的事情。奶婶婶告诉他，南浔乡下也搞运动，她的一只金镯子被人家当做"四旧"抄了去，是她的冤家对头表弟媳妇揭发的，后来她怎样地去吵去打，抢了回来。爹爹笑了，他好久都没有这样开心了，他说，彻底的无产阶级是无所畏惧的，这话对极了，宝妮是彻底的无产阶级！哈哈哈，他笑。

爹爹笑到咳嗽，咳出很多痰，吐得痰盂里白花花地一片。奶婶婶坐到床沿上，帮他拍背，拍拍拍。奶婶婶问爹爹，天气冷，我帮你做的丝棉袄怎么不穿？爹爹不吭声，奶婶婶有些怪罪我妈不贤惠似的，站起身要找。我说，奶婶婶你不要找了，丝棉袄被抄家的造反派扫"四旧"抄走了。奶婶婶张着迷惘的眼睛，茫茫然听不懂。

爹爹披着那件哥哥从朋友那儿弄来的黄色军棉衣，坐到大方桌旁吃饭。大方桌还是那样大，好几年没有油漆，桌面斑驳，似闻得到这户人家贫困的气息。妈妈去干校了，哥哥姐姐都下乡了，方桌边只剩下爹爹和我，今天还有奶婶婶。

爹爹很瘦了，瘦到几斤我们也不知道，爹爹不去浴室洗澡，没有机会去称体重了。爹爹削瘦的肩膀承受不了黄色军棉衣的分量，衣服一次一次地滑下来，那件黄色的军棉衣上，踩着一道道线，隔着一寸二分的距离，使这件棉衣愈见得僵硬，完全不能和奶婶婶手工缝制的丝棉袄相比。

奶婶婶一次次放下筷子跑过去帮爹爹捡衣服，爹爹像是没感觉一样，只顾抓了鸡大腿吃，他的双手运动着，假牙在嘴巴里"咯噔、咯噔"响。那只芦花鸡确实是香极了，它的肚子里聚集了好几串蛋珠珠，大大小小网着结构精致的血丝丝，蛋肠里一只软壳蛋已经成形了，奶婶婶把它挤出来也放在汤里煮。生蛋鸡被杀了吃是心疼的事，可是奶婶婶破天荒地没有发牢骚，她看着我和爹爹慌慌地吃鸡喝汤，什么也没说，自管吃着青菜，划拉米饭。

爹爹吃得很多，那只大砂锅里的汤几乎给我们舀干了，爹爹睡下去，一个午觉睡了五个小时。爹爹睡醒以后，问我奶婶婶到哪里去了，我说她去了医院看眼睛。奶婶婶在楼下的米店伙计那儿打听到五官科医院，自己乘车去了。爹爹神色有些茫然，说应该为她介绍一个医生的。

天色很快就暗了下来，街上电车的"当当"声稠密起来，骑自行车的年轻人不管不顾"充军"似的飞，对面理发店也打烊了，从早旋转不停的蓝红白灯不转了，奶婶婶还没有回来。

我把大砂锅放到煤气灶上，又盛了大半锅水，再让它慢慢地煮，汤慢慢地稠起来，很奇怪的，芦花鸡的骨头里可以源源不断地煮出好东西来，我从大白菜上小心地剥下几片叶子。大白菜是用一根筷子横穿在根部吊在楼梯口储存的。好的大白菜很难买到，我已经很有些做家务的窍门了，白菜买回来包张报纸后吊起来晾在风口，只浪费最外面的那张菜皮，而里面的菜叶放几天会好吃起来。白菜叶紧紧地贴在一起，只能从根部开始剥，再把它冲洗、切碎放进汤里。又等了很久，才端上桌子叫爹爹吃晚饭。爹爹本来让我热些绍兴酒给他的，可是突然他又说不想喝了。

冬天的8点钟已经很晚了，平时吃完晚饭，除了听一听半导体收音机，我和爹爹常常把手袖在棉衣袖口里，等待睡觉。冬天的日光灯也很懒散，日子用久了，日光灯的一头发出暗紫色，像瘀血似的，开关按后要等好久才跳出光亮，之后管子里的光颤巍巍地抖动着。爹爹一直仰天注视着那盏灯，我把耳朵竖着，听楼梯口的脚步声。

终于楼梯门响起轻轻的"笃笃"声，奶婶婶回来了。和我预料的相反，她没有迷路，她是走回来的。她很得意，用田野里喊惯的大嗓门"喳喳喳"描述几年没见的上海，她是沿着南京路一直走，到外滩再走再走……

奶婶婶说，是米店里的"大扁头"指点她这样走的，还给她画了地图，"嘻嘻嘻，哈哈哈"奶婶婶揉着那双畸形的脚兴奋不已。"你的眼睛什么病？"爹爹躺在床上听了一会，冷不防厉声问她，"啊……不知道……忘记了……"奶婶婶才想起自己跑老远的路是去干什么的，她拿出一把药水和药片给爹爹看。"白内障啊！眼睛要瞎掉的！"爹爹吓唬她。

"不要乱讲，'大扁头'说点了药水就会好的。"谁知道奶妈妈仍然很镇静，而且有点骨头轻飘飘的。"啥人'大扁头'？"爹爹问，他哪里会认得米店里的伙计呢？我告诉爹爹，是那个嘉定男人，头扁扁、嘴大大、眼睛瞟瞟，五十多岁有老婆在乡下的。

"哦，就是以前吊你膀子的那个小贼！你今天算是旧情复发还是怎么的？年纪一大把了！"爹爹冲奶妈妈发脾气道。

奶妈妈竟然捂住嘴巴"咯咯咯"又笑了起来，一点也不怕这种难听的话。"先生，你搞错了，'大扁头'过去不是吊我膀子，是跟阿英谈恋爱的。"奶妈妈神色诡秘地说，现在讲出来也没有关系了，以前与阿英两个人搭档，常常夜里骗过东家，跑出去玩，还到大世界去看过戏呢！隔壁米店里、南货店、纸头店好几个乡下出来学生意的年轻人一起的。不过，奶妈妈有点遗憾似的说，她是结过婚有男人的，大家都晓得。

"谈什么恋爱！"爹爹一点也不客气，他想起来了，以前在我家做保姆的乡下小姑娘阿英就是想在上海找对象，受了"大扁头"的骗，"大扁头"明明乡下有老婆的。后来这件事还是爹爹做的主，马上送阿英回乡下去才解决的，阿英那个哭啊……

"你这个聪明面孔笨肚肠！"爹爹又好气又好笑，挥挥手叫奶婶婶快吃饭。我已经是少女了，可是我从来没有听到过"吊膀子"的故事，我的眉毛飞起来，赶快盛饭给奶婶婶拍马屁，想让她私下再叙叙那些有点令人想入非非的故事。

这次来，奶婶婶仍然在亭子间歇脚，爹爹睡下了以后，我就去亭子间看她。奶婶婶在床上盘起腿数一堆揉皱的钞票，一张张地把它们摊平，用手绢包起来。我看见她的床脚下那只熟悉的粗布花袋，隐约地有些兴奋，小孩子对于犯规的举动总是十分向往的，对于镇压也有很大的兴趣，可是看奶婶婶的神情，和刚才她对爹爹还嘴的态度，我知道这一次奶婶婶不会再让爹爹作主了。

果然第二天一早没见奶婶婶上来吃泡饭，望了一眼楼下，床上被子已经叠好，她人出去了。爹爹"唔"了一声没再问我，我和他心里都明白奶婶婶一早出去干什么了。

7、8点钟光景奶婶婶一脸喜气回家，手上握了只空瘪瘪的花袋，却提了两条三指宽的带鱼和一棵腌雪里蕻菜。她"腾腾腾"地走到爹爹跟前挥了挥手里的东西，说，上海的带鱼真新鲜，南浔吃不到。爹爹躺在藤椅上，抬眼看她，欲言又止似的鼻孔鼓了几鼓，把脸侧过去，"呼哧"一声朝痰盂里吐了一口。

天气很阴冷，爹爹睡觉的书房里火炉是请人装了起来，洋铁皮的管道从炉口接出来，在3公尺高的地方弯了个直角，通往屋外，可是上海的冬季竟找不到煤块，那种生煤，从煤矿里挖出来以后直接运送过来的原始的煤！而要买那种碎煤屑制成的煤饼是凭卡的，我们烧煤气的人家是不可能有这样的卡。就这样，那座矮敦敦愣头青一样的火炉成了爹爹房间里的摆设，三九严寒的天气仍阴沉沉地一言不发。

我不去学校读书，学校里乱哄哄地，也没有什么可以学的。我像旧式家庭里没有出息的小姐一样，整天在家里东嗅嗅西嗅嗅，或是坐在椅子上发呆。我呆呆地看着奶婶婶，奶婶婶习惯了冬天坐在干草垛前晒太阳，或是蹲在柴灶跟前拉风箱，我想象她那张尖窄的脑袋如果映在火光中，焕发的神色一定不会比哪一个东家的奶奶差。奶婶婶显然也不喜欢上海冬天的阴冷，她把棉裤腿在脚踝部扎了起来，像个东北大娘那样在走廊里走来走去。见爹爹一直拿着本线装书举在眼前看，没有与她说话的意思，她觉得很没趣。这样的没趣在农村可能不会有。

　　家里人少，找不出什么需要做的活儿，奶婶婶闲得无聊，便想教我糊硬衬。她殷切地对我说，十五岁的囡了，鞋底还不会纳要嫁不出去的。我是很好学的，我也喜欢出花样精，便起头翻箱倒柜找出很多破布，还有一件爹爹的纺绸衬衫和十几条各式花样的领带。纺绸衬衫已经发黄了，它被揉皱在柜子的角落，并沾上几滴蟑螂屎似的污迹。我把它用水浸湿了，和奶婶婶一起将它"嘶嘶嘶"撕成布条。纺绸的破裂声与棉布不同，它带有一点尖锐的呻吟，撕起来，起先犹如富贵人家的小姐嫁到平民家里，作出很不甘降服的姿态，而一旦开了头之后便顺当了。

爹爹在书房里听见可疑的"嘶嘶"声，叫奶婶婶进去问话，奶婶婶顺手拿着那些布条。我在外面只听见"啪"地一记击打声，接着爹爹怒骂道："昏了头了你，用我最好的衬衫糊硬衬！你知道吗，这是南洋货，我到市里作家协会开会时才穿的，这件衬衫值几钿你知道吗？"奶婶婶分辩道："木老老早的东西，已经黄了脆了，又不穿，放在橱里被蟑螂屎也拉过了。再说，你一天到晚躺在家里，也没有地方可以去。""啪"地又一声，我已经听出是爹爹用他的木拐杖打人，随即奶婶婶哭出声来："新社会哪里还作兴打人！我是贫下中农，你是啥？我看你可怜留下来照顾你几天，你还打人啊。"

奶婶婶抹着眼泪出书房门，爹爹还在里面骂骂咧咧，我不敢进去，看看手里撕到一半的纺绸衬衫和脚下那一捆五颜六色的领带，心想自己犯的错被奶婶婶顶了。我绞了一块热毛巾给奶婶婶，把摊了一地的东西都收拾了，蹲下身轻轻对奶婶婶说，我去对爹爹说一声是我不好，你不要生气了。奶婶婶一把拉住我，说："算了，不要再去惹他，你爹爹变得脾气这样大，像精神病差不多了。怪不得家里也没有其他客人来了，过去你爹爹朋友多少多！"

奶婶婶坐在张竹椅上，松开裤脚管，撩出小腿一看，有一条乌青印子从小腿肚划过，看到真的有乌青印，奶婶婶忍不住又眼泪盈眶，她痛心地说："先生以前从来没有打过我的，他脾气坏，也只是骂人，现在怎么动手打人了！而且用拐杖，痛得来……"

我无言地蹲在奶婶婶的脚边，想告诉她，爹爹从公安局隔离审查放回来起就这样了，爹爹是保外就医，不能乱说乱动，他的朋友没有人敢来看他。连妈妈也被赶到干校去不能回来，留我一个人在爹爹面前受苦，他们都不管我，爹爹常是这样发脾气的。可是我突然警惕起来，我感觉到我们之间的距离，正如奶婶婶说的，她是贫下中农，是爹爹的对立阶级，向她诉苦是不合适的。而且奶婶婶终究是要回南浔，爹爹却永远是我的爹爹，由于他我连红小兵也没有资格加入，我和他是无法分开的，他将和我相依为命。

我们和爹爹一整天没有说话，可是在心里我已经早就原谅了我苦命的爹爹。但是奶婶婶嘴里一直没有停止唠叨，到了晚饭时分，她还在为脚上的乌青"啦啦"作声，走进爹爹的书房就夸张地一拐一拐。兴许奶婶婶只要求爹爹看她一眼，可是爹爹一无反应，奶婶婶有些恼了，她在走廊里像是对我说，又像是对爹爹说，明天要去虬江路买长途汽车票回南浔了。爹爹不搭她的话，眼光恹恹地，颧骨却病态地露出潮红色，他说他不想吃饭，煮一点粥剥个皮蛋吧。

奶婶婶忙了半天洗好那两条大带鱼，干煎的干煎，烧咸菜的烧咸菜，盖了碗盖，就等晚上开饭。听到爹爹的吩咐，她显出一点呆滞的神情，半天没有回过神来。

爹爹没有上方桌吃饭，他让我把粥碗和皮蛋、乳腐放在托盘里，端到他的床头，我帮爹爹的后背塞了几个木棉靠垫，爹爹尽力挺着他瘦直的腰板，自己一勺一勺舀来吃。我和奶婶婶两人坐在大方桌前，尽管关了房门又挡了棉毯，房间里还是冷冰冰的。

饭盛在瓷碗里，一会儿就冷了，带鱼确实非常新鲜，奶婶婶烧得很好吃，可是我发现奶婶婶完全失去了今天早上的劲头，慢吞吞地咽嚼。她长叹了一口气，两眼无神地望着我说："唉，年轻的时候总觉得上海样样都好，上海人吃得好穿得好，性命比乡下人值铜钿。现在老了，觉得还是南浔乡下最好，吃是吃得平常一点，但是乡里乡亲过得开开心心。先生身体这样不好，每天闷在家里，没有毛病也要闷出毛病来，如果到乡下养，晒晒太阳，吃吃新鲜蔬菜，一定会好起来的。"奶婶婶用筷子拨弄碗里的带鱼，看似很委屈地朝爹爹那边看，"先生是不会听我的话的。"她自言自语道。

第二天，奶婶婶在亭子间挨了半晌，没见爹爹有什么表示，便出门去买了汽车票回来，一天又闷闷地过去了，到了晚上我给爹爹洗完脚，奶婶婶上楼来了。爹爹平躺在床上，棉被底下露出他瘪瘪的身体，像沙漠中一点浅浅起伏的丘陵。奶婶婶站在离爹爹一米远处，有点凄楚地说："先生，我去了，过两年我再来上海看你，你要好好保养身体。"奶婶婶吸了一口气又补一句："好好改造思想，早点'解放'。"爹爹缓缓地扭过头来，定神看住她，仿佛要在他衰老的记忆中最后刻下她的身影，

277

"宝妮啊，你看我像不像一根蜡烛？越点烛光越小了，等到两年以后，说不定蜡烛早就已经熄灭了……"奶婶婶上来的时候眼眶已经红了，听到爹爹这样一说，从大襟棉袄的腋下抽出一条手绢，按在眼睛下，"先生，上海你一个人恹气来，我回去让我儿子到上海来接你去南浔好不好？到了乡下人开心了，身体会得好起来的。"奶婶婶突然下决心说。

爹爹摇了摇手，唤我去他写字台抽屉拿了副老花眼镜，眼镜是爹爹前几年常常用的，深褐色玳瑁制的，已经磨得有些毛糙。爹爹递给奶婶婶，说："宝妮，你在我家做了几年，又是小儿子的奶妈，我们当你是亲戚的，过去没有留心给你点东西，现在全部抄家抄去，就像给强盗抢了，我一无所有了，只有拿这副眼镜给你留作纪念。"奶婶婶见状有点忸怩，但终拗不过爹爹的一番情意，她接过眼镜摩挲了几下，朝头上戴来试试。这时，我和爹爹不禁一起笑了出来，爹爹瘦肩膀抖动着，指着她"嗬嗬嗬"苦笑道，聪明面孔笨肚肠，到老了还是改不掉。原来奶婶婶她从来没有戴过眼镜，错把眼镜脚朝了上面，横竖戴不服帖。

奶婶婶也跟着笑了，奶婶婶笑了，尽管鱼尾纹在她老脸上弥散，眼睛也已不再清亮，可是那股江南风情犹如不绝的浔溪水，仍然波光粼粼。

2007 年 2 月

好姆妈

    "好姆妈"用上海口音读甜咪咪的,姆字往里稍稍一吞,妈字往上一扬,有点俏皮。

    九岁的时候,在我四川北路家那只可以变成圆桌的方饭桌上,我爸的老友S夫妇来吃饭,仗着点酒意,S伯伯责怪我爸妈生孩子太多,七个孩子,居然还有四个女儿,他家只有三个儿子,愤愤然使他的鼻子尖端更红了,圆框眼镜松落到鼻梁上,"岂有此理!"他说。

    "哼,哼,自己生不出女儿,哼哼……"S太太扭开头去,一副恨铁不成钢的神态。这时候,饭桌上我的哥哥姐姐都已经吃完散去，我还留着，下巴叩在桌沿，吮一只蟹脚。S太太摸摸我的头，突然说，这个过房给我当女儿。

我爸也喝多了，"一句闲话！"他大声答应了下来，妈涨红了脸，却又分辩不了，我不懂什么叫过房女儿，有点兴奋。"快点叫姆妈"，不知谁指使我，我看看爸，再看看妈，轻轻一声"姆……妈"后连忙跑到我妈身边。静默一小会，爸说：不行，要区别开亲生姆妈，另外取个名称。

"寄妈"、"干娘"、"妈咪"数了一圈，"好姆妈"冒了出来，可能颇有新意，全桌眉头都开了，只有我妈有点不开心，算什么呢，好姆妈，意思比自家姆妈还要好。但是小我爸十五岁的妈照例是没有决策权的，按她的家教，在客人面前也不能失礼，她只好尴尬微笑，举起酒杯，四个人将剩酒一干而尽。

好姆妈长得比我妈高大，脸盘也大一圈，皮肤没有我妈细腻，说话举止有点儿男腔，比如喝酒，她和男人一样，一杯一杯怎么也要喝到最后，有点喝醉时，她讲的话吐字很糊涂，她夸我爸，打击她老公。我爸和她老公辩论的时候，她总是"切、切切"地"切"个不停，不知是在帮谁。

我有过房娘了，内心有一些喜悦，不肯太暴露，因为我上头有三个哥哥三个姐姐，他们中没有人有。哥哥玩得胡天野地，似乎不关心，姐姐都有些高傲，听到好姆妈要给我做十周岁生日，哦了一声，再不过问。

我有些小沮丧，不过，隔了一个礼拜，好姆妈上班的时候，顺带过来送了半斤绒线。是细绒线，精纺全羊毛的，当时很贵。虽然我不是没有绒线衫穿，但那是粗绒线，且是姐姐们挨一挨二穿过的，长久没拆织翻新，绒线有点板结，还留有姐姐的气味。我妈不好意思，推来推去收下了。好姆妈搓着手谦虚，说自己笨得来要死，一件绒线衫也没结过，有点拜托我妈的意思。

可是，好姆妈不懂，即使我长得那么瘦弱，半斤细绒线要编织成一件衣服，分量有点尴里不尴尬。我妈知识妇女，手工活并不在行，她在出版社当校对员，向几位能干的女同事讨教，几个人凑在一起商量，把本社出版的《花式棒针100种》翻得哗哗响，最终策划方案是为我结一件镂空的短袖绒线衫，泡泡袖，就是肩膀圆圆地隆起，好像装上翅膀那样的。

好姆妈的半斤细绒线是米色的，我的短袖泡泡袖镂空毛衫成品，肩膀上有妈妈去店里配了一两玫瑰红细绒线插入编织的大朵玫瑰花，米色雅致，玫瑰红花朵富贵，配起来非常好看。这件毛衣显然激起姐姐们妒忌了，我哥好像也来劲了，走过路过不忘用脚来绊我一下。

我妈真是史无前例的聪明能干，竟然很快拿出那样美的作品，爸爸斜了一眼表扬她道："嗯，不错。"

我的生日是国庆节前一天，秋高气爽，妈让我穿领子带荷叶边的白衬衫，外面套了镂空绒线衫。招摇了一整天。到晚上，在晒台上看国庆焰火的时候，镂空衫不小心被树枝挂住，拉出一个大洞，幸好绒线没有断，妈妈帮我扯扯恢复了原状。

因为这件镂空绒线衫，我觉得自己在家里变得孤独了，我笑的时候要当心一点，以免遭受白眼。好姆妈比较粗心，她同以往一样，招呼我三个姐姐礼拜天到家里

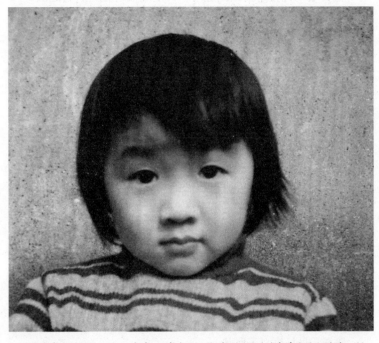

图为我女儿妞妞。1964年我10岁生日，收到好姆妈送的半斤全毛细绒线，妈妈为我织了一件镂空衫，之后拆拆结结变成各种毛衣、背心伴着我成人。35岁时我用那些绒线给女儿织了一件高领毛衣。毛线还是那样柔软、鲜艳。

去白相，她说，两个大的儿子与我姐姐们很讲得来。姐姐们表示没有空，路太远了。好姆妈摸摸我的头，问我会不会一个人坐电车去？我差点哭了。

我们家七个孩子，虽然我爸工资拿着干部12级，两百多元算得高，可也经不起家里人头多，爸爸平素手头一向不甚宽裕。我妈轮不到掌财权，自己被爸称为"零头"的工资每月5号一到统统上缴给爸统一管理。我爸有本很大的账簿，大写字台上有架铜柱红木珠子的算盘，滴笃滴笃他常算账。没有财权的人，腰板总是软，妈妈小心翼翼向爸申请给孩子买新衣服，换床上用品所需经费时，十有八九被当堂驳回，实在撑不过去两个人就要吵架。能惹到我妈悲愤，爸像终于点燃火炉似的高兴，"哈哈哈"他笑着说，你扔呀你扔呀，不要东看西看挑扔不坏的东西，喏喏，这个那个，茶杯啊，碗盆啊随便扔呀……

相比之下，好姆妈家里似乎有钱多了，他们住上只角花园洋房，家里还有私人电话。逢年过节我们去吃饭，好姆妈总有好几种名贵酒拿出来给爸爸挑选喝什么，喝喝喝，爸喝多了脑袋昏滔滔，好姆妈会打电话叫出租车送我们回家。

　　我们生活在四川北路，爸常说一句"比上不足，比下有余"。那是一条比较宽阔的新式弄堂，弄堂里面是石库门房子，我家沿街不算石库门，住在街面房子的三楼，两大间正房，下一段楼梯是双亭子间。三楼东面有一对挑出的阳台，西北面楼顶有很大一个晒台，下楼出门就是马路。爸爸长得很帅，喜欢支一根"斯的克"，目不旁视，穿弄堂口而过。妈妈也不爱交际，只认识弄堂笃底的打针阿姨汤师母。倒是我，可能因为读的是走街串巷的民办小学，自小就沾染了小市民习气，爱听八卦，知晓很多弄堂轶事，回家做小鹦鹉叽叽喳喳传诵，在洁身自好风气浓烈的家里，孤独且自卑。

　　其实我也想当小公主嘛！很久以后，我心里还一直在怪罪父母自小没有给我受最好的教育，民办小学是什么破学校呀，你们把我朝里面一扔就是六年。幸亏我认了一个好姆妈呀，哦不对，幸亏好姆妈收我做过房囡嗯呀，她家住在全上海最高尚地段呢。小小的势利眼人儿

286

怀着这样复杂的心态，学会一个人走啊走，去乘 15 路电车，从北面虹口公园乘到遥远的西面衡山公园，下车后横的竖的再走啊走，走过许多条几乎没有行人的高尚马路，摸到一扇黑色的大门。

小姑娘踮起脚来按电铃，力气小，胆子也小，通常要按很久，大铁门才会打开，沿着鹅卵石小径，穿过长着繁茂花、草、鱼的小花园，再死命扭开一扇厚重西式门，才踏入泛着暗幽幽光泽柚木地板的客厅。唤一声好姆妈，再唤好伯伯，这个那个哥哥都要招呼一声。

好姆妈家烟酒香之外是书香，满天漫地的书籍，好伯伯戴着深度近视眼镜，仿佛是一个目空一切的，总是有理的知识分子。好姆妈不是搞文学的，她热爱文学，也许当年是个时尚女青年。如今私忖到这里，不免惭愧，我知道自己不晓得错过多少向好姆妈好伯伯讨教的机会。

可是，我当年是那样的饿，那样的馋，我的小心思里，去看望好姆妈是想去吃点好东西呀。我胡乱跟着好伯伯去花园里观赏他种的花草，名贵的贱的各种花和树，我一个名称都没有记住，"嗯哪嗯哪"装乖巧听着，心里跑马似的想，今晚给我吃什么，吃红烧肉白斩鸡还是烟熏鲳鱼？他们家厨房的煤气上似乎在炖着什么？一股不熟悉的味道，究竟是什么呢？还是什么都没有，或者他们知道我要去，把好吃的东西都藏起来了？

我都是周日不读书的日子去好姆妈家的，功课做完一身轻，也有拿得上台面的分数可以汇报。于是，这个乖小孩会很光荣地被领着出门买东西，好姆妈挎着一只草编大包，捏着皮夹子，一路向熟悉或不太认识的邻居打招呼，介绍说：这是我女儿，这是女儿囡囡……看到对方眨起疑惑的眼睛，她调皮地向我一笑，不解释，骄傲地擦身而过。

通常我们去徐家汇、淮海路买食物，得坐电车，因为好姆妈居住的地段太高端了，吃啊喝这样俗气的商业网点简直没有。我陪着好姆妈逛街，按一张小纸条采购。长春食品店，哈尔滨食品店，泰康，全国土产商店，等等。好姆妈还一再说要带我去吃"汤包"，可是，淮海路去过很多次，每次我都无缘汤包，不是我们手里提的东西太多了不方便，就是汤包店等位的客人实在太多了。

害得我成年挣钱之后，心心念念要吃的头一样点心就是淮海路上的汤包，皮薄汤多类似小笼包却又不是小笼包，配蛋皮汤喝的那种上海点心。

跟着好姆妈采买食品，我体会到日常生活可以如此悠闲，买东西要注意品牌，吃东西不光是为了填饱肚子。回家后一起在厨房，看她做菜听她说话。不到吃饭的时分，好姆妈的儿子都不见踪影，好伯伯除了会做一条烟熏鲳鱼，其他时间都在看书。

好姆妈仔细地、慢条斯理地洗菜烧菜，每捞起一样东西总有话题出来，邻居呀亲戚呀老公呀儿子呀过去呀现在呀，一面说，一面嘲笑别人，嘲笑自己，谁会做这该死的家务，谁会做！她有时很气，这个新社会，她嘀咕道，好姆妈的娘家有来历，她看得多，精细过日子很自然。好姆妈家的饭菜太好吃，别人家的饭菜总是比自己家好吃，也是因为，每次吃饭都超过我们家该吃饭的时间很多，小孩子肚皮饿扁时，还有什么是不好吃的。

那些我记忆中美好的日子，算起来，其实只是混乱的"文革"中稍稍平静的日子。家也被抄过好几次了，好伯伯牛棚也蹲过放出来了，大字报已经被雨水淋湿风吹尽。太阳还在升起，日子不得不过。那些年，我爸爸与我好伯伯不知道哪个更悲惨？我不清楚，他们不对小孩子说这些。好姆妈夫妇面色不如以前好了，经常默默地，偶尔因为谁大声放了一个屁，忍不住笑出来，互相指责与抵赖。

好姆妈家的花园洋房后来被迫让出来，迁移到附近一条大弄堂底，形态差不多的房子里去。宽阔的大弄堂里住着很多有来历的知识分子与艺术家，也有资本家。大家走路都悄然无声，见面可不打招呼的尽量不打。然而，他们避不开一家突兀的街道里弄工厂，忘记是做什么产品的了，只记得循环不断震天介响的机器轰鸣声，让人整日头皮发麻，几乎没办法活下去。

1968 年 7 月我爸被人以谈话为名，人生第四次入狱，亲戚朋友都断了来往。爸爸保外就医回家，除了吃药只有泡饭可吃。一次是 5 日发工资的日子，好姆妈来看他。很久没见，我与好姆妈已经有点陌生。爸爸不说话，看着她从黑色人造革包包里掏出一大纸袋零称的新鲜点心，记得是拉花曲奇，油渗透出纸袋，是东宝兴路附近的老大房里买的。好姆妈说，老孔，是咸的，你糖尿病不能吃糖。爸仍不说话。好姆妈哭了，她说，我今天发工资，买给你吃。

寒冷的房间里没有火炉，爸腿上盖了半条毛毯，和好姆妈清坐。爸挥挥手，我掩门出去，依稀听到好姆妈在诉说自己家的不幸，叹气，饮泣。送好姆妈下楼的时候，她抹着泪对我说，你爸是老革命，不是坏人，你记牢。说他是漏网大右派，简直岂有此理！

我长大了，不好意思经常去好姆妈家。他家日子也不好过，同样的一道门，隔了几年，一推进去，好像黄梅天刚过房间没有通气，全部是倒霉的消息。好姆妈与好伯伯的样貌一日日地灰暗下去，衣服也没再添新的，窗帘也没力气除下来去送洗，两口子在家还是拌嘴，却越来越有气无力，有的没的拌一拌了事。

十八岁还差半岁的时候，我被迫去郊县农场当农民。好姆妈闻讯来我家，红着眼睛拉住我手说，比插队落户好，也不远，文化干校、电影干校都在奉贤。你妈妈、你好伯伯都在那里劳动。再说，奉贤到闵行的徐闵线，起点站是徐家汇，我家就在附近嘛，你去的时候和回来的时候都可以来家里歇歇脚，顺路的。

爸爸一分多余的钱也没有，他根本就不同意我下乡。好姆妈为我买了一只结实的大背包，还有一条新的棉毛裤。弄堂里那个喜欢我的小木匠去搞来一点包装箱的木材，连夜敲了一只没有油漆的夜午箱，一只小板凳，就乘上辆大巴士去了农场种田。

我才回上海探亲了一次，爸就没了，他临死之前一定对我很失望，因为我不听话，执意要离开他，追求自己的"前途"。爸没了之后，好姆妈好像再也没有来过我家，她走不动了，她给我看脚上大拇指侧面突出的"乌骨"（学名是拇外翻），很痛，穿平底、布底鞋还是痛。那时候的上海，四川北路与徐家汇远得好像如今的上海到苏州，跑一趟要下几次决心。

有时候是从奉贤回上海，有时候是从上海回奉贤途中，我去好姆妈家歇脚。我带过奉贤特产红乳腐给她吃，也拿去粮票换来的几个鸡蛋，一小瓶腌制的黄泥螺、小螃蜞。而好姆妈见我去总是分外高兴，端出所有食物把我喂饱，临走还塞给我她珍藏的高级太妃糖、外国巧克力，匆匆把我推出家门不许我说谢谢。

好姆妈对我这么好，现在我已经活到了她当年的年龄，回想想，此生我真是没有一点回报给她，我内心一定是想回报的，我爱好姆妈，但是我写着这篇文章时，翻来覆去想，为什么我上调回上海以后，境遇有了很大的改变，我在文艺出版社工作，可当时却一点没有做什么，哪怕用自己的工资为好姆妈买一件羊毛衫？为她祝一次寿，为什么我没有？我又想想如今身边的一些孩子，恐怕二十多岁的孩子都是这样的吧，他们对老人的感恩没有紧迫感，他们以为老人不在乎，以为他们一直会在那里，报答的时间还有的是。

好姆妈去世很突然，脑溢血被救到医院时已经深昏迷，我赶去抢救室，她再也没有睁开眼睛看看我。记得我帮着手工捏了一会儿呼吸机的橡皮球，才一会儿，就被她儿子挤开了。我跑到院子里，靠在当时的男朋友身上流泪，感觉到孤苦伶仃，毕竟自己不是好姆妈的亲女儿，连为她多捏一会儿橡皮球也不能理直气壮去争。几天后，好姆妈没有能苏醒过来。

回到出版社，听闻理论编辑部在准备送花圈，我这才知道好姆妈的死因居然和我工作单位有关系。那是1980年代改革开放初期，大家都急着追回失去的时光，外国文学名著大量印刷，《重放的鲜花》之类图书当红，文学新作迭出，文化批评犀利，一些文化老人得到了前所未有的尊重，纷纷出山写作。当时理论编辑室为编一本什么评论集向我好伯伯约稿，老人家已七十多岁，他认真，写得慢，一直被催稿。据说理论室的稿子是约了很久的稿子，一直催，好伯伯也拿不出来，到了截稿的最后几天，责任编辑差不多要疯掉了。

那天夜里，我好姆妈做完一天家务，摊开好伯伯刚刚完成的草稿，用稿纸誊清。之前，好伯伯的稿子都是由好姆妈帮助誊写的，这一次时间太紧，她只能加班。夜深人静，家人都已睡下了，只听见重重的响声，患有高血压症的好姆妈摔倒在椅子旁，就此中风不起……追悼会上，好伯伯把我拉到他三个儿子身边作为家属列队，寡言的他只说:"你是她女儿。"殡仪馆人太多了,我糊里糊涂被握了很多手,嘱咐我节哀。茫茫然回到家,我哥开玩笑说我表现好,哭得跟死了自己妈妈一样伤心。

1984年元旦我结婚,好伯伯由他儿子扶着来吃喜酒,他已病了长久,但执意要来,好伯伯递了一个厚厚的红包给我说,是娘家给的。好伯伯在我婚礼上的照片是他人生最后一张影像,一个多月后他也去向马克思、我爸,还有他一生挚爱的好姆妈报到了。

二十多年来,清明节我都去龙华烈士陵园看望父母,每次必定去看安放在同一幢干部骨灰陈列室的好伯伯好姆妈,在骨灰盒上哥哥留的卡片上给好姆妈写几句话。每天早晨我都不忘在案几点一支馨香,心里默念几个名字,其中有好姆妈。

2014 年 8 月

我的外婆

　　外婆生了十多个孩子，活下来九个，我妈妈是老三。

　　外婆姓蒋，没有名字，就叫蒋氏。

　　外婆是宁波人，大约是宁波溪口罢，连我妈妈都讲不清楚，妈妈很小就在上海了。外公是做家具生意的。

　　外公生意做得并不大，算是小康人家。外婆的样子不像是个容易被人欺负的女人，她戴一副金丝边眼镜，仔细看，其中一个眼睛有一点点斜视。她身材很瘦小，面容有时慈祥有时威严，说话时嘴角带点讥诮。外婆没读过书不识字，却懂很多俗语和文言老古话，家里三个儿子六个女儿都很恭敬她，从来不敢在她面前提不该提的话。

外公很早就去世了，他没有留下多少遗产，外婆本事大，仿佛赤手空拳养大了九个孩子。外婆前三个女儿长得如花似玉，分别在十八岁的时候嫁了人，大儿子学修理飞机，小儿子学航运，两个女儿参军到文工团，只有我二舅留在宁波，还有八姨去了青海。

从我记事起，外婆就和六姨一家住在二马路一幢有名的大楼。那个大楼看上去像个古旧的绅士，外观很坚实，木板的走廊甬道很宽很长，有一架硕大的电梯。六姨家在楼上甬道的尽头，门口走廊就是厨房，矮矮的放着煤球炉子。外婆经常坐在小板凳上，炒世界上最好吃的菜。

到外婆家去，是每一个小女孩心里最喜欢的事情吧？我常常跟着妈妈去外婆家，妈妈一见到外婆，会在她手心里塞一团东西，外婆照例是"罪过罪过"客气几句收下，估计是钞票。我妈妈钱也不多，家庭财务大权掌握在我爸爸手中。接下来她们就打发我去玩，妈妈和外婆手里拣着菜，一会儿高声一会儿低语地将外婆的其他八个儿女和妈妈的七个儿女轮流数说一番，高声的时候是说到争气的孩子，过得体面的、孝顺的，低语的时候是轮着了倒霉的、不听话的孩子。

我的大哥哥比小舅舅还大，大哥哥1962年去了安徽支内，妈妈很牵挂他，小舅舅考上了海运学院，要当船长的，是妈妈这辈人中的骄傲。自我出生以后，国家政治运动就没有消停过，妈妈的眉头舒展的时候很少，其实妈妈笑起来很妩媚，而外婆笑起来有些俏皮。

小时候，我们家一直是保姆烧菜的，爸爸有很多美食理想，但是他只是理论上的，自己动手做很少，而我妈妈一点也不会烧菜，除了一个红焖茄子不知怎么被她掌握到技巧，烧得极其好吃，其他都烧不好。原因一定是我外婆太会烧菜了，妈妈知道比不过，索性不学。

每次到外婆家吃饭是我最期待的时刻，早早地闻到外婆的菜香，我魂不守舍，黑眼珠子侦察好了有利地形和最想吃的那碗菜，乖乖地等候。外婆做的是宁波菜，霉干菜烧肉，烤豇豆，咸烤笋，黄鱼鲞炒毛豆，只只都

　　翻箱倒柜终于找到这张咪咪小的旧照片，是祖孙三代合影，我们一代是大哥代表了。大哥孔建英原名孔建婴，是因为爹爹向鲁迅先生致敬（鲁迅儿子周海婴）而起。爹爹婚后经济窘迫，曾经有一段时间寄居在外婆家受到照顾，很尊敬她老人家。爹爹常说外婆不识字却有见识，通人情，讲得出很多俚语、俗语、歇后语。

　　这是 1956 年外婆 60 大寿时，在外婆家祝寿，爹爹为我和妈妈拍摄的。爹爹是摄影爱好者，有两三架照相机，用现在的话来说，是玩胶片的。

很入味。我们大家庭吃饭很有规矩，饭碗要端牢，胳膊肘不能上台面，捏筷子手势不能高不能低，头不能吭得太低，不能一直冲一个菜碗里搛菜，荤的吃吃，素的吃吃，喝一口汤。在外婆家吃饭我心里有点紧张的，因为外婆这方面很严厉，看上去她笑嘻嘻的，批评话不大直讲，但是旁敲侧击更加使我难堪，我从小就是个敏感的女孩，被哥哥姐姐斥之为"碰哭精"。不记得在外婆家哭过几回了，一定是哭过的，否则我怎么到现在回想起在外婆家八仙桌上吃饭的情景还有点紧张呢？

可是我喜欢外婆。

外婆的风度是该着像《红楼梦》里贾母那样，着绫罗绸缎，坐宽敞客堂，被佣人小辈簇拥的，但是命运不济，外婆没过上几天好日子。外婆在上海有五个女儿，她老人家在，外婆家就是姐妹们会合的据点，加上神气活现的小舅舅，过年过节简直热闹极了。我在外婆家留宿过几次，都是玩疯了，表弟表妹坚决不放我走，百般恳求外婆才成功的。

外婆的脚是半大的脚，据说小时候被缠过小脚，但是中途放弃。她后脑梳一个小小的髻，难得放开，洗头后用刨花水篦到油亮油亮再髻起来。衣服都穿大襟的，蓝布居多，胳肢窝下掖着条手绢。外婆有二三十个第三代孩子，可我只有一个外婆，我很想和妈妈和阿姨们一样孝敬她。有一天我独自乘车去看外婆，用积攒的七分零用钱买了一包甘草橄榄，送给外婆。这件事情外婆几乎告诉了所有的亲戚，她说，三岁看到大，明珠很孝顺。

　　阿姨们都说外婆是个爱面子的人，也就是说，外婆是个心底很骄傲的女人，如果她有机会上学出国，一定是个像林徽因一样的好学生，如果她去参加革命，一定是鉴湖女侠秋瑾。我不太清楚为什么外公在外面还有另外一个女人，这个话题在我家是忌讳的。当初外婆没有财产没有文化只有一群儿女，她无法抗争，只默默地坚守着残存的自尊，学会生活，精打细算，尽量地体面着。

　　解放前后，那么多风风雨雨外婆都挣扎过来了，谁会料到，一场"文革"，几张贴到大楼里的大字报，将外婆的自尊心击倒。大字报是写她女婿的，不是政治问题，是最触小市民神经的生活作风问题，尽管是捕风捉影，尽管女婿死也不承认犯过如此错误，大字报影响已经造成了。外婆只感到整个大楼人都在她背后喊喊促促，女儿都没她那么痛苦，可是外婆立刻倒下，起不了床了，去医院一查，外婆患了胃癌，已经是中晚期。

外婆从来没有那么任性过，她在床上如睡针毡，求女儿带她离开住了大半辈子的大楼。外婆到我家养病，躺在我爸爸以前睡的大床，我爸爸的床空着是因为去坐牢了。外婆啊外婆，我和你那么亲近就只有这几个月，我不去上学，我侍候你，端茶送水，和你讲话。

外婆几乎不说话，她累了一辈子了，静静地躺着睡觉。她的外甥女婿小毛医生上门诊疗，打针吃药，保守治疗，他安排我每天用一小块精肉泡水浸去血水，然后剁碎，清蒸给外婆吃。外婆对谁都很客气，一杯水一个问候她都要谢谢，我领受了外婆许许多多轻声的谢谢。我们一直没告诉外婆她得的是什么病，外婆也没问过。直到有一天，六姨在床边和她说话，说到忘乎所以，竟说出了"胃癌"两个字，六姨清醒过来后吓得逃出房间，急得快要哭出来，问我们怎么办怎么办！可是外婆装作没听见，让她早点回家外面冷。

外婆的生命在渐渐离开她的身体，最后几天癌细胞转移，外婆很痛，她忍不住哼出声来，小毛医生给她注射杜冷丁，注射频率渐渐加快，直至外婆长长吐出一口气，再也不痛苦了。

外婆咽气后，妈妈和阿姨们哭得都很悲伤。背负了重压的姨父也赶来，他是一个和气的爱喝酒的中年男人，他提着一只大花圈，刚走到房门口他就站不住了，"噗"地跪倒，长哭不起，他爬到外婆床前，狠狠地打自己的脑袋，甩自己耳光，我们听到他一句句地哭，姆妈啊姆妈啊，你不开心，你没有在自己家里养病没有死在自己床上，都是我的原因，你原谅我吗你原谅我吗？我和姨父一起痛哭失声。

那年，我十四岁，第一次经历亲人在眼前离世。

外婆的葬礼在斜桥殡仪馆举行，那是个破烂的小殡仪馆，院子里铺着高低不平的石子，外婆躺在一张单薄的运送床上，被一个女人潦草地推出来，在地面石子"当当当"的颠簸中，突然，外婆的一条胳膊从白被单中滑落出来，那一幕令我惊恐万状，眼泪都被吓回去了。现在回想起来，那天会不会是外婆送给我们的最后幽默呢？

外婆去世四十年了，时间过得太快。

2009 年 1 月

外婆的红烧肉

　　我外婆是宁波人，永远穿斜襟中装，脑后一个发髻，从不停下手里的家务活。外婆做的宁波风味霉干菜烧肉、烤豇豆、咸烤笋、黄鱼鲞炒毛豆，只只都很入味。以前人们不恐盐，宁波人家的菜尤其偏咸，谓下饭。可是，外婆那一碗最经典的红烧肉是偏甜的，浓油赤酱，粘甜可口。

　　每次到外婆家，吃饭是我最期待的时刻。闻到飘进屋内的菜香，我魂不守舍，等一碗碗菜次第端上桌，我失去了玩耍的心思，用眼睛侦察最想吃的那碗菜的有利地形，准备开饭时刻一个箭步坐在它面前。

我妈妈排行老三，是外婆的二女儿。妈妈性格温婉，嫁了个作家。又因为我爸爸年长妈妈十五岁，性格又强势，妈妈什么都得听他的。妈妈去看望外婆，一般是去倾吐些心事。外婆应该也有很多想向女儿倾吐的心事。外婆有这个本事，手里不停地做家务也能聊天。

外婆在案板上切肉，她买的是夹精夹肥的五花肉，肉身厚，皮上残留几根黑毛。外婆把肉切成方块，在铁锅中放一些油，生姜和葱结爆香，把肉倒进去翻炒，然后喷绍兴酒，放老抽酱油，再放几粒茴香滚一下后，肉换个砂锅继续煮。水蒸气噗噗地把砂锅盖顶起，外婆移开锅，用铁钳夹了一个中央有洞的小圆铁板盖到煤球炉膛中，有时候侧一点让小火窜上来，这就是焖烧了。

妈妈挨着外婆，在按照她的指示将薄百叶打结，两个人低声地说着各自的心事，无非是些家长里短，大小两个姨妈，大中小三个舅舅，六七八三个阿姨；我爸，我和六个哥哥姐姐，那么多人，那么多事。一个说，一个必然是劝解，叹叹气，笑一个。

百叶结盘好以后要用开水烫，外婆弹指甲盖那么点老碱进去，搅一下，随即就将水倒掉冲洗干净，那个细节好奇怪。直到百叶结在红烧肉汤中煮到上色入味，外婆狠狠挖了几勺白砂糖进锅，再滚一会儿，汤汁浓稠起来，外婆紧张地看着锅，话语游离，红烧肉做好了。

外婆家的红烧肉晶莹透亮，咬下去猪油从嘴边溢出，那股肉香冲入脑门。百叶结中浸透了肉汤，酥软甜蜜（百叶结为什么那么好吃？外婆笑嘻嘻讲不出原理，等我学会做菜才懂得，稍微碱化一下百叶的结构，它的吸味性更好）。同桌吃饭的有我六姨妈一家，表弟表妹比我小几岁，都是长身体的年龄，见了红烧肉必然两眼放光，于是我们三个小孩子的筷头比速度似地往红烧肉碗里戳，空气中充满了紧张的气味。此时，外婆还端坐不语，六姨父在警察局工作，他火气一大，"啪"地动手打掉表弟戳向肉碗的筷子，骂了一声"没规矩"！表弟脸皮厚，嬉皮笑脸，我吓得缩回手。没想到外婆笑盈盈地劝我，"明珠是人客，你多吃点。宁波人家规矩是老大的，男男头不懂事体没关系，小姑娘从小鉴毛辨色不学会，嫁到婆家是要吃苦头的。不过，现在是新社会了哦。"我这个敏感女孩，虽然还不太清楚鉴毛辨色四个字怎么写，却听出了言外之意，一口饭噎在喉咙里，眼泪汪汪。

小时候，没有在外婆家吃饱、吃畅红烧肉，长大结婚自己料理家务，凭着记忆复制外婆红烧肉，总是不能做到位。做不好红烧肉说遗憾，也不遗憾，因为我想念那碗浓油赤酱、甜蜜粘汁红烧肉的时候，在想念亲爱的外婆大人。

2014 年 9 月

婆婆八十

　　婆婆说她自己是苦命人，幼时被父母送给姑母，年少时出嫁，嫁得也不好，靠劳动带大四个儿女，接下来是中年守寡，老年失女，如今一身病痛，孤苦伶仃。

　　婆婆说话很生动，像写作的人一样，喜欢夸张、幽默，时而小刻薄。我喜欢听她唠叨过去，不像小姑子老是打断她揭发她"瞎讲有啥讲头"，婆婆年轻的时候一手好厨艺，老来退步很大，可是我也吃她做的东西，不像我老公，拔腿就逃。婆婆说和我蛮轧得拢。

　　婆婆性格倔犟，万事相信自己。过年过节我接她来家住，才住了三天，我就累得要瘫倒，不光是体力上，她开窗我关窗，她关灯我开灯，主要是心理上太累了，婆婆客气过头，媳妇搭不准脉搏，永远不明白哪句话说错了，哪个动作惹事儿了。

那就各自在家，打打电话好了。谁知道，隔着电话线，婆婆的气场也是了得。婆婆中年到老年一共做过三台手术，身上缺了很多零件，每去电话，我便紧着头皮听她从头到脚抱怨全身病痛，抱怨应该对她好然而"不敬不孝"的小辈，老太太一五一十，喉咙越来越响，我脸上表情却慢慢放松，心渐渐放下。

人的寿命有家族遗传，我的父系都不长，叔叔五十八岁中风去世，父亲六十八，只有姑妈迈过七十那道坎。我的母系稍稍好点，外婆七十二，母亲七十六都离开了人世。前不久当我听到说上海的老人平均寿命超过了八十二，大惊失色，就像听到全市人民平均工资的数字时。

婆婆今年八十了，按我的悲寿观，她已经赚了，当然我决不会说出口，咬着牙，坚决不附和她口口声声就要去"铁板新村"那样的假话。婆婆独居,靠自己往返医院,配药吊针,常常在医生的鼓动下,一轮轮地化验摄片,把买菜的钱扔在医院里。她听电台饮食和营养节目,科学打理三餐。为她请好钟点工,一眨眼就被她解雇。可是两个星期前,婆婆因为便血到医院做肠镜,在直肠上发现了肿瘤,要做第四次大手术了。前三次按序是:子宫肌瘤、肾肿瘤和胆结石。

与十五年前肾肿瘤开刀时一样,我们对婆婆病情保密,只说是直肠息肉,让她搬进单人房享受老干部待遇,目的也是与喜欢闲聊的病友隔离。开刀前,婆婆满以为住一个星期就可以痊愈回家,仍旧拖地板洗衣服,蒸一碗小黄鱼吃吃。不料这是一台大刀,手术后婆婆被关进重症监护室四天。下午只有一刻钟探视,那天我一进去,婆婆就拉住我大骂,不该告诉我们便血,这点小事被搞那么大,后悔莫及。我心疼得摸着婆婆的额头,夸她与小护士关系搞得那么好,答应要替她写表扬信。

婆婆一天天好起来了,她真是个明白人,再也没有多问过什么。她很坚强,希望早日拔掉所有的管子,她上进心那么强，懂得预防肠粘连，预防尿不畅，她勉力下床走动，关心自己输的什么液，吃的什么药，小护士拿药来，婆婆询问是"格力其达（音）"？医生查房，婆婆的火眼金睛之下，也只得讪讪退下。八旬老人脑子如此灵，大家都叹服不已。

婆婆住的医院离我家很远，我每天下午去接小姑子的班，骑车到830车站，再坐九站过去。那一天出门之前我在网上看见了胶州路高层的大火，那是我每天路过的街角。果然，车子久久不来，半个小时后我跳上车，司机和全车乘客都沉着脸，车子绕道，我还是看见了燃烧中的大楼，窗洞中明火灼灼，我无奈、压抑、愤怒，深感性命之渺小，世事之难料。

八点过后，婆婆睡着了，我关照护工几句，坐上830回家，手捧着龙应台的《目送》。一路上，街景依旧，霓虹闪烁，车厢里空荡荡的，又要路过胶州路余姚路高层公寓火灾现场了，我的心紧揪着。

龙应台和我差不多年龄，读她的感叹"曾经相信……后来知道……"同感太多，孩子大了，我们都老了。《目送》中有很多篇幅是陪伴她妈妈的故事，从她的描述我知道她母亲患的是老年痴呆症，但是龙应台一句也没提那个名词。"龙旋风"在亲情面前，变得那样轻柔缠绵，那样茫然与惆怅。我父母去世很多年了，公公也早已不在，婆婆这株"独苗"好像我的精神支柱，朋友们抱怨父母的病痛，我会觉得她们仿佛在炫耀，连忙抬出婆婆，还是有得说。

明天、后天我都还要去看婆婆，去坐在她床边，读几段报上的新闻，数落几句老公和孩子，再听听她的妙语，笑着认输。

2010 年 11 月

婆家的腌笃鲜

第一次去见准婆家人，就被他家八仙桌上坐着那只硕大的砂锅给吓一跳，等到一桌人轰轰烈烈地把那锅内含一只超大鲜蹄髈、一大方五花咸肉、三斤竹笋、两斤百叶结的腌笃鲜一扫而空时，我被彻底吓坏。我要嫁过去的那家人家，个个都像"天吃星"下凡，而我将接手的那颗星，平日里吃相颇文静，在众星之间却露出真相，我暗暗急，以后真要结婚的话，可怎么对付得了厨房里繁重的活计呢。

那是上个世纪八十年代的事了，物质贫困时期与年轻时的好胃口，回忆起来恍若隔世，然腌笃鲜这道菜历经世事变更，在上海美食中的地位仍然不变，应该还稳居前十名之内。每当开春，鲜笋上市，上好的咸肉买回来，吃腌笃鲜这件事必然列入上海人家的议事日程，而沿街店面的招牌上，打家常菜牌子的也会把"腌笃鲜"写得大大的招徕食客。

按上海婆婆的想法，吃个腌笃鲜还要跑到街上去，这家人也太不会过日子，她还想，儿媳妇连只腌笃鲜也不会做，我儿子太可怜。可小家小口的做好腌笃鲜还真不是一件容易的事，也就是说，如果你只是用一个很小的锅子，放入很少的肉，半锅水，此汤笃不出好味道，传统腌笃鲜必须煮一大锅。

原本我的舌尖上对腌笃鲜的记忆不那么深刻，是因为我爸爸不吃四条腿的家畜，小时候猪肉不太进家门，等到婆家那一大锅浓墨重彩的腌笃鲜把我的味觉催醒，狂喜不已，学习、补课犹未晚。

我最爱喝腌笃鲜那略感厚重的汤，舀一小碗，嘴唇未近碗边，鼻子已经被一阵鲜肉与咸肉久煮后，混合在一起的肉香袭击，深深呼吸，垂下眼帘，仿佛画面太美不敢看。滚烫的，奇妙的汤在舌面上只停留了一小会儿，顺着食道急急滑下。紧接着，第二波鲜汤拍浪而来，喉舌除了幸福地微微颤抖着接受，别无他法。随后就是吃肉喝汤，嚼笋喝汤直至酣畅。

关于什么是最正宗的腌笃鲜材料组合，上海人家一直没有明确结论。一般主料采用猪肉，新鲜的用蹄髈，后蹄比较好，排骨用小排、肉排。喜欢油润一点的可以采用带骨的五花肉。腌制的用咸蹄髈、咸肉、金华火腿、云南火腿、南风肉都可以。辅料倒是各家异口同声选竹笋，一般都用那种长长细细的春笋。

菜场里面，一年四季都能找到笋，只是不当季的话，笋的味道不鲜美。孔子曰："不时，不食。"意思是不符合节气的菜，尽量别吃。春天破土而出的笋是细长的春笋，清明前后最鲜嫩，过了立夏，笋渐渐少了，竹笋的个子大了，笋壳硬了，笋肉老了。所以，春笋上市是吃腌笃鲜最好的借口。春拂大地，鲜笋饱满，外壳是脆的，肉质是水灵灵的，刚刚从泥土中刨挖出来的春笋，简直就是活杀，鲜脆好吃得不得了。

鲜肉与咸肉都要先用开水焯一下，洗净血水浮沫，再放入较深的砂锅或者铸铁锅中，清水一次加足大火烧开后，放料酒改小火慢慢炖，大概需要一两个小时，到筷子能够戳入肉中，放切成滚刀块的竹笋。如果汤水很油，可以放百叶结进去吸油。有些人想在腌笃鲜内放蔬菜，你可以用小锅另外盛出来，放入蔬菜当顿吃完，千万不要把有颜色有异味的蔬菜投入大锅中煮成大杂烩，腌笃鲜的要点在于——汤清味厚！

我婆婆是烹调高手，她做腌笃鲜的独门绝技是，带皮五花咸肉在汤中整块炖到七八分酥，捞出来切厚片，等到腌笃鲜离开灶头前再整齐铺在汤上面焐热，那样的咸肉咬上去油滋在嘴边，咸香紧得恰到好处。眼见一桌"天吃星"在抢暗红色砖块样的咸肉，吃了一块又一块，我说不急你会相信吗？

2015 年 1 月

四、生活踪迹

生于四川北路

　　妹妹是生在四川北路的。四川北路窄而长，朝南的那一头是四川路桥，桥的坡度很陡，骑自行车一定要有脚劲才能坚持骑到桥顶。桥顶的风光很美，苏州河在桥下缓缓流过。下桥的时候，人会有鸟儿扑着翅膀飞翔的感觉。往北去，是热闹的商业街，一路喧腾，过了武进路，渐趋平静，日常起来。到了群众影剧院，就到妹妹的家了。

　　妹妹的家庭属于双职工。在妹妹家附近，有开明书店职工居住的开明新村，有永安公司职员为主的永安里，还有另几条大弄堂四川里、永丰坊和妹妹家的弄堂，都是一些新式里弄，大弄堂比较开阔，里面往往向左向右各伸出五六条横弄堂，每条横弄堂里有五六个门楹子，每个门楹子里一般居住三家人家。

住在里面的孩子，填表格家庭出身往往都是填职员。如果他父亲公私合营前是资本家的，要填资方，是小业主的要填小业主，填这两种出身的孩子，都是偷偷摸摸填的，尤其是小业主的孩子，不填妹妹也看得出，小家败气的样子，资本家的孩子则肥头大耳，一碰就哭，傻乎乎的。妹妹庆幸自己可以填职员，因为大多数人都是职员，可是妹妹的爸爸要她填高级职员，妹妹的爸爸是出版社的总编辑。1964年妹妹四年级，在民办小学读书，老师见识不大，共产主义思想很严重，一刀切说，职员就是职员，什么高级低级，职业不分高低贵贱的，不让填。后来1966年"文化大革命"了，妹妹要填职员也填不成功，弄堂里妹妹家后门口贴了很大的大字报，爸爸原来是有问题的人。

十三岁，妹妹就提篮小买了，买小菜。按理，妹妹

明珠 5 岁拿苹果书橱照

2013年6月明珠在老家书橱前（注：与前5岁照同一个书橱）
（陆杰 摄）

应该是小姐的命，但是，妹妹和姐姐们不一样，从来没有做到过小姐。本来妹妹家的女孩长到十八岁可以得到一根很细的金项链的，已经有两个姐姐脖子上有了。晚上睡觉的时候，姐姐在被窝里用两只手翻过来脱绒线衫，妹妹眼睛紧紧盯牢她的脖子，那根美丽的金项链在姐姐裸露的脖子间晃啊晃啊。金项链的坠子是一个小鸡心，小鸡心是空心的，可以掰开来放进心爱人的咪咪照。据说二姐小鸡心里藏的是和她通信的苏联男孩的小照，金黄的头发，湖蓝色的眼眸，但是二姐喜欢制造悬念，总是死活不让妹妹看。

妹妹好像天生节俭的，每个月二三十元菜钱就能过日子了，全家人。爸爸不放心哥哥姐姐，他放心妹妹，因为妹妹来不及养成大手大脚的小姐习惯，就"文化大革命"了。爸爸还从来没有过月工资只拿五十元，他以前每月5日拿一厚叠工资回来，第一件事是让妹妹去家对面的中国银行存起来，然后过十天差妹妹去拿一次。妹妹头顶还没有柜面高就被爸爸委托做这件家里最重要的大事，每次既紧张又自豪。因为妹妹是大客户，银行里有一个白眉毛的老职员对妹妹非常和善，叫她小姐，每次给她钱总要站起身来递给她，临走要关照她望望先生。但是每月只五十元就不用再去银行了，保姆都打发走了，爸爸脾气暴，不出门了，用拐杖点着妹妹逼她去买菜。

妹妹圆脸大眼睛长得十分乖巧，妹妹也是见过一些大世面的。由于她不用买电车票，星期六总会在哥哥姐姐中被爸爸选中，跟去文化俱乐部吃饭。中餐还是西餐？爸爸开心的时候每每征求她的意见。那时是三年自然灾害，其他人进不去那种地方，吃不到那样丰盛的晚餐，但是这样的日子过得飞快，一眨眼就没有了。

四川北路妹妹家那一段是一个成熟的居住区域，买东西特别方便，尤其是日常生活的必需品。南货店、米店、食品店一家挨着一家。妹妹挎着竹篮，撅着一张可以挂酱油瓶的嘴，从群众电影院旁边的厚德路穿进去，到"大小菜场"，上上下下转一圈，排几个队。买半爿鸭子烧土豆，买一斤发芽豆烧咸菜，带一只搪瓷杯讨半缸咸菜卤回来烤毛笋，再买一些蔬菜豆制品……回家路上从四川里弄堂穿回来，在四川里后弄堂口那个老摊头带几只葱油饼回来当早点。

做葱油饼的老师傅虽然认识妹妹，但还是按规矩要排队等候的。那个老师傅做葱油饼一板一眼，从来不捣糨糊。每炉贴七只葱油饼，一团油面团"啪"地拍在洋铅皮桌面上，变长了，抹一层咸油酥，抓一把葱、三小块猪板油放在中央，卷起来，横过来，揿扁，用木擀面杖擀几下，然后"嗤啦"一声贴在炉子顶的厚铁板上，过一会儿转一转，翻翻看看。这同时，铁板下面的七个饼正搁在下面烘，老师傅搬开铁板三个手指为它们翻面，再烘。乘空隙的时候又去做另七只饼坯子，车轮大战。待到妹妹实在肚子咕咕叫，上学时间实在来不及，已经后悔付了钱买好牌子了，葱油饼才总算可以出炉了，那个固执的老师傅还要用排笔蘸了菜油，最后为他的作品——涂上辉煌。

妹妹还要买米。米店就在弄堂隔壁，通常是需要排队的，按购粮证上的人口计划供应。妹妹手里又要拿找头，又要拿米袋做准备工作，眼睛要盯牢米店的人，提醒他购粮证验收好还给自己。这时候，伙计一按机关，米从头顶心的粗管子里轰隆隆地下来了，到了喇叭口过秤，称好，一按机关要放米到妹妹米袋里了，妹妹手忙脚乱，"慢点慢点"求他放得温柔一点，但是伙计通常是不耐烦的，"哗啦"一下，米喷薄而出，妹妹的手如果没有抓紧米袋的角，就倒霉了，白花花撒一地。扫帚、簸箕店里都为初学者准备好了。妹妹把米簸起来倒入米袋，去旁边抽一根细麻绳扎紧袋口，然后二十斤米上肩，用一只手插在腰间抵挡重量，回家上楼。

有的男孩子，拿的米袋被老鼠咬了洞，那米就会从小洞里窸窸窣窣漏出来，一路走一路漏，弄堂里的老太跟在后面叫，小囡，作孽啊！双职工的孩子都作孽的，妹妹也很作孽，手上生满了冻疮。

妹妹家对面的群众影剧院是专演各种地方戏的，兼映电影。每当有著名的粤剧将要上演的时候，大幅的海报贴出来了，色彩很艳丽，女主角娇媚生姿，粉的脸金的头饰衣袂飘飘，剧场上下的霓虹灯全部开亮了，透过妹妹家朝东的落地窗户映进来，喜气洋洋。

戏不是天天有的，尤其是好戏难得演，群众影剧院就在没有戏的时候，很通俗地上映电影。电影往往是二轮的，在附近的国际电影院，更远更辉煌的大上海、大光明电影院放映了一轮之后，来到群众影剧院普及。买电影票的时候是要看清楚票价的，晚上和下午不一样，和早上也不一样，和星期天的早早场更不一样了，还有学生票优惠供应。像妹妹的大姐那样刚刚毕业参加工作，脸蛋长得很嫩的，大可不必去买成人票，到时候至多把一根粗辫子分两边打在脸颊边，就像女学生了。姐姐们甚至鼓动妈妈也这样化装一下，扮成她们的同学混进去。

　　电影院近在咫尺，便不用在门口候场吃冷风。姐姐要去看电影，派妹妹站在阳台上放哨，快开场了，人们涌动起来，妹妹叫一声"进去了噢"，铃声打了一遍，妹妹叫"响铃了！"如果姐姐还没有离开的动静，妹妹就要大声呼喊："来不及啦！"

　　电影院隔壁总是有一家食品店，看电影的人先买一包零食再进去边吃边看。群众影剧院隔壁的食品店叫"喜临门"，是家大店，样样有卖。里面的点心太多了，光是糕就有小方糕、橘红糕、绿豆糕、椒盐芝麻糕……鸡仔饼、桃酥、脆麻花，脆麻花咸的四分一根，拌白糖雪花的五分一根。

妹妹遇到生日，早上可以优待吃两只水潜鸡蛋，晚上大家吃面以示庆祝，逢五逢十算大生日，爸爸妈妈会花钱买蛋糕祝贺。逢到小生日，妹妹不免寂寞，不肯就此收场，妹妹的哥哥会发善心，问她，蛋糕吃哦？掏出零用钱就去"喜临门"买回一小块奶油蛋糕哄她开心。

群众影剧院贴对面是"艺林"照相馆。照相馆的橱窗里经常摆出美丽的样照，那时候人们不讲究肖像权，不像现在，动不动就打侵犯肖像权的官司。那时候你去拍照，照出来效果好，被摄影师选中当橱窗模特儿，开心还来不及呢。妹妹非常羡慕这些挂出样照的女孩子，这样的女孩子在周围很快就成名了，在学校里、在弄堂里会有很多人特特地地走近去仔细看她，哦，是她！就是她！走在马路上也会有人点点戳戳的。

照相馆的大厅装饰得很有艺术氛围，橙色的色系，温馨浪漫。店里的摄影师是个小年轻，衣着洒脱，长得

明珠 10 岁在外滩

十分西化，手指细长而白皙，娶了妹妹弄堂里最漂亮最嗲的一个姑娘做老婆。妹妹是很上照的，她相信加上摄影师的灯光技术她也可以成功的。她经常装作有事的样子推开照相馆厚重的玻璃门，走进去，慢慢浏览墙上和柜台玻璃板下压着的照片，心里慌慌地，希望摄影师突然发现她的美丽，叫她一声：妹妹来！拉她进去拍样照，然后挂出来。

群众影剧院斜对面有一家饭店叫"三八饭店"，是因为1958年大跃进号召家庭妇女们出来工作，要自力更生，这段四川北路里弄的家庭妇女组织起来开了这家饭店。里面的职工全部是妇女同志，领导是妇女，被领导也是妇女，一时"鸡毛飞上了天"。妹妹家有时候突然来重要客人，就会差妹妹拿了钢精锅子去买几个炒菜，一般是炒面筋和炒鳝丝，如果要跑蛋是不行的，妹妹家还离得太远，跑蛋炒好是要赶紧"跑"到客人跟前才会是抛得很高的跑蛋，否则就是瘪蛋，一点卖相也没有了。

"三八饭店"过去一点就是专门淘旧货的虬江路口，虬江路弯弯曲曲蜿蜒到北火车站，那条路上终年挤满了做着淘金梦妄想发财又始终发不了财的男人，脖子都伸得很长，鼻子也伸出来。

　　四川北路是有名的，有名在买得到好东西，妹妹指的好东西不是贵的东西，而是实惠的东西。四川北路上的人家一般生活程度是中等的，做职员的，大多踏实工作，思想上要求上进，生活上追求"小康"。职员白天工作不是太累，戴副袖套，抄抄写写，泡杯茶，翻翻报纸，不伤元气。晚上回家做几只小菜，也用不到怎么滋补，清淡实惠就可以了。穿着也是这样，市面是见过的，在人民装两用衫以前，上海滩什么奢华没有见识过。但就是想过安定生活，所以选择做职员。在学校里，职员的孩子是看得出的，男孩子本分，女孩子规矩，身上干干净净，功课天天向上。

　　妹妹的三姐喜欢裁剪缝纫。四川北路布店多，配料店也多，甚至有叫"钮扣大王"的店，海宁路武进路昆山路一带，仔细寻过去，可以淘到很便宜的布料，得以使三姐施展才华。妹妹从小是由三姐打扮的。有一次，

333

大姐的婆婆送给妹妹一块的确良料子做一件衬衫，三姐趴在布上横量竖剪，硬生生研究出两件来，给自己也做了一件。妹妹虽然不及姐姐灵巧，也会基本的女红，结毛衣、纳鞋底、绣枕头，都是在弄堂里的山墙下晒太阳的时候学的，妹妹读书的年代，开学了，"复课闹革命"小组会上门来喊的，不喊，妹妹不去。

新式里弄很宽阔，那时候，弄口可以开进一辆大卡车，横弄堂当中没有一条过街楼，太阳明晃晃地当头照。一到星期四早上 8 点钟，大家出来大扫除，每家出一个人，各家门前水一浇地一扫，小组长通过，就可以参加大组评比。现在不行了，弄堂口卖包，大大小小的箱包做工粗糙，adadis 冒充 adidas，货物把弄堂口挤成一条缝……现在弄堂里有人家要搬家很麻烦了，任何车子开不进来，要学蚂蚁搬家，一点一点。要结婚嫁女儿，后弄堂的更加麻烦了，新娘子提着白婚纱，穿着超高跟皮鞋要自己走到弄堂口乘喜车。

妹妹的勤劳开始是被爸爸逼的，后来习惯成自然，手闲下来觉得好生没趣。妹妹就去楼下南货店看伙计包三角包，一个人将白糖杨梅、咸桃板什么的舀一勺放在秤上称分量，另一个负责包。妹妹看得心里痒，只要有人离开，她抢过来就做。但是她称分量还可以，包的三角包太没有棱角了，一看就看出来不是店里的人包的，要拆了重包。

南货店隔一段时间要拌什锦糖，就闹猛了。先把店堂空地的磨石子地板扫净拖干，一大包一大包硬糖、软糖搬出来，驼背经理指挥，倒！"哗啦哗啦"倒在地上堆成糖山，店门口涌了很多人看，七嘴八舌插嘴，这种太少了，那种太多了。经理不动声色，让人拿铁铲来拌开。驼背经理解放前就学生意了，是很黑心的，什锦糖里好的大白兔奶糖、玻璃纸太妃糖不舍得放多少，多是便宜的硬糖掺在里面混腔势。

妹妹拌什锦糖也插不上手。只有白砂糖到货了，尤其是快过年了，居民糖票增加了，店里包糖来不及了，妹妹才捞得到包白砂糖的差事做。但是弄堂里很多小姑娘都觊觎这件差事，其他好处没有，神气地岔开腿坐在店堂里，一个过秤一个包，好像很有权力似的。包糖只有两只位置，也不像弄堂口排队买西瓜可以放块石头预约，妹妹只好经常去南货店侦察货什么时候到，调查货到了以后什么时候开始包？袖套放在口袋里，准备随叫随到。

一个人的出身不是偶然的，而一个人的出生地选择往往是偶然的。妹妹的爸爸进入上海的时候，上海还没有解放，他拖儿带女马马虎虎就住进了报社为职员提供的没收敌产——四川北路的家。虹口以前是日租界，房子日化得很厉害，榻榻米铺地，房间和房间之间是矮墙，矮墙上面用大扇的玻璃窗隔开。房子底楼堆满了一筒筒印报纸的新闻纸，百废待兴。妹妹的爸爸很快就投入为解放上海而呐喊的工作，妈妈便和孩子们打开铺盖就地居住了下来，想不到，一住就住了一辈子。

妹妹小学读到七年级的时候，弄堂里搬进来几家非常与众不同的人家，住在被"扫地出门"的资本家房子里。妹妹她们老弄堂的小姑娘窝在一堆，文文静静做针线生活的时候，这些新来的邻居小孩破衣烂衫，舞着滚着马桶箍、浴盆箍之类的铁圆圈奔来奔去，黄脓鼻涕在鼻沟里拖得老长老长。女孩子一只手插在口袋里，另一只手不断地掏出细小的吃食朝嘴里丢，走近了，可以闻到炒焦了的香味，原来是像走二万五千里长征的老红军一样吃炒米。尝过味道的人说，不要讲，椒盐味道倒蛮香的。有时她们吃炒蚕豆、炒黄豆，吃光以后便炒赤豆吃，嘎嘣嘎嘣响。

妹妹家对面隔壁的一家夫妻好像都是拉塌车的，矮墩墩很有劲的样子。他们家的孩子长得像一个模子里倒出来的，全是肿眼泡塌鼻子。他们家吃夜饭不和弄堂里其他人家一样在房间里吃，也不在厨房间里吃，他们喜欢搬到宽敞的弄堂里，钢精锅和搪瓷碗竹筷老酒瓶等等全部摆在桌子上，一家子轰轰烈烈、大庭广众地吃。吃了一会，做爸爸的酒上了脸，喉咙响起来了，总是被逮到什么岔子，不是老婆就是儿子和他开始对吼，小的几个孩子乘机捧着碗离开那里，走街串巷奔跑，常常不是跌倒就是磕破，哇啦哇啦再哭回来，吃夜饭的热闹，要持续很久。

妹妹四川北路的家，"乱世"以后改为小孩当家，小孩当家有一个特点，可以偷懒就偷懒。一买一篮头，一烧几碗头，一日三顿饭烧一大锅，早晚吃泡饭。妹妹家开饭，先要热菜而不是炒菜。热的是上顿还没有吃完的小菜，或者烧的时候另外盛出来的一碗菜。妹妹草草做完事、吃完饭就伏在晒台上向下看人间喜剧，吃吃发笑。妹妹从来没有和这家人中的任何一个说过话，虽然妹妹过的也不是富贵的生活，但还是感到与他们好像是两个世界的人。

不久后发生了一件事。

和妹妹家平行隔两家有一户单亲家庭，叫姬的女主人一看上去就是个有来历的女人，她长得不是一般说的漂亮，而是美丽优雅，好像混血儿似的。一个女儿一个儿子也是那样，眼窝很深，眼帘泛着褐色的光泽盖在眼睛上，鼻尖瘦瘦的，鼻梁上有一个骨节微微突起，嘴唇像是画了唇线的，翘翘的非常性感的轮廓，像雅典女神。"文化大革命"开始，他们家也倒了霉，揭发出来姬有直接的海外关系，女人祸不单行，一急便中了风，瘫在床上。姬是一个追求完美的女人，一时想不通，乘着女儿、儿子不在，勉强爬上三楼窗台，跳楼自杀。

女人虽然已骨瘦如柴，但毕竟是从三楼下来的重物，非常不巧，斜弹在对面这家拉塌车人家的大门上再弹到门前、那家人天天吃饭的水门汀地上，"嘭、啪"两声又闷又重，血溅朱门，女人当场没了气。妹妹去看的时候，女人一身丝绸白衣裤伏在地上纹丝不动，就像武打小说里一具被抽了魂魄的美丽躯壳。

横弄堂外挤满了看热闹的人，有人断言大门上被溅了血，这家人要倒霉的。有人建议该要死人的家属赔偿损失！姬一个人躺在那里，不声不响，等待她的女儿和儿子回来收尸。妹妹心里抽紧了，以为这家穷人会乘机敲一笔钱。想不到，那男人和女人一声未吭，从家里拿出一条被单盖在尸体上面，待火葬场来车抬走女人，他们拿出扫帚、水桶，一家大小默默把自家的大门清洗了干净。

四川北路广东籍居民很多，群众影剧院上演粤剧便是广东人团聚的节日。开演之前，剧院门口喧闹不止，站在妹妹家的阳台上，可以看到广东女人占了绝大多数，她们用那双终日在厨房里弄吃弄喝的手在对方的肩上拍来拍去，笑逐颜开。

妹妹眼里，广东人都是矮矮的个子，亮亮的额头，眼睛里透出精明的、锐利的神色，他们的女人喜欢穿花裤子、花衣服，小孩子的嘴唇特别厚。那时候，初识妹妹的人必定问一个问题便是：你是广东人？妹妹赶快大摇其头。很可能问的人以为那是抬举妹妹的话，因为广东人有钱，这是一个常识。广东人在肉摊上能买得起最贵的里脊肉，回去浸在调料里烤来吃，他们家里有烤箱。如果不是自己烤，他们会在中饭或晚饭前一点点，到东宝兴路口的"广茂香"排队买滚滚烫新鲜出炉的烤鸭，或者是叉烧、烤肋排。

透过"广茂香"玻璃窗，妹妹看到一个个童话《卖火柴的小姑娘》里一样的烤鹅、烤鸭，脆皮上泛着油光，挺着骄傲的大肚子，它们的脖子被一根铁钩粗暴地吊起，像慷慨就义的绅士。广东师傅抄着锃亮的快刀，"削"地一下剖开鸭子的肚皮，倒出一些油汁，掏出一些葱姜香菇和香料，然后斩一半，或者再一半，"嚓嚓嚓"地切成块，摊开一张中药房包药一般大小的方纸，中间摊一小张油纸，把鸭子一一放上去，先放脑袋和头颈，再放背脊骨头之类，最上面是胸脯肉和腿肉，整整齐齐包起，从小玻璃窗口递出来给客人。吃烤鸭，卤水是不能不要的，递一个小碗进去装，小心翼翼走回家。

那个纸包的鸭子，拿出来装盆的时候也是很有讲究的，不懂的人，胡乱一倒，翻天了，骨头全部到了面上，一点卖相也没有了，怎样请客见人？妹妹是懂的，先放开纸包的三个角，将手按在唯一的小角上，"啪"地翻将过来托住，用一个盆子扣上鸭块的底部，再一翻，正面朝上了，反反得正，还是原来广东师傅摆的造型，一点不差。

广东人碰到一起必定说广东话，旁人一句也听不懂，排在他们的队伍里，看神色，知道他们在交流好吃的东西，只看见两张厚嘴唇上下翻动，油光可鉴，但是一点也分析不出那好吃东西的精妙之处，非常令妹妹泄气。

"广茂香"是专卖店，是品牌效应，它的对面另外一家熟菜店是有进货渠道的，买的熟菜都是大锅烧出来的味道，而有些熟菜是非大锅烧不香的，比如猪头肉，比如肚子，比如猪肺……猪肺生的时候是很可怕的，那么大，粉红色的，上面有很多乳白色的管子挺在那里，听说烧以前要吊在水龙头下面用水冲很久，才能把里面的血水冲干净。妹妹的妈妈不允许这种下等人吃的东西进门的，妹妹只好偷偷去熟菜店买来吃。猪肺是放了五香粉烧的，倒在小碗里，蘸点酱油，又香又糯，一吃之下妹妹竟然极喜欢，却从不敢说出来。

那里的人对待猪头肉的态度和妹妹是一样的，暗地里喜欢吃的人很多，但是表面上大家都贬，当笑话说。有一个流传很广的笑话：一个男青年是苏北人，非常喜欢吃熟的猪头肉，他谈了一个女朋友，邀请她去电影院看电影，买了一纸包猪头肉当零食。电影一开场，灯黑下来，他就推推女朋友说："吃呀吃呀！"女朋友客气不吃，他又推她："吃呀吃呀！"后来女朋友用两根纤细手指伸进去一捞，油腻腻的，放在嘴巴里韧叨叨的，啥东

342

西啦？啊呀！猪头肉！说到这里是非要用苏北口音加重语气的："猪头肉！"

妹妹不顺利，上山下乡了七年才调回上海，回城以后在西区做一份安静的工作。妹妹发现自己得了一个怪毛病，一到四川北路马路上，听到商店里溢出来的嘈杂声，人就会烦躁起来，脑袋疼痛欲裂。

妹妹每天上班要在四川北路上换两辆车，一路西行。妹妹在公共汽车上观察四川北路的女人，发现她们的衣着不可谓不新潮，她们的发式不可谓不流行，但是，在这样的新潮和流行当中，不知道为什么，就会有和西区不一样的味道。一样的连衣裙，一样的大衣，一样的羊毛衫，穿在身上也会有不一样的效果。四川北路的女人大衣胸前扣子是要扣紧的，穿毛衣外面是要套罩衫的，连衣裙裙摆是中庸的不长不短……而西区的女人，一切都是没有定规的。

妹妹喜欢在上海的西区看那里的姑娘，她们即使不化妆，扎一个马尾巴也会扎出独有的风情。有一天，妹

343

妹在淮海路看见一个姑娘走过，简单的白色衣裤，黑绸般的长发松松地夹在脑后，侧面看，流线型的发丝下露出白皙的脖颈和耳后一小块三角，气质高雅。妹妹羡慕极了，认定那里是自己后半生的栖息之地，她将在那里修炼成真正的上海女人，在那里养育她的后代，是儿子要做绅士，是女儿就要做千金小姐。

女人一生中，是还有一次改变命运的机会的。

妹妹26岁谈了第一个男朋友。男朋友生在跨越四川北路四个区以外的西区，也是上山下乡过的，但是看不出来，面皮白净，手不能提，肩不能挑的，喜欢普希金的诗歌。妹妹也喜欢普希金，其实那时她只看过一本普希金的书，是因为抄家时漏网了一本《叶甫盖尼·奥涅金》，一看欢喜，二看三看越来越欢喜了。

妹妹和男朋友谈什么都不如谈普希金协调。妹妹梳两条小辫子，辫梢电烫过的，穿件黑色的滑雪衫，滑雪衫是姐姐买零头尼龙布自己做的，毛腈的长裤，斜背挎包，照照镜子，苗条而精神。男朋友开始是喜欢有点乡气的妹妹的，因为达吉娅娜也是有青草气的姑娘，他笑

344

笑，说："神气来！"后来妹妹发现，一逛到离他家近的马路时，他躲躲闪闪，和她保持一点距离。妹妹问他做啥啦？他说没啥。有一次在四川路桥上，他突然鄙夷地指着妹妹的裤子说，你看你的裤子呀！妹妹没看出异样来，他说你怎么不懂的？我们弄堂里的小姑娘裤子都挺得来，不是这样的！

妹妹傻了，耿耿在心，原来你在嫌弃我土气。妹妹猜想他们弄堂里的小姑娘是穿全毛料子裤子的，华达呢或者凡立丁，裤脚沉甸甸，裤缝像刀锋一样挺，但是，这种难服侍的料子要到洗染店洗熨的，一点也不实惠。妹妹不能苟同。

妹妹的男朋友请她去喝咖啡，八十年代的上海，即使是西区淮海路，咖啡馆也寥寥无几。妹妹跟了去国泰电影院隔壁的二楼咖啡馆，妹妹想不到咖啡馆的气氛是这样的，有新客人进来，老客人的眼光是要扫视你一番的，妹妹一上来先就底气不足，她穿了一件灰色格子的夹克衫，是姐姐自己做的，原是裤子的面料，一块零头布，做裤子料子多了一点，放弃不合算，就做了衣服，灰沉沉、硬壳壳的隐格面料，尖领小下摆夹克衫，扣好全部钮扣中间鼓出来好像大肚子似的。

坐下来要了两杯咖啡，白瓷杯白盘子，上面搁了个小调羹，另外有方糖罐和牛奶杯。妹妹很紧张，因为这个咖啡馆没有人讲话，不像饭店、点心店，人声鼎沸的可以混。妹妹感到有人在注视她，她想尽量像一个淑女那样，于是拿起小调羹一口一口往嘴里舀咖啡汤。男朋友的脸"唰"地拉了下来，低头不说话，突然狠狠地把小调羹一扔，举杯喝了一口，妹妹才明白过来，咖啡是不可以用调羹舀来喝的，她心急慌忙改正，拿起一块方糖像掼炸弹一样掼进杯子，本来这个动作可以很潇洒，是为了遮掩困窘的，却不料桌上变得一片狼藉……再看周围的女人，个个手里都有一枝"摩尔"女烟在腾云驾雾，男人个个老克腊似的腔调，妹妹气也透不上来，差一点就昏倒在那个咖啡馆。

妹妹自信心大受打击，回到四川北路的家，一夜无眠。

同是上海人，不同地段出来的人究竟是不同的。妹妹在农场里感觉还是挺好的。妹妹的连队里有很多杨浦区、浦东过来的同龄人，扁担是一上肩就会挑的，锄头是一挥就会锄的，镰刀会磨，割稻、插秧不在话下……相比之下，妹妹太娇太嫩太小资了，小资到令战友白眼的地步。有一次休假回来，一个浦东女生喜滋滋地告诉妹妹，这次回家姐夫请她到"上海"去吃了"西饭"，妹妹一下子听不懂什么是西饭，以为到的是鸡粥店吃稀饭，女生说不不不，是外国人吃的饭，所以叫西饭，有浓汤有炸猪排有面包哎！听得妹妹差点喷饭。

　　妹妹和他们究竟是不同的。

　　妹妹小时候认了一个干妈，上海人叫"过房娘"，妹妹叫她"好姆妈"。好姆妈年轻时在美国人的电话公司工作，会说一口英语，和妹妹的爸爸妈妈是几十年的老朋友。好姆妈自己有三个儿子，却没有女儿，她非常喜欢乖巧的妹妹，向妈妈讨了妹妹做干女儿。好姆妈住在上海最好的地段康平路，花园洋房，蜡地钢窗。妹妹很小就会一个人乘 15 路电车到宛平路，下车走到康平路好姆妈的家去玩。

每次妹妹在宽阔的衡山路下车，沿着宛平路或者余庆路或者广元路或者高安路，任何一条竖马路，向前走，妹妹会在蝉鸣和小鸟的叽啾间歇，听见自己的脚步沙沙声。街道是那样的安静和清洁，夏天，梧桐树的伞盖遮住了酷暑，秋天，满地金黄的落叶缤纷。有时候，妹妹会在那里迷路，兜来兜去，心情却是从来没有过的愉悦。

好姆妈看到妹妹来了，会带她一起乘车到淮海路去买东西，虽然买东西与四川北路不好比了，太远，但是远地方买回来的东西显得珍贵，做起来就细巧，吃起来就当心。菜都讲得出名堂，都有来历，醉鸡是三阳盛的，熏鱼是马云斋的，白斩鸡是小绍兴的，千张包要吃湖州的，肉骨头要吃苏州的……文质彬彬的好伯伯还会拿一只旧的铁锅，到煤气灶上烟熏鲳鱼，用正宗的刨花木屑。好姆妈家，喝的酒、饮的茶、用的调料都有典故，饭席中，碰杯、吟诗、引经据典、高谈阔论，这样，生活品位就上去了。一样的吃，吃出文化，吃出文明来了。

好姆妈家附近有一所南洋模范中学，在这所中学受过教育的人，是会当做一生荣耀来谈的，如果大学读的不是复旦之类的名牌，他就会向前谈起，中学是读的南洋模范！好姆妈的儿子是读南洋模范的，不得了一样，妹妹到了他家，从来是不朝她看一眼的，眼睛生在额骨头上。好姆妈嘴里责备他对待妹妹不礼貌，眼神却不是一回事，妹妹这时候就感觉到了自己做的这个女儿名不正言不顺，走在康平路、宛平路上，感觉到自己是过路人。

现在，这样的感觉又来了。

妹妹后来和喜欢普希金的那个男朋友分手了。妹妹以她四川北路的思维深深感到，普希金是不能当饭吃的。一个人在一个地方长到成年，要改思维方式是太难太难了。妹妹曾经想改造他的，叫他下雨天不要穿皮鞋一定要穿套鞋；有一点钱不要老是请她吃馆子，吃碗小馄饨也是可以约会的；香烟不要抽得太多身体要抽坏的；一个青年一定要上进，靠父母是没有出息的……但是这样的恋爱太累了，妹妹大哭一场，放弃了。

有些女人，可以做老婆不可以做情人；有些女人可以做情人决不可以做老婆；而有些女人，却既可以做老婆又可以做情人的。四川北路妹妹那样的女人属于第一和第三种人，其中做成第三种人的，智商略为高一些。

男人也是同理。

四川北路职员家庭是中庸的，中庸就是保守，而当年女人在性的方面，保守却是一件值得赞美的品德。

妹妹弄堂里的人是不骂粗话脏话的，也不谈男女私情，到了晚上，窗帘都拉起来，规规矩矩过日子。妹妹从来不知道性事是怎么一回事。在农场里，男生讲黄色笑话，别人都笑了，妹妹常常反应不过来。有人向她"豁翎子"她不会接。妹妹寝室里有一个葫芦脸的女生常常晚上与男生外出活动，回来时裤子屁股上沾满了泥土，急忙就要喝水，吞几粒白药片，妹妹会从帐子里伸出头来，问她啥地方不舒服？妹妹没有想到，做那种男女之事可以到野地里去做的，做了以后还可以吃药来补救的。二十六岁谈朋友的时候，妹妹去夜公园，出来的时候男朋友说旁边的男人"撑阳伞"了，妹妹看了一下，明明他头顶没有阳伞，男朋友说下面撑了，妹妹仍然不懂。

妹妹四川北路上有个女朋友比她还要严重，结婚以后还是不能看三级片，一看就要呕吐，她老公思想解放，反复开导她、教育她，未果，只好抱了录像机到人家家里去和人家一起看，结果第三者把她的老公抢走了。

妹妹后来又谈了很多个男朋友，谈到最后，碰到一个出生在西区，用辩证法看问题的人。这个后来成为妹妹丈夫的男人喜欢的女人是道德上的保守而气质上的开放，也就是内紧外松。他是学过辩证法的，知道什么是主要矛盾什么是次要矛盾，只要主要矛盾解决了，次要矛盾是可以让它向着正确的方面转化的等等。所以当妹妹在他面前出现时，他就像捡了一只皮夹子，暗自想，反正要做我老婆，只要大方向正确，生活品位的问题，等结婚了以后再调教也不迟。

结婚以后，妹妹住进西区毗邻好姆妈家的地段，妹妹的丈夫立志改造妹妹，他年年讲月月讲天天讲，拔着妹妹的头发要朝上提升品位。丈夫指导她怎样把眼睛生到额骨头上，兴致勃勃帮妹妹买了一些优质的衣物，但是妹妹把它们作为固定资产轻易不穿，平时还是喜欢回到四川北路娘家买便宜的衣服随便穿穿。因为日子是平时的多，所以丈夫眼皮底下的妹妹还是四川北路的味道，时间一久，气一点一点泄了，遂放弃改造。

2009 年 9 月

上海电话间

如今走进妹妹老家四川北路弄堂口还可以看见一间违章搭建，对着妹妹家后门，"公用电话"那四个字还在，搭建屋却已经改由外来小裁缝占领了，电话也被改成私用，或者偶尔借给来缝个裤脚边的客户用一用。那个嘴巴抿紧，眉眼似观音娘娘的电话间阿姨不再端坐目送妹妹了，二十多年来，总共没和她讲过几句话，可妹妹为什么那么失落？

熟悉的人都知道，妹妹是患有接听电话恐惧症的，落下这病始于童年。

六十年代初，全弄堂只有一架电话，在弄口过街楼，安在扶梯口较高处，三楼一个说浓重湖南话的阿姨被里弄里指定为传呼电话的人，电话铃响了，她会从三楼跑到底楼接听，用脑力或者小纸片记下地址和人名，然后解下围裙，不紧不慢地去传呼。湖南阿姨白白净净的，她没有丈夫，看得出原先是好人家出身，她仰头呼叫人下来听电话，常常要叫很久，因为她的口音太特别。但是弄堂里也没人和她吵架，那时候，电话不计时，是论只算的，大伙儿也有的是时间，慢腾腾的，毕竟有传呼电话也是有点拽的事情，全弄堂都听见了，蛮好的。

妹妹家当然没安上电话，但是远在徐汇区的妹妹过房娘也就是妹妹叫她好姆妈的，她家有，好姆妈会说英语，是在市里电话局工作的。好姆妈夫妇是妹妹父母的老朋友，他们没有女儿，过年过节想妹妹的时候会打电话叫妹妹去玩。"孔家电话"！湖南阿姨叫，现在你们会问，家里人那么多，怎么能用统称呢？废话，当然是家长的电话！爸爸也许试过几次从三楼下去接听一个婆婆妈妈的电话，有点犯不着，便让妹妹去听。

第一次去听电话还没上小学吧，怎么叫我去听呢？小孩子对差使她的事情总是心怀不满。哭丧着脸，妹妹踮着脚尖举起那支黑色胶木壳的沉重电话听筒，细手腕都要折了。妹妹太紧张，耳朵里只听见从很远很远的远方传来很飘忽的声音，听不清楚，脑袋"轰"地炸了。妹妹一直怀疑自己耳朵里的耳屎没挖干净，怎么就会一点也没听清是谁在电话线那端说话，他说了些什么呢？湖南阿姨很尊重妹妹的隐私，她安静地呆在旁边等妹妹听完付三分钱传呼费，朝对方"啊啊"几次之后，妹妹还是听不清，心脏快要停止跳动了，只能"好的好的"，挂断。

反正，有电话来，就是好姆妈打的，其他人家都没电话。回家爸爸问，是不是好姆妈让你去玩？妹妹支支吾吾混将过去。有时他们去赴约，有时不去。不去也不必再回电，那时大家都奉行"有客自远方来，不亦乐乎"，走到人门口，进去吃碗便饭，皆大欢喜，哪需要电话预报。

到好姆妈家，看见那座神秘电话机装在落地花布窗帘背后的床头墙壁上，轻易不发声。好姆妈夫妇好酒，红、白、黄酒都很富裕，爸爸也是见酒眼开的人，常喝着喝着被好伯伯将军，一来一去斗嘴，喝到很晕以后，好姆妈不像其他没文化的女人般扫兴，总是大声鼓励道，不用担心，等等打电话到出租车公司，让他们派车来送你回去。

那个高级的地方真的有出租车公司，在公园附近，一个大院子，静静地泊着很多出租汽车，晚上去，看不到一个司机。六十年代初叫车那件事很奢侈，有电话铃响，上中班在偷懒睡觉的司机是要被惊到，赶紧一骨碌披衣服爬起来。

四川北路弄堂口湖南阿姨管的那架电话还不算真正的公用电话，估计是那幢房子里哪家资本家的私人电话，被里弄干部动员出来为人民服务的。真正的公用电话，妹妹家这一带是安装在弄堂隔壁再隔壁的永丰坊里的，走走最起码需要五分钟。一只电话来了，那里的阿姨会紧赶慢赶过来叫："6号里各杨家三妹啊，侬电话呀！"
蓬头痴子样的三妹在三楼前厢房，她先把头伸出来看看，
确定是叫她，没好气地问"啥人打来各啊？""一个男
各！""啊？姓啥？"三妹听到打电话的人姓王，有点生
气："不接，挂忒好了！"因为三妹是大客户，电话间阿
姨格外耐心，仰着的脑袋别来再听听清爽。"啥？小姑
娘，各么三分洋钿传呼费侬掼下来！……还有，伊再打
来哪能办？"

　　横弄堂里，很多人头都从自家窗口伸出来了，面孔
上皮不笑肉笑，三妹长得漂亮，正当年纪，大家都蛮关
心她的。

　　去远隔两条弄堂的永丰坊打电话，冬天要做好孵一
歇太阳的准备，夏天要带把蒲扇，因为耗费时间不会短。
一只电话挂出去，对方也是要隔三四条弄堂去叫，电流
嗡嗡地在听筒里走，一直拿着听筒也不是办法，手酸脖
子痛，再讲电话间阿姨不听你解释，你说近来西，马上
就来听了，不要挂断，阿姨讲，公用电话公用电话，这
四个字你理解吗？就是公用滴电话！嚓，抢过来，挂断。

那么，你就只好呆角落头去等了。

现在每次经过家附近兼保姆介绍所的公用电话间，看见那里聚集着很多求职外来妹，妹妹就会想起当年等传呼电话回电时那既百无聊赖又百般不自在的情景。二十五岁那年，一个比妹妹小好几岁的男生跟到家里来，坐着不走，妹妹哥哥走来走去，眼光像毒蛇的舌头。其实家里不允许妹妹"早恋"，而妹妹也根本没把这小男生当恋人，他弄来小说书让妹妹看，妹妹只想他放下之后快快离开。于是妹妹说，我们去打电话吧。走到永丰坊，打了个电话出去，回电慢得让人心焦。而那个小男生却很开心回电不来，一直很享受地看住妹妹的脸，说些愚蠢的话巴结妹妹。年轻人势利眼仿佛是天然的，小男生后来和妹妹没联系了，但是那个等电话的场景常常会在妹妹自己受到委屈的日子里浮上心头，将心比心，那一天，他该多难受啊。

永丰坊是附近几条弄堂居民打电话的据点，电话间阿姨都是有组织关系的，直属居委会，消息十分灵通，在那里等十几二十分钟总能听到新鲜段子。当时时髦的人，女的叫拉山，男的叫木壳子，他们交际多，在小房间里哇啦哇啦对话，总是会留下点线索，泄露点机密。小木壳和小拉山甩了棉门帘刚走，几个阿姨就喊喊促促议论起来，把前几天的来电信息也串起来，俨然一个情色故事，让不见世面的小姑娘听得脸红心跳。

"文革"刚刚开始大抄家的时候，妹妹家是属于永丰坊电话间传呼电话的。有一天，爸爸不识相去原单位贴大字报，控诉上次抄家的时候把毛主席亲笔信和毛主席金像章当作四旧抄去了，要求归还，大字报名曰"愤怒的控诉"。贴完第二天他被喊去出版社带路，再次由愤怒的造反派上门清查。爸爸坐电车出去，坐大卡车被押回来，一路上他情知不妙。爸爸敲门很重，是妹妹去开的门，一开，正面就接到爸爸大手塞过来的一个信封，里面硬硬的仿佛是卡片，爸爸用目光急切示意妹妹赶紧藏好。

爸爸的后面尾随着很多造反派小青年，他们没经过纳粹训练却相当熟练地迅速分头到各个房间搜索，笑嘻嘻地从各个房间中拿出最值钱的物品，互相大声问，这个要么，那个要么？妹妹一个小人儿身体一直在抖，妹妹知道爸爸塞给她的一定是不想让人抄去的东西，这个反动的东西硌在妹妹裤子口袋里，让她惶惶不安。时间一分一秒过去，造反派问爸爸，还有什么四旧藏着，爸爸说没了，再有就戴高帽子去游街了。一个年轻女人刺耳地"咯咯咯"笑了，拿起手边的痰盂罐说，高帽子我们没有带来，你就戴这个去吧。还有一个年轻男人把妹妹叫到亭子间，让揭发爸爸，妹妹害怕得说不出话，担心会抄身，那模样居然没引起警惕，妹妹逃过一关。

随这些人一起开来的卡车是五吨头的，装满了家里的三人沙发、丝棉被和毛料大衣，爸爸几乎所有的书籍和收藏，沿着四川北路往绍兴路凯旋而去。

房间变得空空荡荡的了，爸爸脸色灰白，招呼妹妹过去，让妹妹把裤子袋袋里的东西还给他，然后在小纸片上写下电话号码，关照妹妹去传呼电话间给正在上班的妈妈打，让妈妈今天早点下班回来。

妹妹没有哭，脑子渐渐清醒过来，出门朝永丰坊只走了几步就退回来，妹妹感到自己身上好像被写了字，每个人都能看出她是黑帮子女，妹妹家刚刚被大抄，活该倒霉，还缺踩上一只脚。那个知道家里底细的电话间不能去，妹妹转身往四川路北面走，隔开几条弄堂口，也有一架公用电话。

妹妹拨打电话给妈妈办公室，那里的人说妈妈不在，好像已经下班了，妹妹带哭的声音引起对方注意，妈妈的同事问，怎么了，有什么事情吗？妹妹咬紧牙关没有说。挂断电话转身，已经有几个尾随妹妹过来的野蛮小鬼幸灾乐祸地看着她。一个男孩想上来撕扯妹妹，被电话间阿姨大喝一声。妹妹逃回家中，爸爸给她看刚才保存下来的东西，是一张活期存折，上面有四百元"巨款"，爸爸夸了妹妹一句。

新上海延续旧上海电讯网络的日子那么长，国家投入那么少，发展得那么慢，想想真是不合理，就像人十年前就买下上海联通的股票，应该涨就是不涨，应该分红就是不分红一样。1980年左右，娘家弄堂口有公用电话了，就在妹妹家后门口搭建的违章建筑中，电话间阿姨换了好几轮，最长时间盘踞的就是观音娘娘脸庞那位。

四川北路弄堂口还有一家托儿所，之前妹妹很烦他们的声音，"太阳公公出来了"、"小青蛙"蹦蹦跳那样的歌放放也就算了，最恐怖的是送小朋友来上学，几乎每天会有惨绝人寰的哭声尖利地刺入天空，直至大家纷纷推窗"啧啧"赞叹，那没用的家长才悻悻然牵着小孩打道回府。等到公用电话亭安好后，托儿所噪声退其次了，电话间整日喧哗，从早晨七点开始，没电话叫的阿姨就和来来往往出去买菜的阿婆寒暄，交换蔬菜肉类价格，抱怨小青年，歌颂人民政府……到有人打电话了，男声女声二重唱，此起彼伏，电话线路不够好的时候，更是像吵相骂一样，每个人都是点着的炮仗。

打一只电话虽然只要四分钱，不花费岂不更好？上班的人都喜欢利用单位电话通讯，"妈妈，礼拜天我不来了，毛头发寒热了"，"阿爸，香烟我帮侬买好了，下礼拜带给侬"……谈恋爱，敲定一下约会时间还行，表衷情就有点困难，办公室同事虎视眈眈。大办公室里几个姑娘有电话就是有花头，没电话人家是要同情的，约会暗语么"老辰光老地方"，稍微再多泄露一点信息，整间办公室就会更活跃，夹眼睛吹口哨为她高兴。

私人装电话仍是困难，1986年妹妹二哥去了日本，变得财大气粗，命令家人通路道，可家人找不到门道，只能利用公用电话传呼，国际长途来了以后，电话间阿姨的叫声特别急促，一分一秒都是日币啊，妈妈跑下跑上气喘吁吁，接听了几次后，吩咐哥哥少打，一为节约二是实在不方便。

1988年上海甲肝流行，三十余万人感染，死亡四十七人。妹妹和老公因吃了那批被污染的毛蚶，均未能幸免。

是妹妹先得病倒下的，孩子留在婆家，妹妹被隔离在娘家亭子间。家里没有电话，妹妹干巴巴地躺在床上望着天花板，没有人说话，没有书看，感到很委屈。一天，突然听到楼下电话间阿姨叫妹妹的名字，妈妈赶紧跑下去代听，回来惊慌地告诉妹妹，你老公也得了甲肝，被隔离到浦东自己的家了!

妹妹不悲反喜,翻身坐起,决定回浦东去"合并同类项"。那时的出租车司机和电话间、商店里的人一样,戒备心很高,看见有人脸色稍黄,便要起疑心,不敢为他服务,连他的钞票都不敢要。大街上,到处弥漫着酒精和消毒水的味道。

妹妹没力气去坐公车,把自己包装了一下,表面很镇静地跳上一辆出租车。大气不敢出地回到浦东。出来开门的他,整张脸黄得像一张蜡光纸,眼白也是黄的。他说,发烧好几天,没人送茶端水,无法传递信息,死在屋里恐怕也没人知道。憋了几天,才戴了帽子和口罩去新村口打电话。

上钢八村电话间更简陋,是个竹棚棚,安在新村口右面。里面有两台往外打的和一台只能接听的电话机。两个阿姨车轮大战,一个守棚,一个叫电话。电话间虽然简陋,人还是扑扑满,对面上钢三厂闲着没事干的青工遛弯遛到这里,见有脸蛋红扑扑的小姑娘,总归要调戏几句,被耸几下棉花拳头,浑身舒服。

甲肝大爆发那段日子，上海各公用电话间史无前例地讲究，每个电话机给人用过，听筒和拨盘都要消毒，上钢八村也不例外，且那两位阿姨也许是钢铁厂退下来的，革命警惕性更加高。妹妹老公满脸黄疸，怕被拒绝摸电话机，便压低脑袋讲话，讲完挂断电话，刚要松口气，突然被旁边一个女人瞥见他蜡黄眼珠子，那女人怪叫起来，好像见到了鬼，吓得老公飞也似地逃回家。

记不清是1988年底还是1989年初，妹妹家终于千托万托辗转通到路道，去电话局拿到一个都是4的号码，也不管它吉利不吉利了，装好再讲。在日的二哥、三哥和妹妹大病初愈混出国门的老公总算得以和上海通话。过年过节要抓紧时间打工挣钱，不能回家探亲，打个电话就算给长辈尽孝。年三十夜电话线热得发烫，他们三个候在电话机旁边不断拨号，鞭炮声中，轮流和妈妈讲话，安慰留守老婆，让孩子叫一声爸爸，电话线两端的人都是泪花儿闪闪，这只电话机就像救人于难、大慈大悲的菩萨。

掰手指数数，妹妹和电话的故事还真是多。

说上海浦西私人电话发展慢，是因为老马路小巷子电话线路负重太大，没有号；那么浦东就是因为城市化滞后，房地产开发时根本没想到铺设电话线，叫做没有线！在那里要装台私人电话比登天还难。

最令妹妹绝倒的是，1989 年托工作单位的福，浦东房子有幸换到市区最最上只角衡山路，居住到洋房里面后，家里装电话还是那么难！因为上只角太清静，人口稀少，是公用电话间的盲点区。

搬场公司一走，妹妹就去寻找，问来问去，妹妹家后门过去几个门牌有户人家有电话，装在屋子墙壁上，算是可以公用的。但是它就像早年老家弄堂口湖南阿姨管的电话一样，不属于正宗的公用电话间，传呼电话带带过。他们家女人的主业是手工拆线，这户苏北人家显然非原住民，老太白天在后门口摆拆线摊，膝盖上安放一只淘箩或者一只匾，里面是纱厂里多余的零头纱线块，老太用一片齿轮型薄钢片做工具，将纱块拆散，成为柔软卷曲的线。

这种曲线就叫回丝，厂里面，工人用它擦拭机器，吃午饭前，手掌里倒一点汽油，用干净回丝一擦，非常去油腻，而如果藏一团回来家里擦玻璃窗也是很称手的材料。在上海城里，能从居委会得到这种工作机会，赚点小钱补贴家用是有先决条件的，那就是家庭收入按人口平均生活费水平，那条底线实在是低，一般人不要想得到。可想而知，这家苏北人家人口有多少。家里人多，后门那条通道变成他们家的延伸，拣菜、洗衣、吃饭都在那里举行，表兄弟堂兄妹打来闹去，大人说话基本靠吼。

　　首拜访电话间，妹妹介绍说，因为在日本的丈夫白天没时间打电话，休息天和晚上有可能要麻烦他们叫电话。老太点头应允。在上海赚不到钱，只有省。一听到后门有人叫，×××，日本电话！扔了东西就百米冲刺去听。因为是外国电话，老太和她的女儿会强力阻止小孩子吵闹，房间里突然安静下来，那么多大眼小眼都瞪着妹妹，听妹妹说每句话，让人十分汗，但妹妹仍为他们传呼电话感激不尽，离开时千谢万谢。

1990 年妹妹要去日本了，女儿留在衡山路由奶奶照顾，妹妹拿了点日本带回来的小礼物上门搞关系，以后，要保持和国内血亲的联络，惟有靠他家那根电话线了。

在东京住下，第一次和五岁的女儿通上电话，妹妹叫一声"妞妞"，妞妞叫一声"妈妈"，妹妹再叫一声"妞妞——"，妞妞回一声"妈妈呀——"，"妞妞我想侬呀""妈妈——我想妈妈呀——"然后两个人都失声痛哭，一句话也说不出来，直到妞妞她爸抢下妹妹手中电话。

之后，他们约定，每月第一个周日下午2点打电话回家。到那天，阿娘和妞妞必定早早地吃完午饭，不睡午觉，准备好一肚子话，等在后弄堂人家家门口。妹妹掐着日子过，那天下午有天大的事都放弃。到时候，妞妞按照阿娘的指示，在电话里汇报幼儿园的学习，换牙的情况，买来的新衣，然后门牙漏风似地问："妈妈，侬讲隔一枪（上海话，隔一阵子的意思）就回来，我哪能开了一枪又一枪，侬还不回来？"她已经不哭了，讲了几句就想离开去玩，而阿娘接过电话，也是随时想挂断，好像电话机是吃钱的老虎机，一定要妹妹和老公大声吼，是用卡打的国际电话，很便宜的，你不要瞎起劲挂掉！中国人过去日子过得苦，老人均患有电话费恐惧症，这个毛病不知什么时候可以痊愈。

1993年妹妹又搬家了，这次的公寓楼里面，老住户几乎每家都有电话，楼底下的电话线匣子满员操作，中了邪似的，独独妹妹家那根挤不进。那时还没有手机，常常要去邻居家借打电话，麻烦人家让妹妹很不好意思。万般无奈，再托人，费尽力气，花了四千元钱装上一架"载波电话"。所谓载波，说是不占线，顾名思义，载着别人的电波吧，那电话比别人家多个铁匣子，声音不甚清楚，有时会串线，但毕竟家里有了电话，且那一串数字以88结尾，相当吉利，私家电话大功告成。

再隔了好几年，电话局上门拆除了妹妹家的铁匣子，电话进入正规军，号码没变，可是不还那大铁匣子钱了，妹妹当场理论了几句，那工人把铁匣子一扔，曰，就一破烂，送给你好了！再隔一段时间，上海电信局大面积放号，不用初装费可以装第二架电话，妹妹是久饿成慌，想起一句俗语"有吃不吃猪头三"，赶忙去申请了一个号，接上叫 ISDN 的小匣子，专管电脑上网。

呆在家里，坐拥电话两部，实现了咱穷人"等我有了钱，吃油条，喝豆浆，油条一买买两根，豆浆一买买两碗，想搁红糖搁红糖，想搁白糖搁白糖……"那样美美的梦想。

2009 年 3 月

老家的阳台

　　我娘家的阳台面临四川北路大街，是一对，铁质方框向外挑出，黑色笼状。虽然我早已经离开那里，但每次听虹口区的市政改造计划，总有吸着一口气的担心。父母已经都不在了，一年中只有几次回老家，每次跳下21路公共汽车，总要辨认老家周围的旧迹，斜穿马路过去前，有点害怕地抬头望向阳台，只要看见它端正、素朴好好儿的还在那里，心一下子安定了。

　　认定阳台是浪漫的，源出于莎士比亚戏剧《罗密欧与朱丽叶》吧？少女时，夏天洗完澡乘凉，我常常搬一把竹椅和一只小凳到阳台，斜靠下来，保持姿势的优雅，心里却不可告人地企图楼下爬上来罗密欧。四川北路是条比较热闹的街，眼睛扫来扫去、扛着肩膀吹着口哨遛达的"小流氓"很多，爸爸管我非常紧，只要离开他的视线就要唤我。对马路阳台里有两个同龄男孩，也是被严加管束的孩子，况且之间距离太远，眉来眼去也看不真切。有一阵，哥哥学校里教旗语，就是一手拿面三角小红旗，和另一手配合比划，不用说话能让对方读出指令。我批发了几个招式，勇敢地站在阳台上向马路对方发出暗号，可惜没有反馈，只有玩具机关枪乌黑的枪口。

回想起来，阳台上的童年竟是五彩斑斓。我上小学的时候，每年国庆都要大游行，四川北路是必经之路，而我家对面的群众剧场属于标志性建筑，游行队伍走到这里，必定停下来表演节目。在小伙伴中我很有高人一等的感觉，因为看游行我从来不需要到街上人挤人。

"十一"的天气往往晴朗而气爽，稍稍带着一点刺激人的寒意。我是家里最小的孩子，负责帮哥哥姐姐打探游行队伍过来了没有。时间一到，便像头小猫似的，窜

　　我家两只向四川北路挑出的小阳台，一年四季可谓阅尽自然与人世的变迁。冬天晒被子，夏天乘风凉，做懂经鞋糊的硬衬摊在那里晾晒，纳鞋底，滚边，上鞋子，坐在有风景的地方做针线活谁说不是一种浪漫。

进窜出激动得来一塌糊涂。游行队伍一般是虎头蛇尾的，开路有彩车和锣鼓。粗胳膊的工人阶级站在高台上，八人一组围着大鼓汗流浃背敲到震天动地，隔一会还"锵锵锵"几下劈天介响。彩车后面跟着的是舞蹈队，来到群众剧场前，锣鼓突然停下，喇叭里放音乐了，红衣绿裤的舞蹈队员立停成方块，载歌载舞歌颂祖国。

有时停下的是体操队，穿白色运动衫裤，翻腾空翻，人叠人，或者舞剑和打拳。狮子舞也会有，场地一拉开，原本直线行走一高一低耸动的狮子就兜起圈子来，划拉几下，直到前面的队伍走远了，狮子们急起来，跑着追上去。

大游行好看，我们几个小的孩子看到满脸通红，脚劲渐渐支撑不住，蹲下去，被撑着铁栏杆的哥哥姐姐压在肚子下。爸爸妈妈对游行不是很起劲，听见我尖利的叫声，会到阳台上张望一眼，哥哥姐姐总有一肚子意见，老是嫌人家节目土，好像他们都是未来的张艺谋。

有一年国庆节我没有在阳台上做观众，我被学校选拔去参加游行。白衬衫蓝裤子白跑鞋是妈妈给我临时拼凑的，期间急得我什么似的。我是表演体操，天天认真排练，就渴望游行到家门口时站停，操一下让哥哥姐姐看。可是那天我们学校体操队被安排在游行队伍最后面，来到我家阳台底下时，同学们呼啦啦往前奔，根本没有停下来表演的意思，而我抬头一看，家里两只阳台都空荡荡的，一个人影也没有。

在阳台看焰火也是国庆节的节目之一，往北看是虹口公园的焰火，往南看是人民广场的，但是都看不全，半拉子而已，因为我们家才三楼，要看全了，得转战晒台，最好爬上屋顶。我对国庆节记忆那么深刻是因为我的生日就是前一天，每年国庆前夜的焰火仿佛是为我庆生，黑夜中礼花璀璨让我泪水盈眶。

"文革"开始后，阳台上看到的游行有增无减，庆祝游行之外加上示威游行，表演不表演的人都得喊口号。最新指示发表要广告天下，万吨水压机造出来了要欢呼，美帝国主义侵略柬埔寨和哪里哪里了，我们要上街示威，打倒反动派。常常是我们还在上课，突然就命令整队集合上街游行。那时通讯麻烦，班级里组织了联络网，每人有上家和下家，接到上家的通知转下家，务必保证网络畅通。有时半夜也会接到任务，睡眼惺忪地走到外滩市革会，绕一圈天也大亮了。我一直混的是群众角色，从没试过领呼口号，看人家脖子上青筋爆出，声音渐渐嘶哑，心里暗喊"结棍"。

发传单也是街头活动之一。小学生的我对传单内容不甚了了，却对那形式十分喜欢，觉得站在高处发传单的人，都帅得像"五四"青年。每有传单我都要抢，要保存。有一次还特地徒步到人民广场去抢传单，这样日积月累存到一厚叠了，我把它们折平整，决定再次散发。

我们家出身不好，我不敢当众做五四青年，家里没人管的时候，我躲在落地窗帘后，侦察地面情况一番后，突然现身阳台，奋勇向下投掷那叠五花八门的传单。然后躲回屋里，掀开窗帘一角偷看行人反应。撒下的传单总有人跳起接走，然而，打开阅读后有人皱眉，一扔地下，有人放到口袋中，却少有人抬头寻找散花"天女"。紧张之后是沮丧，不久我厌倦了这个游戏。

十七岁我下乡去了，七年后回城。老家阳台一点没变，酷夏时我会把晚饭搬到那里，坐在小板凳上边看风景边吃，在小小的挑出式阳台上，我不会再那么幼稚地扮演浮浪的阳台女郎了。阳台的功能变得很实惠，菊花和牵牛花常常在阳台上开放，冬天里和男朋友约会，因为他下班不准时，怕我长时间等在街上受冻，关照我只需呆在家里，透过阳台窗向下看，他乘车过来后，会站在我视野到达的地方。家人都不知道那个暗号，只见我晚饭后常常在窗前晃，心神不宁地看风景，突然一下，就说要出去了。再后来我的宝宝就出生了，回娘家有太阳的日子，我会在阳台上晒她的小屁股。

老家房子是解放前造的，这对阳台可算阅尽人世沧桑，黑色铸铁栏杆不知被刷过几十道新油漆。我家的家庭照相本上保留了一些旧照片，三代人都有阳台照，我爸爸那张很威严，姐姐的很青春，我的乡气十足，几个侄女外甥的，像小动物被关在笼子里，可爱极了。

2010 年 4 月

回四川北路老家看看（陆杰 摄）

奢华低调永福路

　　永福路夹在大名鼎鼎的淮海中路和复兴西路中间，它是那样短而窄的一条马路，这个路名在大多数人耳边刮过的时候，风力微乎其微，很多出租车司机都很茫然，而在另一部分人耳边刮过的时候，就不一样了。那小一部分人，用上海切口说，是"懂经"的。因为他们了解，永福路除了历史悠久、人文环境优雅以外还有两幢美丽的西式小洋房，那就是如雷贯耳的英国和德国领事馆。

　　多少年前在国门紧闭的时候，永福路是那样的寂静，不通公共汽车，也难得有其他车辆经过，住户很少。尤其是湖南路到复兴西路那一段，有全副武装的部队战士日夜站岗巡逻。那些士兵一律的年轻英俊，身材挺拔，遥遥相对，站在英、德领事馆门口，就像欧洲美男子阿波罗雕塑似的，秀美而高贵。

后来国门打开了，很多年轻的和已经不年轻的人要实现自己的理想，他们拼命学英语，学德语，然后来到永福路244号英领馆和181号德领馆门口排队，等待一周一次与签证官面谈。排队的时候，队伍里压抑着一股紧张和兴奋的感情，但没有多少人会互相交谈，他们心里都有一些底，不愿意透露给竞争对手。他们的表情矜持，有一些高傲在里头。当手机还叫"大哥大"的时候，他们常常掏出来看一看，显摆一下，外松内紧。而手机变到玲珑精致以后，他们反倒偷偷地掏出来，走到街角压低声音说话了，外紧内松。

永福路的原名是古神父路，路上的法国梧桐树都很有些年头，一到冬天，树干上会卷起一小块一小块的树皮，露出它坚硬古老的内在。春天到了，老树皮便又返出青绿色，上面有一个个圈圈，像哪个动物的眼睛，又像是一树干一树干的迷彩装。夏天，梧桐树冠张开它巨大的伞盖，遮蔽烈日。骑车的人，经过永福路会有一阵阴凉拂面而来，好感油然而生，就像遇见素净的二八佳人。而秋天常常是一夜之间来到的，夜闻风雨声，醒来推窗看，梧桐树干飘摇，黄叶已是一地铺满，金灿灿里带着些许的忧郁。

说起来德国人还是古板，领事们搬去另外的地方办公了，馆还保留着，是一幢建于上世纪四十年代的西班牙式花园住宅，现已被列为国家优秀历史建筑。英国人就比他们决绝多了，拜拜以后就没有了影子。英国领事馆原址占地三亩，建于上世纪三十年代，英国人搬走的时候花园已经破败不堪。据说一个叫汪兴政的上海第一代服装设计师走过路过被它吸走魂灵，买下来，经过三年隆重装修，改变成叫"雍福会"的高级会所。"中西合璧、冲突而和谐"是汪先生在这件大艺术品设计上的刻意追求。雍福会的主楼是典型的复古西洋建筑，但是漫步其中很多人都会以为置身一个古老传统的中国大家族的宅院。其中的装饰亦中亦西，混杂斑驳，民间摆设都是从江浙两广独具慧眼淘来的，时不时的还有佛教元素忽现。在2004年雍福会一举被评为全球最佳会所第二名。亚洲华尔街日报对它的评价是"给你了解二三十年代上海豪门的奢华生活"。

雍福会内有吃有喝有玩乐，可以说是上海最高级的夜生活消遣场所之一。价格处于顶端级，采取会员制，门口警备森严。一到晚上，点点蜡烛燃起，月亮似的灯在树上点亮，一道明黄一道橙红的布幔开路，高级轿车便烟似的驶来。名媛绅士如各国使领馆的大使、领事，在商界活跃的企业家、金融家、艺术家、设计师以及和这些圈子若即若离的影视明星们款款而来，而窈窕美女配大腹便便的老板也屡见不鲜。有一个妙龄少女住在贴邻，她的同学无不羡慕，献计让她每晚去轿车面前假装跌跤，好像改变命运是分分秒秒的事情。还有好笑的是，现在上海时尚界出了句流行问候语：昨天阿拉在雍福会，侬呢？

永福路123号是上海教育出版社。进进出出的知识分子均穿着整齐、严谨，戴一副眼镜，中规中矩，这些编辑是需要牢靠一点的，因为他们负责编写小孩子的教材，下一代成才都靠他们的良心。出版社门口有个书店，每年有两次最繁荣的时候，就是中小学学期前。他们供应一种叫"教参"的东西，原本是给教师看的，而家长却要想方设法弄回家给小孩子看，早早地掌握老师教学的走向，领先一步。有一次队伍如长蛇般，有一个住在隔壁的记者新闻敏感性发作，赶快回家拿出相机去拍。结果被一群家长痛打，眼镜都掉在地上踩碎了。

永福路复兴西路转角是一幢颇为雄伟、敦实的六层公寓，叫良友公寓。良友公寓有三个出入口，两个门牌是复兴西路，一个是永福路。良友公寓实在住过一些名人，比如著名外国文学翻译家、电影厂厂长、驾机投奔祖国的飞行元老、纺织界科学院士……有子女在国外发展的更是不在少数。良友公寓虽然上了点年纪，但是骨架端的是健朗，物业公司每年都要为它搭脚手架刷新一次，兴致之至在面西的地方绘上一幅巨大的青藤绿叶图。

良友公寓的对面有一幢四层楼豪宅，属于解放前上海滩报业大王史量才的私宅。宽阔的前厅，明亮的中厅，玻璃屋顶天棚。外立面灰色，端庄敦厚，屋檐、窗栏欧风设计。主人旅居国外难得回家，每当宴请宾客，整幢宅院霓虹闪烁，人影憧憧。主宾穿着中式服装，有胡琴声、喝彩声传出来。年卅晚上和年初五，那个院子是永福路上鞭炮放得最酣畅的。

过了复兴西路的永福路52号还有一幢著名建筑，是建于1932年的西班牙式建筑，高两层，有地下室。墙面为弧线形水泥拉毛粉刷，较平缓的屋顶铺设西班牙筒瓦。南立面有半圆拱券敞廊，敞廊上二层露台设有棚架，整体舒展而开敞，地中海建筑风味浓郁。上海电影厂文学部曾经设在那里，是很多文学青年的圣地。这块宝地几经易手，现在属于上海电影集团。如今，拱形门廊、铁花门楣、壁龛都修复过了，室内室外幽雅协调，原汁原味。里面有一个小小的永福电影放映厅，时不时地会放一两场过路的内部电影。有时候花园里热闹非凡，在开着模拟的派对，原来是近水楼台拍电影。所以你如果细心，可以在一些老上海的电影里抓到这幢房子的画面。

永福路的街坊平和安详，常常会有一掠而过的老人让你觉得面熟，他们的脸上往往浮着些见过世面的宽容，晚饭过后，有年纪很老的夫妇挽着手臂出来散步，喁喁私语，好像美国电影《金色池塘》里的亨利·方达和凯瑟琳·赫本。也有贵妇或者保姆牵了爱犬出来遛达，永福路上的狗也显得十分文雅，或婀娜或懒散，款款而行，轻易不会朝行人乱吠。八点半钟的时候，暮色落下，居委会的摇铃声准时而至，煤气呀，门窗呀，大家要当心呀，一声声温软的劝告隔窗穿入，细丝般抚慰你的心灵。

一条永福路，典雅、美丽、奢华尽在不言中。

2005 年 4 月

杭州记忆

我常常在春秋适合旅游的季节想念杭州。

杭州临近上海，"上有天堂，下有苏杭"这句俗语大多数上海人从小就会背诵，且心里认定它们是我们的后花园。每有亲戚朋友远道来沪，我总是对本地寻不到什么好看、好玩的地方羞愧，仿佛自己家里太局促，就会领人看小区面貌，路过人家豪宅不忘指着夸上一两句。我总会试着推荐亲友，去苏州杭州走一走吧，好像惟有这样才不辜负路费，才能让我们江南给他们留下点美好回忆。

1979年4月我被从奉贤农场抽调回来，以父亲落实政策的名义顶替进上海文艺出版社当校对。离正式上班还有十来天，正逢我二姐从新疆回来探亲，妈妈退休后去北京茅盾姑父那里住了一阵后也回到上海，春暖花开了，闲着也是闲着，我们三个人决定去向往已久的杭州旅游。

　　那时候大家手里都没钱，去外地旅游，总想着哪里有亲戚跑哪里去，否则会产生无依无靠的感觉。杭州有一位妈妈年轻时的同学，据说过得并不怎样，估计不会有多余的房间给我们借住几天。杭州还有一位姑父的表弟，平素联络稀疏，更不可能开口。现在的人不能想象，当时花旅馆费仿佛花巨款，不是公家报销自己掏钱的话简直太浪费。虽然那样，我们还是感觉去杭州可靠。

　　也没和谁预先挂上钩，我和二姐跟着妈妈坐火车到达杭州。记得天还没亮，落地一点没方向，两眼一抹黑，被上来兜售住宿的人领着往前走。到达一个小学，左拐右绕进门一看是统间，其实就是教室，很多桌子并在一起，上面放了垫被，很多人横着在睡觉。我们放轻脚步，插队进铺，晕乎乎接着火车上带下来的睡意躺下。可是才没多久，房间里就闹开了，天亮了，服务员喊大家起床，几位大嫂手脚麻利地把垫被、盖被一骨碌全卷走，关照呆呆的我们晚上再来吧，白天小朋友要来上学了。我们没办法，只好提着行李去游览西湖。

西湖的景色真美，我活到二十五岁，除了在上海郊区农场劳动七年，从没去过外地，别说是旅游了，面对仙境，脚底轻飘飘，恍恍惚惚。西湖岸边一棵桃树一棵柳，嫣红翠绿一一闪过，处处国画油画水彩画。

第二天，联系上姑父的表弟，他说带我们去爬孤山。这位老先生是教师出身，已七十高龄，拄着一根拐杖，但是精神极其抖擞。由他领头，边爬山边讲述孤山的传说，文人墨客留下的踪迹。

天还没放亮，蒙蒙胧胧中山上已有很多养鸟的大爷，树上挂了很多鸟笼子，黑布一揭开，叽叽喳喳满山闹腾。我和二姐都是没有雅兴的人，对古代传说没有兴趣，山高石梯陡，只感觉在受罪。我妈紧跟着老先生的脚步，还要礼节性搭腔。爬呀爬，绕完整座山，待老先生放过我们时，又饿又累，背上爬满冷、热两汗。

老先生策划的第二个活动是请吃早饭。于是再随他一路走，跑到奎元馆吃杭州有名的"片儿川"。"片儿川"名字多好听，传说中的美味，一大早奎元馆人头济济，等了好久，拿到大碗筷子一捞才醒悟过来，敢情就是咸菜面呀，味道也很一般，实在搞不明白为何名扬天下。当然，我们文绉绉说了很多客套话，告别老先生。

现在我懂了，旅游的含义是什么，是寻求反差大的生活。比如原先生活在狭小的城市里，旅游要去开阔的山野；原先住干旱之地，旅游要去寻找大海；原先上班从椅子移到另一张椅子，旅游就要暴走，脚踏在地上所谓亲近土地……

花钱旅游时，我们因离贫穷和苦难太近，就难以享受纯朴农家的生活，平日里劳动太辛苦，换一个地方还要爬山涉水，一定会有怨言。

忘记是哪个景点了，又是爬山，天很热，妈妈在前面爬，我居中，姐姐拖在后面，三个人都不说话，仿佛有一股怨气流动在我们中间。花钱出来受累，这不白痴嘛。越是有怨气人就越是累，两条腿像灌了铅似的。姐姐在新疆的棉纺厂工作，是劳动模范，后来当车间主任，当厂长。由于一直站在织布机前面，两条腿都患了静脉曲张，撩起裤管可以看到小腿上像蚯蚓一样突出来的青筋，她突然不干了，冲我没好气地说，要爬到什么时候啊？爬上去干嘛！我原本干劲不足，被她一打击也泄了气。我俩就地坐下乘凉。可是妈妈不为所动（一定因为已付了门票钱），沉稳地一步步往上走。

　　整座山空旷无人，我们三个人之间距离越拉越大，我和姐姐像跑接力一样，她喘着气赶上来后，一屁股坐在我的石凳上，我再往前赶，而我们的妈妈一句怨言也没有，坚持往上，遥遥领先。如今我检索与妈妈一起外出的片段，这情景"哗"地跳在最前面，这就是我妈妈，在我的成长过程中，她从来话不多，但她自有独特的威严，就像那个爬山的背影，无声的，常常让我汗颜。

　　傍晚时分，微风拂面，我们三个人坐在西湖边上的长条椅上，放松身心，不约而同表示，一直生活在杭州就好了。妈妈见机问我，上调了，进出版社了，有什么打算？我说我会好好干，我还要去读书，我知道妈妈对我的期望，没考上大学对妈妈是愧疚的。

我二姐更倔，高中毕业后报名去新疆，离开上海的时候，爸妈弟妹都哭了，只有她笑嘻嘻的一路高歌。如今在边疆成家立业，要回上海谈何容易。妈妈脸上有淡淡的愁容，看着两个女儿，无语。

印象很深的另一次杭州之行是在 1988 年，我刚刚成为留守女士，带着三岁的女儿。正逢出版改革，单位里允许编辑部搞创收，仿佛客户要出什么书都能谈，只要钱进来。我们理论室有一个老作者姓余，是温州人，在杭州当大学教授，他的一口温州话难懂堪比外语。因他家乡是改革前沿，所以比一般知识分子觉醒得早。我还记得他油光闪闪的厚嘴唇一张一合，站在绍兴路 74 号 3 楼我们办公室中央滔滔不绝。他的温州普通话刺耳又夸张，他给我们洗脑，说温州人是怎样变成有钱人的故事，他们做皮鞋，做太阳眼镜，万元户啊，遍地都是万元户。一群戴眼镜清贫的知识分子仰着头听，摇头，点头，口水哒哒流。

出版社下有很多编辑部，各显神通广开财路，用一个老编辑的话来说，有的编辑部已经肥到流油。而我们理论室原先是很清高的，专门出些阳春白雪的书，作者也多是书蠹头。山穷水尽疑无路，柳暗花明碰到余教授。凭着三寸不烂之舌，余教授与我们编辑部谈定出一套大学通俗教材。余教授赚钱愿意分给我们的关键点是，搞这套书必须产销一条龙，自己编选、自己制作、自己联系各个大学直销，我们出版社就出个书号，挂个羊头。那时的编辑多呆啊，一般弄不懂成本利润，听见数字头都会发晕，得知可以白白拿钱，教授拍胸脯不出政治问题，偷笑都来不及。

教授投资了，雇了两三个外来妹在家里，吃睡全包，日夜打字。这个项目大，因为赶时间，需要编辑部派人前去杭州，一边出校样一边校对，然后改样，签字后就去印刷。我因是校对员出身，肥水不流外人田，编辑部领导决定不惊动社里的校对科，派我出差去杭州，一周左右，把书稿搞定，上机印刷，迅速把钱搞到手。

妞妞作为我随身行李，坐上火车投奔余教授，住进大学招待所一个套间。就像我在农场里参加播种收割的"双抢"季节一样，我日夜接力校对，和外来妹一起奋战三天三夜。当时我的工资不出百元，额外发钱比什么都刺激人。能带女儿去杭州旅游，住宾馆吃饭不花钱，出点劳动力有什么好计较的。余教授见我一鼓作气超额完成任务，最后两天给我放了假。

我住的是杭州大学招待所，门口就是公交车站，我在站牌上寻找四个字一连的知名景点，"柳浪闻莺"、"花港观鱼"、"苏堤春晓"、"三潭印月"都去过了，一看，四个字的还有"曲院风荷"，真好听，就去那里。

曲院风荷真是人间仙境啊，满池的水中荷花缓缓摇曳，荡荡绿色中支楞着将开未开娇艳异常的粉红和嫩白的花，尖尖嫣红不胜羞涩。荷花的形状有点像寿桃，蒙着圣洁的光晕。当时我还不知道曲院风荷是西湖十景中排位第二的名园，走啊走风景越来越好看，游人却几乎没有，妞妞也被感染，像发了疯似的奔来奔去，做出像蝴蝶和蜻蜓那样飞舞的动作，好像一只小精灵。

走过荷花走过桥，走过亭台有楼阁，突然，就出现了森林，像童话故事一样，有小木屋，有吊脚楼，还有吊床在风中吹动。我租借了吊床，和妞妞一人一个吊在半空中摇，阳光像细针穿过密林射下来，盖在我们眼帘，耳边只闻微风的声音。如今，与女儿第一次杭州之行过去二十多年了，当初的体验还记忆犹新。我对曲院风荷印象那么深，还在于我带了一个相机，为妞妞拍了很多可爱的照片。小木屋旁、吊脚楼上，木桥边巨树下，妞妞戴着我的红丝巾，扮演采蘑菇的小姑娘和卖火柴的小女孩。

三岁多大的妞妞穿着一套小凡妈妈送的白色运动衣，是国外带来的，合身又神气。我们跑到西湖边，正巧那里在拍片，需要个小群众演员。导演团团一转看见了妞妞，决定用她。那片子是日本人在拍，是一支卡拉OK的背景，什么歌我也不知道，也许根本还没有歌，先拍景色。一个很漂亮的女演员来来回回在柳树桃树下走，一遍遍地拍。妞妞被导演领去，让她手里拿一根柳树枝条，在河边交给那位女演员，好像献花的意思。

我心里十分激动，小妞妞竟然混上群众演员，这可不得了。没想过问出场费，也没想过孩子糊里糊涂被陌生人领去会不会遗失，就满怀激动等在看热闹的杭州人民中，有种做星妈的自豪。我站在清场线外面远远地眺望，看见一遍遍地试验交柳枝的动作，几次三番之后，妞妞小脸已成灰白色，笑得比哭还难看。待到导演总算放了妞妞，被我领回来的宝贝像吓傻了似的，怎么也问不出名堂来。

　　杭州我总共去过不下十次，还有很多忘不了的记忆，结婚度蜜月，好友家庭游，作协笔会，杂志笔会，母女自由行等等，留些细碎和美好的回忆，慢慢再记。

2010 年 12 月

后记　我的非虚构文学写作

　　写作非虚构文学在我来说开始得很早，可以说是学习写作的初创时期，纯粹属于歪打正着。那是在1992年，我刚从日本回国不久。由于客观的原因，我1990年离开上海文艺出版社出国陪读，两年后回国没能重返出版社工作，而且找不到合适的工作。此时我呆在家里学习写作，写下处女作小说《东洋金银梦》，找到老东家，掏了自己打工的血汗钱补贴出版了。

　　没料到，过了大半年我接到通知，日本东京的近代文艺社从出版社买去了国际版权，已由他们请了人翻译出版了。我拿到日本方面所付版税之百分之五十，虽然还抵不上我补贴出版付出去的钱，但是我还是十分激动，毕竟自己是无名小卒，又是处女作。日本出版的书腰封上印着很大的字，说是"一本绝好的，研究中国留学生在东京"的好书。可见我《东洋金银梦》被翻译的原因，大部分是小说中相当真实的素材，我觉得，这些是非虚构文学的价值核心。

接着我用自己在日本小酒店居酒屋打工的经历，写了几个日本人的故事。因为当时我想，反正日本人看不懂中文，不会看到我写的文章，我就放开写真实的他们，姓名是真实的，故事也是真实的，细节描绘我大胆地形容，挖得比较深。成文后，我交给《小说界》主编，他们觉得故事好看，发表了，那是 1994 年左右。

幸运的是，不久后中国社科院文学研究所李兆忠老师主持编选《中国留学生大系》日本大洋洲卷之日本部分，将刊登在《小说界》上我的那组不知叫小说还是叫散文的"鹤竹居酒屋系列"收到里面（感谢《小说界》主编郑宗培的宽容）。素未谋面（至今没见到）的李老师还托人辗转告诉我，孔明珠写的日本是当时写日本的作品中写得很好的，非常真实反映了日本底层人民的生活。听说李老师在日本呆过很长时期，熟悉日本，我非常高兴遇到了伯乐，也觉得自己采用如此框架与文体，写的时候舒服流畅，作品也能受到读者欢迎，很幸运。

之后我写了青春长篇小说，很多城市女性题材的中短篇小说和散文创作。就在我一直抱怨自己不善于编故事，写不好小说，大概是天生笨的时候，有师长赵丽宏老师、吴亮老师鼓励我，说我的经历比较多，少年时期与父亲等父辈相处的回忆那么多，可以写出来，不一定写小说，你怎么舒服怎么写，慢慢写，不要着急。吴亮老师理直气壮地反问我，为什么回忆录得到老年人了才能写？！

所以，写所谓非虚构文学的开始，我是无意识的，当时文学界也没有形成风潮，这样的文体受到一定的争议，从传统文学分类看，归类确实难。但是无知者无畏，不太懂文艺理论的我就这样写起来，逐渐形成自己的风格。

我的父亲是著名作家、出版家、文史学家孔另境，我是他最小的小女儿，年龄相差很大。茅盾先生是我的姑父。我在上海从事出版工作二十多年，家传与工作的便利，接触到一些文化名人。受父亲等先辈文化人的亲炙，欣赏崇拜老一代文化人，我乐意回忆、采访、记录下他们生前的音容笑貌，故事，以及这些文化名人的文学成就。于我来说，了解文化老人在进步文化事业上的足迹，是一件既有意义又愉快的体验。

　　2012年我逐渐形成了写一批回忆性散文，组成一本书出版的想法。也有文学杂志请我开非虚构文学专栏的意愿，我与年轻的文学批评家张定浩聊起，他建议专栏名可以叫"月明珠还"，取之于老一代著名散文家黄裳先生一本散文名作《珠还记幸》，"珠还"意思是过去的好东西一点一点还回来，"月明"就有夜半思念故人，过去的意思。我觉得非常好。后来专栏由于种种原因没有开成，这个当初拟下的专栏名我想将它作为书名。

　　有"月明珠还"定下的调子，我慢慢写一些回忆性散文。

我写非虚构文学，以写人物写故事为主，不同于研究性、考据性的回忆文字，不是用数据、证据来说话的论文，而是以文学语言来描绘记忆中的过去。科学家认为，人的记忆其实是有选择性的，人往往愿意记住想记住的事情，而忘却不想记住的，尤其时间久远的事情在回忆当中不免走样，会发生过度美化与夸张的情况出现。这是非虚构文学的特征之一，它不是纯史料，可以作为参考资料，不可以作为法律依据。

我把自己的写作定位在文学类，而不是社科类。

我写作起步较晚，90年代开始写，写的类型比较杂，小说、散文、随笔、报告文学、剧本都写，心思也一直活里活络不够用功。我想一个作家形成自己鲜明特色需要时间与量的积累，很惶恐的是，不知道自己已经做到了没有。

家庭文化背景给我的滋养是与生俱来的，尽管我50年代出生，身处的年代动荡不安居多，父辈言传身教仍然力量很大。我想父母亲，尤其是父亲不会料到女儿会成为写作者，会在他身后四十多年仍能回忆出那么多他人生的片段，将他受的那么多苦难用一种比较松弛的方法描绘出来。

父亲这个人当然不是完美的，但他是我最亲爱的父亲。在我的少女时期，我曾经那么无知，不能理解一个很早参加革命，之后一直追随革命文化，为之献出一切的人，在晚年陷入心情抑郁的处境，我曾经每天和他对着干，没有好好与父亲交流，体贴、照顾好他。尤其没有从父亲身上学到更多的文化知识、写作技巧，告诉他我会继承他未竟的事业。

几十年来我对父亲深深怀念，却写不出一点东西，因为我一想起来就心痛，就后悔，回忆父亲变成不能触碰的禁区。后来终于可以写了，记忆的闸门打开，有时候写到泪流满面。我想，那是一种好的创作状态，有写作激情，才会写出动人的文字。

我出生在上海石库门房子里，在虹口区的弄堂里长大，家里说上海话，热爱鲜活的民间沪语，写作时会有意无意运用上海方言来讲述一些我们心领神会的东西。

2015 年明珠在上海作家协会"爱神花园"

这样的沪语在文章中的加入不是生涩难懂的，而是经过选择与加工，相信一般全国读者都能理解。

《一笔尘封旧账》在 2013 年底颁发的第十届《上海文学》奖上获得了散文奖。我很惭愧自己写得不多也不够好，要感谢在文学写作道路上一路支持、扶植的前辈师长，感谢读者朋友们。

孔明珠

2015 年 5 月

图书在版编目(CIP)数据

月明珠还/孔明珠著. —上海:上海书店出版社,
2015.12
ISBN 978 - 7 - 5458 - 1225 - 1

Ⅰ.①月… Ⅱ.①孔… Ⅲ.①散文集-中国-当代
Ⅳ.①I267

中国版本图书馆 CIP 数据核字(2015)第 313680 号

月明珠还

孔明珠/著

责任编辑/杨柏伟　封面绘画/万　蒂
技术编辑/丁　多　装帧设计/郦书径
上海世纪出版股份有限公司上海书店出版社出版
上海世纪出版股份有限公司发行中心发行
上海市福建中路 193 号　邮政编码/200001
www.ewen.co
全国各地书店经销
苏州市越洋印刷有限公司印刷
开本 787×1092　1/32　印张 12.875　字数 150,000
2015 年 12 月第 1 版　2015 年 12 月第 1 次印刷
ISBN 978 - 7 - 5458 - 1225 - 1/I · 346
定价:40.00 元